A MÚSICA QUE MUDOU MINHA VIDA

Tradução de
Fabiana Colasanti

galera
RECORD

RIO DE JANEIRO | 2009

CIP-Brasil. Catalogação-na-fonte
Sindicato Nacional dos Editores de Livros, RJ.

Benway, Robin
B422m A música que mudou minha vida / Robin Benway; tradução Fabiana Colasanti. – Rio de Janeiro: Galera Record, 2009.

Tradução de: Audrey, wait!
ISBN 978-85-01-08321-0

1. Encontro (Costumes sociais) – Ficção. 2. Fama – Ficção. 3. Ficção americana. I. Colasanti, Fabiana. II. Título.

09-4712 CDD: 813
CDU: 821.111(73)-3

Composição de miolo: Abreu's System

Texto revisado pelo Novo Acordo Ortográfico da Língua Portuguesa.

Direitos exclusivos de publicação em língua portuguesa somente
para o Brasil adquiridos pela
EDITORA RECORD LTDA.
Rua Argentina 171 – Rio de Janeiro, RJ – 20921-380 – Tel.: 2585-2000
que se reserva a propriedade literária desta tradução

Impresso no Brasil

ISBN 978-85-01-08321-0

PEDIDOS PELO REEMBOLSO POSTAL
Caixa Postal 23.052 – Rio de Janeiro, RJ – 20922-970

Para minha mãe, que sempre diz:
"Você tem que ter fé."
E para meu irmão, que sempre tem.

"Musas trabalham o dia inteiro e então,
à noite, se reúnem e dançam."
— Edgar Degas

"Oh, baby, here comes the sound!"
— My Chemical Romance, *"Give 'Em Hell, Kid"*

1

*"Don't you just love goodbyes?"**

— Mew, "156"

O DIA EM QUE TERMINEI com meu namorado Evan foi o dia em que ele compôs a música. Vocês sabem, *a música*. Tenho certeza de que já ouviram. Talvez tenham dançado enquanto ela tocava na formatura ou cantado em seus carros numa sexta-feira à noite enquanto dirigiam e imaginavam que deveria ser desumano sentir-se tão feliz, as janelas abaixadas e nada além do ar a sua volta. Todas as mães provavelmente a cantarolaram enquanto limpavam o filtro da secadora de roupas e seus avôs muito provavelmente já assoviaram alguns compassos. Se forem do tipo que assovia.

De acordo com a pesquisa na primeira página do *USA Today*, 63 por cento dos americanos me culpam pelo rompimento, então deixem-me esclarecer algo agora mesmo: eles estão certos. Sessenta e três por cento dos americanos não são bobos quando o assunto é a minha vida amorosa, o

* Você não adora despedidas?

que é realmente esquisito e não está me ajudando a dormir bem. Mas é verdade: eu terminei com Evan e, oito horas depois, ele tinha uma música na cabeça e uma guitarra nas mãos, e tudo aconteceu a partir de então.

Levei um tempão para decidir se terminava ou não com ele, isso eu posso lhes dizer. Não foi como se tivesse simplesmente acordado um dia e pensado: "Ei, vamos animar as coisas!" Por favor. Já tenho problemas suficientes sem isso. E estou no segundo ano, pelo amor de Deus! Não é como se tivesse que fazer vestibular este ano nem nada. Mas eu vinha pensando a respeito disso — sobre terminar — há algum tempo.

— Faça uma lista — disse Victoria. Ela adora listas e tem uma pasta cheia delas. Elas têm títulos como "Seis cores para pintar meu cabelo antes que eu murche e morra" e "Cinco pessoas para banir da face da Terra" (Evan, de acordo com ela, agora é o número *uno*). Então, no dia em que terminei, sentei-me à mesa da cozinha de Victoria e escrevi as razões pelas quais eu devia ficar com Evan.

1. Ele é um cantor/compositor com uma banda e talento de verdade.
2. Ele tem excelente higiene bucal (esta é tão importante que eu nem sei como dizer. Não posso me imaginar beijando alguém que não use fio dental. Tão nojento).
3. Ele diz que vai escrever uma música sobre mim.

E aí, eu escrevi os contras:

1. Ele fuma maconha demais.
2. Está sempre "ensaiando" ou "fazendo um som" com a banda, os Do-Gooders, principalmente quando preciso dele.
3. Ele diz "fazendo um som".

4. Ele é descansado a respeito de tudo. *Tudo.*

5. Ele faz com que eu pegue as camisinhas com a enfermeira da escola.

6. Ele suga os dentes depois que come, o que produz guinchos horríveis, como o de um rato morrendo.

E assim por diante. Escrevi tantos contras que precisei de outra folha de papel e, quando Victoria me viu começar uma página nova, ela a tomou de mim, balançou a cabeça e disse:

— Audrey, salve uma árvore.

— Bem, ainda podemos... sei lá, ser amigos? Ou algo idiota desse tipo?

Evan estava de pernas cruzadas em sua cama quando terminei com ele. Eu estava do outro lado do quarto na cadeira da escrivaninha, sentada ao contrário. Nós dois estávamos chorando, mas ele era o único que precisava de lenços de papel. Ainda assim, ficamos passando a caixa de um para o outro.

— Amigos seria ótimo — falei, e um alívio me preencheu. Ser amigo era *fantástico*, amigos não ficavam zangados uns com os outros e não revelariam segredos sexuais um sobre o outro em vestiários. Amigos ainda se falavam. Amigos se afastavam. — Eu gostaria muito de ser sua amiga.

Ele caiu na cama por um minuto antes de se sentar de novo.

— Steve finalmente conseguiu fazer com que o cara da gravadora venha a um show nosso. Vamos ter uma chance hoje à noite. Você está realmente cortando a minha onda.

— Me desculpe — falei, e era sério. Era mesmo.

— Você ainda vai?

— Se quiser que eu vá, claro. — *Qualquer coisa para acabar com essa conversa*, pensei.

Evan assentiu e abraçou a guitarra mais apertado e tenho que admitir que, nos 11 meses que ficamos juntos, aquela guitarra provavelmente foi mais agarrada do que eu (razão número 14 da lista de contras, por falar nisso).

— Tem certeza de que quer fazer isso?

— É — sussurrei. — Tenho certeza.

Não falamos nada durante alguns minutos e aí eu levantei e disse:

— Eu vou nessa.

Como ele não reagiu, saí do quarto, e estava quase lá embaixo antes de ouvi-lo dizer:

— Audrey, espere!

Mas continuei andando, fingindo que não tinha ouvido ele me chamar.

Naquela noite, recrutei Victoria e seu namorado, Jonah, para irem comigo ao show, para apoio moral.

— Como se eu já não fosse — Victoria disse quando a convidei. — Já recebi uns 50 milhões de mensagens e 30 milhões de convites no Facebook sobre isso. E, além do mais — ela acrescentou —, quero detalhes.

No caminho para a Jukebox, no carro de Jonah (ele tem um sistema de som sensacional, com um subwoofer), ela me fez relatar o término palavra por palavra, com Jonah estremecendo de vez em quando.

— Cruel, cara — ele ficava repetindo. — Isso é muito *cruel*.

Victoria finalmente deu um soco no ombro dele.

— Pode, por favor, ser mais sensível à situação da Audrey? — ela chiou.

— Foi mal, Aud — Jonah sorriu para mim pelo retrovisor. — Controle de sensibilidade ligado.

— E pode não falar que nem um nerd quando faz isso?

— Ou uma coisa ou outra, gata.

— Não se preocupe com isso, Jonah — eu disse a ele. — Está tudo certo.

Victoria apenas sacudiu a cabeça e se pendurou por cima do encosto.

— Mesmo assim — falou — Não acredito que você concordou em ir hoje.

Meia hora depois, apertados como sardinhas dentro da Jukebox, ainda estávamos falando sobre o mesmo assunto.

— Evan disse mesmo que você estava "cortando a onda dele"? — Victoria perguntou. A esta altura, ela já estava em sua terceira Coca Diet e eu podia ver a cafeína começar a sair pelos seus olhos.

Cruzei os braços e fiquei do lado do palco, esperando que os Do-Gooders se apressassem e tocassem logo, para podermos ir para casa sem pegar trânsito.

— Exatamente essas palavras — falei para ela. — Mais algumas outras frases selecionadas.

— O quê? Tipo "vá se foder"?

— Não, mais do tipo "Como pôde fazer isso comigo?", "Achei que íamos ficar juntos para sempre". Coisas assim — expliquei, mexendo meu gelo derretido com o canudo.

Victoria revirou os olhos em solidariedade.

— Fala sério. Ele deve ser um leitor enrustido de romances. Estou surpresa por não ter pego um alaúde e tentado cortejá-la.

— Se tivesse feito isso, eu teria ficado mais interessada — tirei a bebida de sua mão e a coloquei na mesa. — Você está me deixando nervosa com todos esses estimulantes que viciam. Não sabe que aspartame pode causar câncer?

— A luz do sol também — ela pegou sua bebida de volta e fez uma grande cena para beber o resto pelo canudo. — Espero que Jonah esteja pegando mais um desses para mim.

— Espero que ele também esteja pegando uma porção de tranquilizantes para você. — Olhei para trás e vi um terço da nossa turma atrás de nós. Ninguém parecia muito interessado em mim. Ainda. — Acha que as pessoas sabem que nós terminamos?

— Contou para alguém além de mim e Jonah?

— Não. Mas Evan pode ter contado.

— Você estragou completamente a aposta que as pessoas estavam fazendo para Casal Mais Bonito do anuário, por falar nisso. Não é para deixá-la culpada nem nada.

— O quê?

— Quer dizer, eu não. *Eu* vi que isso ia acontecer há muito tempo. Mas tinha gente apostando dobrado que você e Evan seriam o Casal Mais Bonito.

— As pessoas estão apostando nos superlativos do anuário? Sério?

Victoria assentiu.

— Agora a aposta inteligente está em Dan Milne e Janie Couper. Ela é pior do que grude de estática.

Eu ia comentar o grude estático de Janie Couper, mas aí vi Sharon Eggleston do outro lado do salão. Mesmo que nunca tenham visto Sharon, vocês a conhecem. Toda escola, sinto dizer, tem uma garota como ela. Ela é bonita (ou gostosa ou a palavra que você quiser usar) e tem uma habilidade estranha de fazer com que todos os caras a idolatrem.

Quero dizer, todos os caras, menos Evan.

Pelo menos, esse era o rumorejo (palavra do simuladão) quando Evan e eu começamos a namorar. Sharon aparentemente estava de olho nele, ele estava de olho em *mim*, eu fiquei de olho *nele*, nós ficamos juntos e Sharon se viu de fora antes mesmo de estar dentro. Como podem imaginar, ela não ficou feliz. Até hoje, ainda aparece em todos os shows e sorri para Evan nos corredores da escola e é, de forma geral, um mosquitinho irritante. E, quando eu a vi do outro lado do salão no show naquela noite, ela sorriu e deu aquele acenozinho que mostrava suas unhas francesinhas.

— O que você está olhando? — Victoria perguntou, torcendo o pescoço para ver, mas felizmente Jonah voltou abrindo caminho até nós com uma Coca Diet para ela e um suco de cranberry com limão para mim. — Está vendo, Evan não teria feito isso — observou Victoria enquanto pegava sua bebida. — Ele nem teria notado que você estava com sede, muito menos que *eu* estava. Quer dizer, vocês dois podiam estar andando no maldito deserto do Saara e você podia estar morrendo de sede e ele diria, tipo, "Ei, Aud, tive uma ideia sensacional para uma música". Completamente inútil.

Mexi o gelo com o canudo.

— Evan falava "sensacional" no ano passado. Este ano é "maneiríssima."

— Está bem. Audrey? Deixe-me apresentá-la a algo chamado A Questão. Você não está entendendo.

Não deve surpreender ninguém que, ao pedirem a Victoria para soletrar seu próprio nome, ela diga "Como a rainha". Agora ela entrou numa.

— Só estou dizendo que você foi muito paciente com Evan. Mais paciente do que eu teria sido...

Jonah fungou e então ficou muito interessado em sua bebida.

— ...e eu acho que merece alguém que a faça se sentir especial e maravilhosa e todas aquelas coisas boas que você vê na TV.

— Achei que você não assistia mais à televisão.

Victoria deu de ombros.

— Tive uma recaída.

Se algum dia conhecerem Victoria, não a chamem de Vick, Vicky, Victor, Victrola, Vício ou qualquer coisa além de Victoria. Se estiverem se sentindo tanto imortais quanto entediados, porém, chamem-na de Vicks Vaporub.

No palco, Jon, o baterista dos Do-Gooders, começou uma checagem de som meio desanimada. Se o inferno existir, vai haver um baterista checando o som lá, eu garanto.

— Ah, Deus, mate-me agora. — Victoria revirou os olhos novamente.

— Sou uma garota fraca e covarde, o que posso dizer? — Eu estava engolindo o suco de cranberry rapidamente e desejando que ele desse uma onda. O problema com a Jukebox é que é tão local que os barmen conhecem todos nós e, mais especificamente, sabem quantos anos temos, então não rola de beber nada alcoólico. É por isso que todo mundo enche a cara na porta de casa depois. — Além do mais, o cara da gravadora está aqui e Steve prometeu várias vezes que ele viria e eu quero vê-lo pessoalmente.

Uma palavra sobre Steve: há três meses, os Do-Gooders fizeram um show na Jukebox, aquele no qual parte do teto desabou durante sua apresentação e derrubou os amplificadores e eles continuaram tocando mesmo assim. (Talvez vocês tenham visto a matéria no jornal local. Eu também estava lá e, se olharem a foto com atenção, podem ver a minha mão na parte de baixo — eu estava aplaudindo com o resto da galera. Passei o resto da noite tirando forro de calefação do meu cabelo.)

De qualquer modo, Steve estava no show naquela noite. Steve era um calouro na UCLA que fumava toneladas de maconha, assistia à aula ocasionalmente, baixava MP3s e tinha um tio que conhecia alguém que trabalhava com novos talentos em uma gravadora. Steve achou que os Do-Gooders eram "*in-crí-veis*, cara, totalmente *in-crí-veis*!" e, depois que o teto caiu e os amplificadores quebraram, eles todos foram dar um tempo no quarto de Steve no dormitório, onde sonharam alto, apostaram uns com os outros 20 dólares para ver quem bebia a água do bong e concordaram em deixar Steve ser o empresário da banda. Mas, na minha opinião, fazer o cara da gravadora ir ao show era a primeira coisa empresarial que Steve havia feito por eles.

Não era a primeira vez que alguém de uma gravadora aparecia na Jukebox. Quer dizer, uma em cada três pessoas na nossa escola está em uma banda: começando uma banda, empresariando uma banda, ou saindo da sua banda. A maioria delas, no entanto, é um lixo. Há alguns anos, havia três formandos que estavam totalmente na onda do ska e conseguiram assinar um contrato com um selinho minúsculo em São Francisco, mas eu soube que o trombonista começou a cheirar cocaína demais e vendeu o trombone para comprar uns gramas de alguma coisa que o matou.

Esse negócio de fama não é tão bom quanto dizem ser. Aprendam comigo e o trombonista.

— Acha que eles dão drinques de cortesia para o cara da gravadora? — Jonah perguntou.

— É claro que não — Victoria respondeu. — Ele tem que pagar um boquete para o barman como todo mundo.

Tanto Jonah quanto eu caímos na gargalhada e ele passou o braço em volta do pescoço de Victoria e a puxou para perto de si. Ela era tão pequena e, quando eles se abraçavam, você mal podia vê-la. Ela tem que ficar na pontinha dos pés só para apertar o pescoço dele.

— Minha namorada, doida e vagabunda — Jonah disse e beijou o topo da cabeça dela e, pela primeira vez desde que havia terminado o namoro naquela manhã, senti falta de Evan. Não que ele fosse me beijar em público, principalmente antes de um show, mas às vezes é legal saber que a possibilidade existe.

Eu sabia que Evan estava no camarim agora, ou pelo menos o que eles chamam "camarim" da Jukebox: a área de carga e descarga na parte de trás. Sempre tem cheiro de cerveja, mijo e lixo, mas há algo excitante, a adrenalina e os nervos a toda se apertando no coração. Sempre que ia tocar num show, as mãos de Evan tremiam e ele as esticava para mim; eu via seus dedos vibrarem como asas de beija-flor. "Você vai ficar bem", dizia a ele. "Você vai arrebentar." Às vezes, eu mentia quando dizia isso; outras vezes, estava falando tão sério que me matava mais do que mentir.

Estava prestes a dizer algo sobre isso para Victoria, algo sobre como era estranho estar na plateia antes de um show dos Do-Gooders em vez de no camarim com Evan, quando ela agarrou o meu braço.

— Espaço! — ela gritou e me empurrou uns dois metros na direção da caixa de som.

Se quiserem realmente saber algo sobre mim, têm que saber isso: eu gosto da minha música alta. Quero dizer *muito alta*. Não estou falando do tipo de alta em que os seus pais batem na porta do seu quarto e pedem para você abaixar. Por favor. Isso é coisa de amador. Quando digo alta, quero dizer *alta* você-não-consegue-ouvir-seus-pais-batendo-e-os-vizinhos-estão-botando-uma-placa-de-VENDE-SE-na-frente-de-casa-e-se-mudando-para-outro-quarteirão-porque-não-conseguem-mais-aguentar-o-barulho-constante. Tem que aumentar o volume até o peito tremer e a bateria entrar por entre as costelas como a batida do coração e o baixo subir pela coluna e entortar o cérebro, e tudo o que você pode fazer é dançar ou girar em círculos ou gritar junto porque sabe que, não importa o que a música faça você sentir, é perfeito.

Se não é esse tipo de pessoa, então não acho que seremos grandes amigos.

Victoria e eu sempre botamos o volume no máximo. Na verdade, está virando um problema, porque já estouramos as caixas de som do meu carro. Duas vezes. Da primeira vez, meus pais ficaram com pena de mim e me deram novas caixas, mas agora vou ter que arrumar a grana para consertá-las. Então, Victoria e eu usamos o carro de Jonah ou simplesmente vamos no meu e cantamos bem alto até rirmos tanto que queremos vomitar e Jonah se abaixa no banco de trás e fecha mais o capuz em volta da cabeça e fica com cara de quem quer *morrer*.

As luzes finalmente se apagaram e a galera começou a assoviar e a aplaudir. Ao meu lado, Victoria estava sorrindo e rodopiando. Ela vive para este momento, quando as luzes se apagam e tudo o que você pode ver é o vulto do palco e microfones vazios esperando para serem agarrados e abusados. Quando os Do-Gooders entraram, desarrumados e magros com as cabeças abaixadas, os aplausos ficaram mais altos. Até eu dei alguns assovios.

— Lá vem problema — Jonah resmungou atrás de mim quando o Evan apareceu, e eu podia ver pelo canto do olho Victoria enfiar o cotovelo em suas costelas.

Minha determinação deu uma ligeira estremecida quando vi Evan. Deus, ele era uma graça. Não era só isso: era gostoso. GOS-TO-SO, gostoso. Seu cabelo estava brilhando sob a luz dos holofotes e ele estava usando seus sapatos surrados, que tinham uma cara horrorosa e um cheiro pior ainda. Eu podia vê-lo olhando para a multidão e não sabia se devia fazer contato visual ou sorrir ou fingir que não conseguia vê-lo.

Será que Evan estava me procurando? Seus olhos varreram o lado esquerdo do palco, mas não pararam e eu não acenei. Ao meu lado, Victoria esticou a mão para baixo e apertou a minha duas vezes.

Sério, eu amo essa garota.

— Oi, nós somos os Do-Gooders — Evan disse ao microfone, e dava para ouvir algumas garotas rirem e desfalecerem. Eu nunca tinha sentido ciúmes delas antes, mas agora senti uma pequena embrulhada no estômago. *Acabe logo com isso*, supliquei silenciosamente. — O nome é irônico. — Ha ha, he, he. Ah, Evan, você é hilário. Por favor. Pare.

Eles tocaram seis músicas e a galera dançou e suou uns nos outros e o baixo sacudiu o chão debaixo dos nossos pés e o teto acima das nossas cabeças. A Jukebox era mais ou menos do tamanho da cozinha dos meus pais e as paredes ficavam escorregadias com a umidade de gente demais, perto demais. No palco, Evan continuava sacudindo a cabeça para frente e para trás no ritmo da música, o cabelo rodopiando e mandando gotinhas azuis de suor na direção de Bob, o outro guitarrista, e de Daniel, o baixista.

Isso é uma coisa que vocês não sabem sobre Evan: ele costumava treinar esse movimento na frente do espelho. Só para constar.

Entre uma música e outra, eu finalmente vi o cara da gravadora ao lado de Steve. Steve estava com um sorriso grande e idiota no rosto (totalmente chapado) e o cara ao seu lado estava usando jeans muito caros e produtos suficientes no cabelo para fazê-lo mais crespo do que palha de aço e mandava uma mensagem de texto para alguém. Será que estava interessado? Estava só retornando um favor ao ir ver a banda? Cutuquei Victoria e apontei para ele e ela olhou de volta para mim e torceu uma mecha de cabelo em volta do dedo.

— Produtos! — falou por cima do barulho da multidão e então franziu o nariz. Não que o cabelo de Victoria seja naturalmente espetado nem nada, ela só era contra gel em homens. Jonah evitava esse problema raspando a cabeça mais ou menos uma vez por mês, o que Victoria agradecia imensamente.

A voz de Evan me levou de volta ao palco.

— Este normalmente é o momento em que vamos para o camarim e vocês aplaudem e nós fazemos o bis, mas vamos pular essa parte hoje e ir direto à música.

Mais uma música, disse para mim mesma. *Mais uma música e aí eu posso ir ao drive-thru do In-N-Out com Victoria e Jonah e pedir um queijo quente e um milkshake de chocolate e ouvir música até minhas orelhas quererem cair e Jonah me levar para casa. Mais uma música e então eu vou poder ser uma garota normal como qualquer outra, sem um namorado.*

— É uma música nova; eu a escrevi esta noite.

Uma música nova? Todo mundo na multidão estava cochichando. Os Do-Gooders não escreviam uma música nova há pelo menos quatro meses, e nós já sabíamos todas as letras do repertório. O bis normalmente era só um cover do Oasis, "Don't go away", e eu já não estava muito a fim de ver Evan ficar todo emo com a letra.

Mas uma música nova? Isso não estava no meu plano de queijo-quente-e-música-alta.

Victoria, tenho que comentar, é muito inteligente. Às vezes, é mais inteligente do que eu.

— Oops — eu a ouvi dizer, mas, antes que eu pudesse virar minha cabeça para ver o que queria dizer "oops", Evan continuou falando.

— Minha namorada, Audrey, terminou comigo hoje e...

Oops.

Sabem quando nos filmes o lugar está lotado e barulhento e alguém fala alguma coisa que faz a cabeça de todo mundo virar rapidamente e encarar aquela pessoa? Deixem-me dizer uma coisa: isso também acontece na vida real. E aconteceu comigo quando Evan disse aquilo. Duzentas pessoas no lugar, 400 olhos (na verdade, 399 — Jake Myers perdeu um num acidente de pesca quando tinha 6 anos) e todos eles estavam soltando raios na minha direção.

Evan ainda não tinha calado a boca.

— É, ela terminou comigo logo antes da maior noite da minha vida...

— *Cruel* — sussurrou uma voz atrás de mim. Adivinhe de quem.

— E eu sempre disse que ia escrever uma música sobre ela e, bem, espero que não seja tarde demais. Esta se chama "Audrey, espere!"

Alguma vez vocês já sentiram seu cérebro congelar? Foi como eu me senti quando ouvi o título da música. Lembrei de estar descendo as escadas da casa de Evan, fingindo não ouvi-lo. Eu tinha cometido um puta de um erro. Não havia escutado na hora, então ele ia se assegurar de que eu escutasse agora.

(Está bem, então tenho que admitir, fiquei meio decepcionada pela música não se chamar "Audrey, a garota mais gostosa que eu já conheci" ou "Audrey, aquela vez no andar de cima na festa (foi incrível)" ou algo assim.)

O bumbo batia forte, como o meu coração, e um toque agudo de guitarra ferveu e cortou o palco, fazendo a banda inteira disparar. Era diferente de tudo o que eles já haviam tocado antes. Evan estava mudando de acordes tão rápido e eu pensei por um milésimo de segundo, *Era assim que ele me amava? Ele realmente me amava desse jeito?* Comecei a imaginar a cena da nossa reconciliação, dando uns amassos depois do show e rindo sobre como eu tinha sido idiota por terminar com ele e...

Ele começou a cantar.

— *Você disse o que quis e agora eu também vou dizer! Eu tive você e você me fez morreeeeeeeerrrrr!*

O quê?

— *Dissemos que amávamos e não era verdade! Eu toquei o seu cabelo e vi a vontade! Você crucificou o meu coração, ficou com todos os pedaços e os esmagou com a mããããoooooo!*

Ah. Meu. Deus.

— *"Está tudo bem", você sempre dizia! Mas deixe para outro dia! Porque agora eu estou vendo você sair vaziiiiiia-aaaaa!*

Aqui está a pior parte: a música era *boa*. Quer dizer, vocês obviamente já sabem disso agora — não estou revelando nenhum grande segredo nem nada. Mas, na hora, a galera toda estava quase tendo um ataque cardíaco coletivo, de tanto que dançavam. Até os barmen, os cruéis e amargurados barmen que botavam água na Coca-Cola, haviam parado de encher os copos e estavam batucando com os dedos em cima do balcão do bar. Até os garotos que não dançam, os que se recusam a mostrar qualquer emoção a respeito de qualquer coisa mas ainda assim vão na Jukebox só para fazerem *alguma coisa* estavam balançando a cabeça no ritmo como se estivessem praticando um ataque em grupo. Eu podia ver o cara da gravadora batendo com o pé e olhando para o palco, faminto. Steve estava de olhos completamente esbugalhados e boca aberta — ele não fazia ideia de que esta banda podia produzir essa música.

Nem eu.

E aí, começou o refrão. Podem cantar junto, se quiserem.

— *Audrey, espere! Audrey, espere! Você saiu pela porta e eu quero que você me veja fechar! Audrey, espere! Audrey, espere! Pode falar, mas quero que saiba que essa é de matar!*

Juro, se aquela música não fosse sobre mim, se eu nunca tivesse encontrado com Evan, estaria naquele palco sacudindo o corpo que mamãe me deu, de tão viciante que era. Mas, em vez disso, fiquei enraizada no chão e meu queixo estava em algum lugar perto dos meus joelhos. Victoria estava ao meu lado, os olhos esbugalhados, e Jonah estava se sacudindo atrás de nós, meio sem saber o quanto a situação era horrível. Quer dizer, Evan estava no palco e *cantando sobre mim na frente da nossa escola inteira!* Se eu tivesse sido mais rápida, teria corrido para o palco e arrancado os fios do amplificador e, enquanto estivesse fazendo isso, daria um encontrão no Evan ou derrubaria a bateria ou alguma coisa. Mas eu não conseguia me mover; não conseguia chorar, aplaudir ou falar. Sério, foi como ser enterrada viva, o peso de tudo no mundo esmagando o meu peito, e Evan estava com a pá.

— *Audrey, espere! Audrey, espere!*

Agora, pessoas atrás de nós estavam cantando junto e Evan estava amarradão na interação com o público. Ele costumava falar sobre esse tipo de momento às vezes, quando estávamos em sua cama debaixo dos lençóis do California Angels, o sol da tarde entrando através das cortinas. "Eu quero ter a multidão na minha mão", sussurrou, e eu ri e disse, "Um dia você vai", mas, fala sério. Os Do-Gooders só haviam composto três músicas àquela altura. Evan não estava exatamente no início da fila para Deus do rock.

Até agora.

Finalmente virei a cabeça para olhar para Victoria, que continuava olhando de Evan para mim.

— Puta merda — sua boca dizia de novo e de novo. Mas até seu pé estava batendo no chão. Ela me viu olhando e parou. Eu estava tentando mandar mensagens com os meus olhos, tipo, "eu vou morrer e quero ir embora agora, por favor", mas ela não estava entendendo. O lugar era escuro e barulhento demais. Malditas caixas de som. Por que não podíamos ouvir lá do fundo? Por que eu não podia ter terminado com o Evan amanhã? Por que eu não conseguia ser uma procrastinadora como a Victoria?

Aposto como ele também mentiu sobre passar fio dental.

— *Audrey, espere! Audrey, espere! Audrey, espere!* — A música havia parado agora. Era só Evan e um punhado de seus novos amigos, gritando a letra aos berros. O resto da banda estava olhando a multidão se movendo para a frente e para trás com o tipo de expressão com que crianças pequenas olhavam para Jonah quando ele havia arrumado um emprego de meio expediente como Papai Noel no Natal passado. *Você é de verdade?* (Obs: Jonah numa fantasia de Papai Noel = melhor Natal de todos os tempos.)

— Obrigado, nós somos os Do-Gooders! — Evan gritou, levantando o punho no ar enquanto tirava a guitarra. O resto da banda saiu do palco, mas Evan? Eu juro por Deus, ele *estufou o peito*. Como uma galinha.

— Isso realmente está acontecendo? — Agarrei a mão de Victoria e a segurei na minha frente — Isso é um sonho? Eu estou sonhando? Você vai virar um Cadillac ou um unicórnio vai passar correndo por aqui?

— Não, você está acordada.

Fechei os olhos e depois os abri, deixando-os bem arregados.

— Pode mentir para mim por favor?

Victoria, sem tirar os olhos de mim, puxou a manga do Jonah.

— Hum, é melhor você começar a nos levar para fora daqui, amor.

— Jonah está sonhando? Talvez eu esteja no sonho de Jonah? — Jonah estava segurando a mão da Victoria, e ela estava segurando a minha, e estávamos fazendo um trenzinho pela multidão de gente.

— Não, você está surtando. Está dando uma de Chernobyl para cima de mim. E faça seus olhos voltarem ao normal, está parecendo um peixe.

— É ruim o fato de não conseguir sentir meus pés?

— Agora só está fazendo drama.

— Humm, com licença, mas você não viu o que acabou de acontecer?

— Ei, Aud, essa música foi o máximo! — os garotos acenavam para mim como se eu tivesse escrito A Música. Como se eu *fosse* escrever!

— Ainda bem que você terminou com ele!

— Audrey, espere! Audrey, espere!

Eu ouvia essa frase cada vez que dava um passo. Todo mundo estava corado e animado, como se tivessem acabado de sair de um despertar religioso e tivessem sido salvos e tivessem que ir contar a cinco amigos sobre o que haviam visto.

— Vou matá-los — falei para Victoria.

— Não vai, não — Jonah a puxou para a esquerda e eu fui em ziguezague atrás deles.

— Você está certa — concordei. — Não vou matá-los. Eu vou matar o *Evan*.

— Isso daria uma ótima redação para a inscrição na universidade. "Matei meu namorado e ainda consegui manter minha média e o papel principal no musical da primavera".

— Audrey, espere! Audrey, espere!

— Vá se foder, Pete, seu babaca!

— Você nunca escreveria uma música sobre mim, não é, Victoria?

— Não escreveria uma música como *essa* sobre você, pode ter certeza.

— O musical de primavera? — Fui momentaneamente puxada de volta do devaneio. — Quando foi que eu fui a protagonista do musical de primavera?

— E eu sei lá. A gente *tem* um musical de primavera?

— Eles montaram *South Pacific* abril passado.

Victoria riu pelo nariz.

— Acho que eu não preciso ter ido para saber como foi.

Quando Jonah finalmente conseguiu nos levar de volta para o carro, eu havia puxado meu cabelo por cima dos ombros, para que ele ficasse pendurado na direção da barriga e escondesse meu rosto.

— Bote o cinto, Primo It — Jonah disse pelo retrovisor.

— Agora seria um bom momento para ligar aqueles controles de sensibilidade de novo, Jonah.

— Pode deixar.

Victoria se acomodou no banco de trás comigo e nos sentamos de frente uma para a outra.

— Então, eu me mato agora ou espero e faço isso na frente de Evan, para que ele se sinta muito, muito, *muito* mal?

— Você não vai se matar. Lembra da aula de Saúde, quando falaram sobre como os adolescentes bebem para mascarar a dor? É *isso* que você vai fazer.

— Eles falaram sobre desmembrar ex-namorados também?

— Acho que não vamos chegar nisso até Anatomia, no ano que vem.

Ri enquanto o carro dava guinadas pelo trânsito. Todo mundo estava olhando para as nossas janelas e aí viravam-se uns para os outros em seus próprios carros. Eu podia praticamente ouvir o que estavam dizendo: "Lá vai a garota que terminou com Evan! Aquela, bem ali!"

— Olhe — Jonah disse do banco da frente. — Não se preocupe com isso, Aud. É só uma música. Não é como se essas pessoas não fossem descobrir que vocês terminaram, de qualquer maneira.

— Escute o que o homem diz — Victoria concordou. — Ele fala a verdade.

— Falo mesmo — Jonah disse. — Ele vai estar tão chapado mais tarde que provavelmente não vai nem se lembrar da letra, de qualquer modo.

— Amém — Victoria acrescentou. — Quer ir ao In-N-Out?

Descansei a cabeça no ombro dela e assenti. Ela me conhece tão bem que dá medo.

— Quero. Mas não tenho dinheiro.

— Eu também não. Jonah, Audrey e eu não temos dinheiro.

— Por que eu não estou surpreso? — ele resmungou enquanto entrava no cruzamento.

Então, enquanto estávamos na fila do drive-thru, enquanto Jonah gritava nossos pedidos para dentro do interfone minúsculo, enquanto estavam me fazendo um milkshake de morango em vez do de chocolate que pedi, vocês provavelmente sabem o que o Evan estava fazendo. Quer dizer, ele falou sobre isso em cada entrevista que deu. O cara da gravadora foi até a área de carga e descarga da Jukebox e apertou a mão de todo mundo e disse coisas tipo "Vocês mandaram muito bem!" e citou alguns diretores de gravadora e os convidou para irem ao escritório na segunda-feira de manhã.

— Preparem-se — ele lhes disse. — Suas vidas estão prestes a mudar.

Porém, ninguém me avisou que a *minha* vida estava prestes a mudar. Não me falaram sobre os paparazzi e editores de revistas e relações-públicas e do advogado que meus pais teriam que contratar. Com certeza não me falaram que vocês todos iam saber o meu nome até o fim do ano.

E isso é tudo que vocês realmente sabem: o meu nome.

Mas agora chega, crianças.

Eis o meu lado da história.

2

*"You can always see it comin', but you can never stop it..."**

— Cowboy Junkies, "Bea's Song (River Song Trilogy: Part II)"

APESAR DA INSANIDADE DAQUELE SHOW, as coisas se acalmaram bem rápido. É como quando algo horrível acontece com você e você fica imaginando: "Como vou viver mais um minuto sem surtar com isso?" E aí, um minuto se passa sem que você pense sobre aquilo, e aí uma hora, e logo a vida volta ao normal e você nem consegue se lembrar do que a chateou tanto.

Aparentemente, todo mundo que estava no show aquela noite também teve a mesma reação; a música do Evan tinha sido esquecida quando as aulas começaram, graças a Deus. As pessoas nem estavam falando sobre isso no primeiro dia, porque Jennifer Epstein vomitou no banheiro das meninas três vezes antes do almoço e as pessoas estavam convencidas de que ela estava grávida ou era bulímica. De qualquer maneira, era excitante, e agora, quando as

* Você sempre pode ver que vai acontecer, mas nunca pode impedir...

pessoas diziam "Audrey, espere!" no corredor, era só isso o que queriam dizer. Não era uma ironia. (Ah, e acabou que a Jennifer só tinha comido um sushi estragado na noite anterior).

Evan e os Do-Gooders nunca apareceram para começar o último ano do colégio e eu ouvi um monte de histórias a respeito disso. Ninguém me disse nada diretamente, já que Victoria havia deixado claro que Evan era *persona non grata* no nosso mundinho, mas, ainda assim, vocês sabem como são os boatos. Eles correm pelos cantos e passam por baixo das portas. Alguém disse que ele e a banda haviam largado a escola e se mudado para o Japão para gravar seu primeiro CD e que já eram famosos por lá. Outros disseram que o cara da gravadora os havia contratado naquela noite e aí os largou na segunda-feira de manhã depois que a onda dos seus drinques grátis passou e ele recuperou bom senso.

Mas a visão prevalecente era a de que a banda havia largado a escola e estava tendo aulas em casa, para poderem ensaiar mais. Eu estava curiosa, admito, mas muito mais aliviada por não ter que ver Evan nos corredores todos os dias. Todo mundo que termina com alguém sonha que a outra pessoa simplesmente desapareça por passe de mágica para que nunca tenha que passar por um momento constrangedor com ela e, a não ser por aquela noite e aquela música, Evan sumiu. (Hora de confessar: procurei os Do-Gooders no Google algumas vezes, mas não apareceu nada novo além da página desatualizada do MySpace que a Victoria os ajudou a criar).

De qualquer modo, consegui sobreviver aos primeiros meses de escola com o mínimo de drama (a não ser por um computador idiota que conseguiu deletar todo o meu trabalho sobre *A morte do caixeiro-viajante* na noite anterior à data de entrega).

Aí, no sábado antes do Dia das Bruxas, Victoria veio até aqui por dois motivos: (1) eu ia ajudá-la a pintar o cabelo de rosa-shocking. Não a cabeça toda, só uma mecha pelo meio da cabeça para parecer que ela tinha um moicano. Victoria é corajosa e incrível e tudo o mais, mas raspar parte da cabeça não era uma coisa que a atraía. Tintura de cabelo ia ter que ser suficiente.

E (2) fazia exatamente um ano que eu tinha falado com Evan pela primeira vez, na festa de Dia das Bruxas na casa do Charles Hurty. Eu sei como ele gosta de contar essa história nas entrevistas. Todas as pessoas e suas mães gostam de mencionar isso para mim quando Ev fala sobre mim em público, o que é simplesmente maravilhoso. Como se eu não soubesse o que aconteceu no nosso relacionamento... Mas é, Evan gosta de contar essa parte:

"Estávamos numa festa do Dia das Bruxas. Ela estava na minha frente e nossos olhos se encontraram e foi tipo... *uau*."

Fofo, certo? Tão ideal e romântico e exatamente o que um milhão de garotas estão esperando secretamente que vá acontecer com elas um dia, quando forem as sortudas que conhecerão Evan.

Só o que eu tenho a dizer é: tragam lenços umedecidos.

Nossos olhos se encontraram quando ele se dobrou para vomitar cerveja nas botas que combinavam perfeitamente com a minha fantasia de *go-go dancer*. Foi *assim* que aconteceu. E Victoria nunca conseguiu esquecer o fato de que as botas ficaram totalmente estragadas.

— Eram *vintage*! — ela resmungou durante os seis meses seguintes.

Meu pai estava entalhando uma abóbora quando desci para esperar por Victoria, quase tropeçando na nossa gata, Bendomolena, e me matando. Acho que se pode dizer que Bendy é um gato, mas ela é mais uma bola de pelos do tamanho de uma mala do que um gato. Não estou brincando. O carteiro morre de medo dela, o que é ridículo porque (a) ela não é um pitbull; (b) ela pesa mais ou menos dez mil quilos (Bendomolena não conseguiria dar um bote nos tornozelos dele nem se quisesse); e (c) ela tem medo de qualquer coisa que não seja originária da nossa casa. Uma vez Victoria trouxe seu hamster de estimação, Charlotte (a última de uma longa linhagem de hamsters) para ficar correndo em sua bolinha de plástico e, ai, meu Deus. Não quero entrar em detalhes, mas vamos dizer apenas que Bendomolena teve que tomar remédios temporariamente para combater a ansiedade e Charlotte, o Hamster, recusou-se a botar uma pata para fora de sua bolinha de plástico para todo o sempre.

— Bendy, saia da escada! — meu pai gritou enquanto eu conseguia me segurar antes de cair nos braços da morte.

— Você queria que ela se mexesse logo? — perguntei — Porque provavelmente não vai rolar antes do Natal.

— Ha, ha, Srta. Comédia. — Ele levantou os olhos da abóbora que estava entalhando e endireitou os óculos. — Belos sapatos.

— Você acha? — Dei uma rodopiadazinha em minhas pantufas de flamingo. Eram tão grandes que eu tinha que me arrastar para todos os lugares. Igual à Bendomolena.

— São chocantes.

— Pai, se você nunca mais falar "chocante", não vou ficar chateada.

— Ainda posso dizer que as coisas são legais?

— Não perto de mim, por favor.

— Está legal.

Suspirei.

— Cadê a mamãe?

— Foi comprar doces para quando as crianças da vizinhança vierem pedir amanhã à noite.

— Hum, ela o deixou sozinho com a abóbora? — Meu pai, por mais bem-intencionado que seja, quase foi obrigado a aposentar o entalhe de abóboras, graças ao dramático e pitoresco "Incidente da grande perda de sangue no Dia das Bruxas há três anos". Digamos apenas que ninguém deveria entalhar uma abóbora enquanto assiste aos Steelers perderem um jogo.

Como resposta, recebi o Olhar de Pai.

— Pergunto porque eu te amo — falei para ele. — Como estamos de Band-Aids?

— Victoria não vai vir para cá? — *Esfaqueia-esfaqueia-esfaqueia, corta.*

— A qualquer momento. — Sentei-me à mesa e procurei sinais de sangue. — Sabe, posso fazer um torniquete com um cadarço. Aprendi isso nas Bandeirantes.

— Achei que tinha abandonado as Bandeirantes.

— Não antes da aula de primeiros socorros. Além do mais, os uniformes davam coceira.

— É claro que davam. Como está a abóbora? — Ele a virou para que eu pudesse ver seus olhos e nariz de triângulo e sua boca torta. Ele é um cara muito tradicional. — Está simétrico?

— Vai ser esmagada na rua como todos os anos — falei enquanto comia algumas sementes de abóbora tiradas do tabuleiro.

— Me faça um agrado, Aud.

— A melhor abóbora de todos os tempos!

— A sua falta de fé é muito recreativa — meu pai observou.

Olhei para a abóbora, que tinha alguns cortes não intencionais onde deveriam estar suas orelhas.

— Acredite em mim, pai, eu sei.

Victoria entrou sem tocar a campainha e foi até a cozinha no momento em que meu pai acidentalmente raspava fora um dos dentes da abóbora.

— Ei, achei que o seu pai não tinha mais permissão para entalhar abóboras.

Meu pai empurrou os óculos para cima do nariz de novo.

— Oi, Victoria.

— Oi, Sr. Cuttler — meus pais pediram à Victoria um zilhão de vezes para chamá-los de Henry e Carol, mas ela diz que seria estranho demais. — Ainda tem dez dedos?

Acenei com o telefone na frente do rosto dela como forma de saudação.

— Você trouxe?

Ela tirou a embalagem de Magenta Maravilhosa da bolsa.

— Pronta e esperando por você, minha cara.

— Pai, vou subir para podermos pintar o cabelo da Victoria. Se acontecer qualquer coisa, só se lembre de erguer o corte acima do coração, está bem?

Victoria estava espiando por cima do meu ombro.

— Essa abóbora tem orelhas?

— Ferimentos de batalha — expliquei a ela.

— Ah. Bem punk, Sr. Cuttler. É assim que eu gosto.

Mas meu pai estava ocupado demais tentando consertar o sorriso agora desdentado da abóbora para responder, então agarrei o braço dela e a puxei na direção da escada.

— Tchau — falei para o meu pai: — Nós vamos para muito, muito longe daqui.

— Leve Bendomolena com você — ele disse enquanto subíamos as escadas, passando por cima da minha gata enorme.

Eu amo o meu quarto. Victoria também ama o meu quarto, mas nunca vai admitir. Meus pais não são muito fãs, mas decidiram aceitar seu destino como eternamente bagunçado. Bem, mais para ativo do que para bagunçado. Tenho um quarto muito ativo. Há CDs em todos os cantos e em todas as superfícies e um monte de revistas recortadas por todo o chão, onde eu as coloco depois de destruí-las e fazer colagens de todas as minhas bandas favoritas. Achei que seria muito legal ter uma parede inteira de colagem e cerca de um quarto dela está coberto até agora. Posso fazer o que quiser aqui e, às vezes, quando está no meio da madrugada e parece que não há ninguém acordado no mundo além de mim e estou cortando mais uma foto e toca uma música sensacional no aparelho de som, eu poderia morrer feliz.

Evan sempre disse que meu quarto o assustava, que as paredes estavam olhando para ele ou sei lá o quê. É tão a cara dele achar que todo mundo está olhando para ele, esperando para ver o que ele vai fazer a seguir. Que egocêntrico. Eu o odeio.

Victoria também ainda o odiava.

— Então... acho que faz oficialmente um ano exato desde que você conheceu o Imbecil?

Suspirei.

— Você é a pessoa mais indelicada que já conheci.

— Quer dizer a não ser pelo cara que *arruinou* aquelas *lindas* botas vintage — ela ainda não havia superado isso — e escreveu uma canção cruel sobre você?

— A Música Sobre a Qual Não Devemos Falar — lembrei a ela. — A Música Que Vai Ter Uma Morte Obscura e Que Ninguém Mais Vai Ouvir Novamente.

— É claro. Então, vai queimar alguma coisa representativa para comemorar o dia em que o Ev vomitou nas suas botas? Um boneco do Ken? Alguma coisa?

Vesti as luvas de látex nojentas que vêm com a tinta de cabelo e sacudi a garrafa algumas vezes.

— Nem. Tenho que trabalhar. Você sabe disso.

Está bem, venho tentando evitar esta parte, mas não é mais segredo. É verdade. Trabalho em uma loja de sorvetes — me desculpem, uma *casa* — no shopping. Isso, em si, não é tão ruim, a não ser por três coisas: (1) odeio o shopping; (2) odeio todos os clientes; e (3) sou obrigada a usar um chapéu rosa-shocking e uma camiseta que diz... estão preparados?

Scooper Dooper.

Se existe alguma justiça no mundo, o primeiro grande meteorito a atingir a Terra vai cair diretamente em cima do Scooper Dooper. Talvez me forme em astrofísica só para poder ajudar a realizar o plano. Mas, até lá, CDs e ingressos para shows e gasolina não são baratos e meus pais estão com aquela mentalidade de "faça por merecer!", então eu trabalho.

Meu trabalho é uma merda maior do que todas as merdas que já existiram.

— Talvez você possa queimar o Scooper Dooper e fingir que é o Evan — Victoria sugeriu.

— Isso precisaria de muito mais planejamento do que eu tenho energia para fazer — falei: — Incline a cabeça para trás.

Ela inclinou.

— Posso ver dentro do seu nariz.

— Eca, que nojo! Pare de olhar!

Ela fechou os olhos apertado e riu.

— Jonah e eu vamos ver *O Exorcista* no centro da cidade. Você devia faltar ao trabalho e vir com a gente.

— Nem, não gosto de pagar para ver cabeças girando. Ou para ser vela.

— Cale a boca, você não é vela.

— Se você e Jonah estivessem numa festa no colégio, eu seria a mãe acompanhante.

— É, a não ser pelo fato de que você deixa a gente dar uns amassos na sua frente.

— O que é muito divertido para mim.

Ela abriu os olhos.

— Nós a deixamos constrangida?

Mais ou menos. Sei lá. Talvez apenas solitária.

— Não, tudo bem. Além do mais, alguém tem que estar lá no caso de um de vocês dois engolir o outro.

Victoria começou a rir.

— Fique certa de que nunca houve, nem nunca vai haver isso de engolir. *Jamais.*

— Ah, Jesus, Victoria! — gritei. — Tantos detalhes que eu não preciso saber! — Tentei cobrir minhas orelhas, mas minhas mãos enluvadas estavam cobertas de Magenta Maravilhosa.

— Você adora; sabe que adora — ela ainda estava rindo.

Vocês já terminaram com alguém enquanto sua melhor amiga está, tipo, praticamente noiva do cara com quem ela diz que vai se casar? É esquisito. Quer dizer, por um lado eu amo Victoria e Jonah de paixão e estou animada para ser a madrinha e comprar baterias infantis para seus bebês certamente adoráveis, mas por outro lado...

Não há uma forma gentil de dizer isso: é a pior coisa do mundo.

— Só precisamos arrumar alguém para você — ela decidiu depois de se acalmar. — Na segunda-feira precisa catar alguém no corredor da escola para dar uns amassos.

— Ah, é, porque as opções são ilimitadas na nossa escola. Não sei por que isso não me ocorreu antes.

— Ei, foi na escola que eu conheci Jonah! — ela protestou.

— Um entre 1.500. As chances são fantásticas.

Victoria se acomodou de novo na cadeira e eu podia ver as engrenagens girando dentro da sua cabeça. Isso nunca era um bom sinal.

— Que tal James? — ela disse finalmente.

— James? James, o cara com quem eu trabalho? — Ela era engraçada demais. — O James que leva o trabalho de tirar bolas de sorvete mais a sério do que qualquer um deveria levar? O James que quase teve uma crise nervosa quando os granulados de chocolate e o colorido acidentalmente foram misturados? Esse James?

— Ele tem uma boa ética de trabalho — ela revidou. — E é gatinho.

— Alô, eu não tenho 30 anos. Ainda não quero uma boa ética de trabalho. Só quero alguém que consiga formar frases completas.

— O que ele faz muito bem! Eu já o ouvi! Ele diz "Olá, em que posso servi-lo hoje no Scooper Dooper?" Não fica muito mais completo do que isso, Audrey — ela fez uma pausa. — E ele é gatinho.

— Ele é um pouco gatinho — admiti depois de um minuto.

— Não, Aud, ele é *gatinho*. É 100% gatinho.

— Se ele é tão gatinho, então por que *você* não dá uns beijos nele na segunda-feira de manhã?

— Porque, como observei, já estou com o melhor cara do mundo.

Eu ri pelo nariz.

— É uma notícia maravilhosa para o resto de nós.

3

*"She started shakin' to that fine, fine music!"**

— The Velvet Underground, "Rock & Roll"

TRÊS HORAS DEPOIS, Victoria tinha meio que um moicano que ela proclamou ser seu melhor cabelo na vida toda; meu pai havia acabado de entalhar a abóbora com apenas um ferimento leve; minha mãe havia trazido uma dúzia de sacos de barras de chocolate erroneamente chamados de "Tamanho Divertido"; Bendomolena se movera meio centímetro nas escadas; e saí para o trabalho com instruções precisas para trazer para casa meio litro de sorvete sabor Sonho de Café para meus pais. (Eles parecem ser os únicos que estão se beneficiando com o meu desconto de funcionária, o que é só mais uma ironia cruel na minha vida.)

O Scooper Dooper estava vazio. Era final de outubro, estava começando a chover e qualquer um com um pouco de bom senso estava tomando chocolate quente ou café na praça de alimentação no andar de cima. Ninguém queria sor-

* Ela começou a se agitar ao som daquela música tão, tão legal!

vete de Menta Marroquina na casquinha de waffle em um dia como aquele. (E, cá entre nós, não deveriam querer em dia nenhum, porque é simplesmente nojento.)

— Já limpei os bebedouros e reorganizei o estoque — James me disse enquanto eu batia o ponto e amarrava meu avental. Ele sempre enfia sua camisa de trabalho para dentro das calças, o que me deixa meio louca.

— E um feliz olá para você também — falei.

— E acho que as casquinhas de waffle estão acabando, então deixei um bilhete para o gerente para pedir mais na segunda de manhã.

— Que alívio.

Meu sarcasmo não estava sendo nem um pouco percebido por ele.

— Eu *sei* — ele respondeu. — Você sabe como os clientes são quanto às casquinhas de waffle.

— Uma das grandes injustiças da minha vida é que eu *sei*, James. — Está bem, fui mais escrota do que o normal nessa última, admito.

Não é que James seja um cara mau. Quer dizer, ele não é nem um pouco. É sempre educado e gentil com as criancinhas depois que elas deixam suas bolas duplas caírem no chão. Quando os velhinhos vêm às 17 horas para comer sobremesa, ele sempre fala alto em seus aparelhos de audição. Mas é muito quieto e só fala de trabalho no trabalho. Tentei puxar assunto quando comecei a trabalhar com ele, perguntando sobre filmes, livros e essas coisas, mas ele só gaguejou e balbuciou e finalmente disse:

— Acho que precisamos de mais sorvete de nozes.

O que eu devia fazer com isso?

Ele também é muito magro. Tipo magro estilo top model. E super alto. Uma vez, eu o vi correndo pelo corredor da escola entre o segundo e o terceiro tempo e achei que suas pernas iam se soltar e ele se desmantelaria em pedaços que iam escorregar pelo corredor até o meu armário. É meio triste, porém, acho que ele não tem nenhum amigo. Se não trabalhasse com ele, eu não saberia quem é. Ele é o garoto no anuário que todo mundo olha e diz "Quem é esse? Ele estuda na nossa escola?"

Mas o que se pode fazer, sabe? Tentei conversar com ele e tudo que recebi de volta foi "sorvete de nozes". Não dá para fazer muito com isso.

Então, quando trabalho com James, tento realizar tarefas que combinem com nossos pontos fortes. Minha função é Supervisora Musical. Ele é Encarregado de Todo o Resto. Nós podemos ouvir rádio, então sempre ponho na KUXV, a rádio da faculdade que toca música boa. Devemos mantê-lo na estação adulta-contemporânea, mas eu não posso trabalhar no Scooper Dooper e ouvir Céline Dion ao mesmo tempo. Simplesmente não vai rolar, sinto muito. Tenho meus limites.

Mudei de estação assim que botei meu chapéu e podia ver James já ficando nervoso sobre quebrar a regra da estação de rádio, mas ele não disse nada (como sempre). Logo, eu estava cantarolando junto com os Ramones e dançando com "*Blitzkrieg Bop*" até a caixa registradora sempre que alguém queria uma Coca na temperatura ambiente com um canudo sem sanfona. Esses clientes não podem ser mais exigentes.

Trabalhamos praticamente em silêncio durante as horas seguintes enquanto o sol se punha lá fora e o shopping ficava mais cheio com casais e famílias saindo das salas de cinema ao lado. A julgar pelo número de caras praticando seus golpes de caratê uns nos outros, a maioria tinha visto algum filme de kung-fu. O DJ da rádio estava fazendo um bom trabalho tocando músicas decentes e James e eu permanecemos em lados opostos da loja. Um bando de garotos e seus pais chegou às 20h45, quinze minutos antes da hora de fechamento do shopping, às 21h. (Pode ter certeza de que as pessoas vão entrar no último minuto possível. Suspeito que seja uma grande conspiração para me irritar). Era um sábado normal — nada muito emocionante, nada louco.

Sinto muita falta dos sábados normais.

Todas as crianças e seus pais estavam usando camisetas azul-cheguei que diziam MARATONA DA FELICIDADE DO CORAL DE JOVENS! na frente, o que serve para mostrar quão pouco os pais amam seus filhos, se estão dispostos a deixá-los usar uma camiseta dessas em público. James, que vive para esse tipo de atividade com a concha de sorvete, já estava pegando as casquinhas de açúcar e eu estava prestes a perguntar ao primeiro cliente se ele gostaria de uma amostra grátis (dito com o sorriso Scooper Dooper, é claro), quando ouvi meu DJ sarcástico favorito falando pelas caixas de som.

— Muito bem, alguém acabou de botar isso nas minhas mãos. É um single novo; nós recebemos na sexta-feira. Banda local, os Do-Gooders, blá-blá-blá. Liguem e me digam se odiaram. Eu ainda não ouvi. Chama-se "Audrey, espere!"

A concha de sorvete caiu da minha mão e bateu com tanta força no chão que quebrou o cabo. Eu podia ouvir os primeiros acordes e, apesar de só tê-los ouvido uma vez antes disso, sabia a música de cor.

— *Você disse o que quis e agora eu também vou dizer! Eu tive você e você me fez morreeeeeeeerrrrr!*

Quando ouvi a música no show dos Do-Gooders no verão anterior, achei que era o pior momento da minha vida. Errado. *Este* era o pior momento de todos.

— Mo-ran-gooo! Mo-ran-gooo! — as crianças estavam começando a cantar de uma forma não tão feliz, completamente inconscientes do fato de que eu havia ficado dormente. O sorriso Scooper Dooper ainda estava colado no meu rosto e eu não conseguia mandá-lo embora.

James me deu um olhar estranho, me entregou outra concha e disse:

— Sirva agora, pense depois.

— Mas... você está *ouvindo isso*? — Como ele podia ficar tão calmo! Era ultrajante. — Sabe o que é isso?

— Hum, não. Só sirva agora, pense depois — ele repetiu, como se fosse o Dalai Lama das sobremesas lácteas geladas ou sei lá o quê. Fiquei imaginando se ele não tinha noção da situação dramática e estava só partilhando seu credo particular comigo. — Olá, senhor, em que posso ajudá-lo?

Me virei para a primeira criança na minha frente e podia ver que a estava assustando.

— Qual sabor? — perguntei através dos dentes cerrados, enquanto as palavras do Evan pulavam do rádio e caíam em cima de mim.

— *Audrey, espere! Audrey, espere! Audrey, espere!*

Soava tão bem no rádio quanto havia soado naquela noite na Jukebox. Maldição.

— Mo-ran-go! Mo-ran-go! — as crianças agora estavam entoando no ritmo do refrão e de repente eu entendi por que as pessoas às vezes aparecem no trabalho com uma arma e um ressentimento.

— Papai, essa música é boa! — uma das meninas menores falou, suas marias-chiquinhas voando para todos os lados enquanto ela batia palmas.

— É mesmo — o pai concordou.

— *Você crucificou o meu coração, ficou com todos os pedaços e os esmagou com a mããããoooooo!*

— Já ouvi melhores — comentei.

— Como disse?

— Nada. Que tamanho de casquinha, senhor?

Três minutos e 49 segundos depois (é, eu contei), a música acabou e quase todo o Povo Feliz tinha sido servido. Eu mal conseguia ouvir o DJ por cima do barulho.

— Uau — ele estava dizendo. — Eu preciso confessar, temos muita porcaria aqui na estação, mas isso foi bom. E vocês todos também estão ligando agora. Gostei disso. Gostei muito disso. Vamos tocar de novo na próxima hora, fiquem ligados.

Então, lá estava eu, meu ex-namorado na rádio, cantando meu nome como se fosse um insulto; um bando de Gente Feliz na minha frente; usando um chapéu rosa-shocking e uma camiseta com as palavras SCOOPER DOOPER escritas no meu peito-em-treinamento, com sorvete melando meus punhos e braços.

Meu celular estava tocando na sala dos funcionários — o ringtone de Victoria. Eu o reconheceria em qualquer lugar. James continuava a me olhar esquisito e mantive a cabeça abaixada, as bochechas em chamas, tentando tirar o sorvete com a concha e servir e mandar todo mundo embora dali. "*She couldn't believe what she heard at all!*", escutei Lou Reed e o Velvet Underground cantando no meu celular. "*You know her life was saved by rock and roll.*"

Lou Reed, seu mentiroso.

Quando James e eu finalmente conseguimos servir todo mundo e despachá-los pela porta, me senti pronta para começar a fumar e beber ou qualquer vício no qual pudesse botar minhas mãos sem ser presa.

— Ah, meu Deus! — gritei para ele e ele deu um passo para trás. — O que foi *aquilo*? Você ouviu aquilo?

— Pareceu muito bom — ele respondeu. — Legal ter seu nome em uma música. O nome da minha mãe é Mandy, então todo mundo sempre pergunta se é aquela do Barry Mani...

— Não é só o meu nome, é *sobre* mim! — guinchei. Dois clientes que pareciam prestes a entrar na loja me viram dando o ataque e se viraram para ir embora. Atitude sábia da parte deles. — E está na rádio!

— Ah.

— É a banda do meu ex-namorado e ele a escreveu sobre mim e está tocando na rádio e *eu estou usando uma camiseta Scooper Dooper!*

— Hum, acha que talvez seja melhor você se sentar? — James apontou para o banquinho perto da caixa registradora. — Está parecendo meio nervosa.

— Estou morrendo de ódio agora, James — disse a ele. — Me sentar não vai ajudar muito.

— Pelo menos a música é boa — ele observou. — Ela fica na cabeça, eu gostei.

— Quantas pessoas mais você acha que estavam ouvindo? — perguntei a ele. — Tipo, mil? Dez mil?

— Talvez mais.

— Mais?

James estava com uma cara que parecia que eu ia atirar nele.

— É um programa conhecido. Talvez 15 mil?

— *Quinze mil???*

— Talvez? — Aí ele chegou a se encolher. Talvez estivesse esperando que eu explodisse pelo Scooper Dooper todo.

Só o que posso dizer é: Deus abençoe Victoria. Do outro lado do shopping e pela porta de vidro, vi o carro de Jonah encostar no meio-fio. Victoria pulou para fora e começou a correr na minha direção com seu glorioso moicano cor-de-rosa. E deixe-me dizer que Victoria não corre. Foi reprovada em Educação Física no primeiro ano porque se recusou a correr 1,5km. Talvez se sua casa estivesse pegando fogo ou algo assim ela se apressasse, mas seria preciso um ato de Deus ou da natureza para fazê-la se mexer.

Ou uma música na rádio.

Suas botas batiam no chão do shopping enquanto ela corria e os olhos do James se esbugalharam.

— Uau — ele disse. — Ela está numa missão.

— Audrey! — Seu rosto estava corado quando ela entrou na loja como se estivesse na Espanha, os touros em seus calcanhares. — Você ouviu aquilo?

— James aqui acha que 15 mil pessoas ouviram aquilo! — gritei.

— Eu tentei... ligar... e você... não atendeu... Por quê? — ela se dobrou para a frente para recuperar o fôlego e eu a ouvi ofegar baixinho. — Puta... merda...

— Estava servindo o Povo Feliz — disse a ela.

— O... povo... *o quê*?

— Um lance de coral. Precisa de uma água? — É a cara da Victoria ficar sem fôlego e possivelmente desmaiar durante a minha crise.

Ela dispensou a água com um gesto e se afundou numa cadeira.

— Isso é sinistro — falou quando recuperou o fôlego. — Todo mundo da escola ouviu.

Me afundei ao lado dela e tirei meu chapéu enquanto Jonah entrava lentamente na loja.

— Acabei de arrumar *el presidente* das vagas de estacionamento — ele anunciou. — Ei, Aud. Que loucura esse negócio da música, hein?

— Hum, Audrey, acho que temos que fechar logo e acho que eles não podem...

— Não se preocupe, garoto, não estamos aqui para levar a grana — Victoria disse por cima do ombro. Aí, ela se virou de volta para mim e sussurrou: — Ouviu todas essas frases completas?

Fingi estar surpresa.

— Tem razão, Victoria — sussurrei de volta. — Agora seria o momento perfeito para pegar um cara. Quer se concentrar por um minuto, por favor! Como você sabe que todo mundo ouviu?

— Recebi, tipo, um milhão de mensagens no MSN e dois milhões de mensagens de texto. Quase deu pau no meu computador. — Seus olhos estavam arregalados e chocados. — Audrey, estava tão bom no rádio! Você vai ficar famosa!

— Não vou, não — chiei. — É só uma estaçãozinha universitária...

— Eles botam os programas ao vivo online — ela observou.

— Ninguém de fora da escola vai ligar se é sobre mim.

Na nossa frente, Jonah estava olhando tanto para os recipientes de sorvete quanto para James.

— Ei, cara, e aí? — ele ofereceu a mão para James para um daqueles apertos de mão complicados que os caras dão, mas James não fazia ideia do que estava fazendo e confundiu tudo. Alguém podia ter perdido um olho.

Para sorte dele, Victoria não viu a interação.

— Sharon Eggleston me mandou uma mensagem de que ela estava de visita na irmandade de sua irmã na USC e elas todas ouviram e Sharon lhes contou que era sua amiga e que todo mundo começou a ter um ataque.

Eu fiz uma pausa.

— Tem tanta coisa errada com essa frase que eu nem sei por onde começar.

— Tipo?

— A irmã da Sharon Eggleston conseguiu entrar na USC?

— Eu sei. Parece que seus pais são ex-alunos.

— E quando você começou a trocar mensagens com Sharon?

— Hoje mesmo. Acho que ela arrumou meu número com alguma outra pessoa depois que não conseguiu encontrar você.

— Sharon disse para a irmã dela que nós somos amigas? — perguntei.

— Eu sei, é uma loucura, ela obviamente bebeu um barril inteiro de chope ontem à noite ou sei lá o quê. Mas, Audrey! As pessoas adoraram a música! — Os olhos da Victoria estava brilhando como o gloss da Sharon. — Aposto como o seu celular explodiu com todas as mensagens. Metade das vezes eu mal consegui completar a ligação.

James estava afobado atrás do balcão, lavando conchas de sorvete e começando a fechar o caixa.

— Tenho que ajudá-lo — disse para Victoria.

— Pensa só — ela falou, afundando de novo na cadeira — todo mundo vai puxar o seu saco na escola.

— Ah, que felicidade.

— E Sharon Eggleston vai pirar. — Victoria juntou as mãos com alegria. — Ah, meu Deus, mal posso esperar. Segunda-feira vai ser o máximo.

— Sharon Eggleston? — James falou — Essa garota sempre vem aqui.

Victoria e eu nos entreolhamos.

— Ela sempre vem aqui? — perguntei. — Sério?

— É, normalmente nos seus dias de folga. Ela é a garota do... sei lá, do cabelo jogado, acho que se pode chamar assim. — James imitou o gesto de jogar o cabelo por cima do ombro.

Victoria e eu nos entreolhamos de novo: *Ah, é mesmo?*

Funguei enquanto ia para trás do balcão e começava a contar as moedas no caixa.

— Sharon Eggleston tinha uma super queda pelo Evan antes de eu começar a namorar com ele — falei para o James. — Ela provavelmente está planejando minha morte iminente. Prepare-se para encontrar meu corpo no freezer.

— Uh... — os olhos do James se arregalaram.

— Estou *brincando*! — eu disse a ele. Aparentemente a palavra *sarcasmo* nunca entrou em seu vocabulário. — Só estou brincando, juro.

— Aud tem um senso de humor estranho — Jonah observou para James. Ele ainda estava olhando para o sorvete e eu parei de fechar o caixa tempo suficiente para lhe servir uma casquinha de Choco-Nozes-À Beça. — Maneiro — ele sorriu. — Valeu, Aud.

Aí, joguei um pano para a Victoria.

— Tome — falei para ela. — Por favor, faça algo útil para que eu possa me mandar daqui.

Ela enrugou o nariz, mas começou a limpar as mesas mesmo assim. E, quando ela estava no meio da terceira mesa, e depois que eu contei as moedas do caixa duas vezes e ainda assim não batia, a música tocou no rádio novamente.

— Esta música já está a caminho de ser a mais pedida de hoje — o DJ disse. — E vocês ouviram primeiro aqui, na KUXV, 98.5!

Mas só ouvimos os primeiros compassos, porque eu estiquei o braço e desliguei o aparelho de som.

O silêncio na loja era ainda mais alto.

Depois de fecharmos e trancarmos, e de James quase ter prendido a chave na porta da frente e termos que forçá-la para sair, andei com Victoria e Jonah até nossos carros.

— Então, a segunda coisa mais emocionante que aconteceu hoje? — Victoria falou. — James.

— James? — tanto eu quanto Jonah perguntamos.

— Ele realmente estava conversando muito com você — Victoria observou e me cutucou nas costelas. — Pelo menos ele pode dizer que a conheceu antes de você ficar famosa, certo?

— Vic-to-ria! — gritei. — Eu não sou famosa! Lembra-se daquela garota no ano passado, que gabaritou o vestibular e acabou numa matéria no *L.A. Times*? Ela é mais famosa do que eu.

— Gabaritou o vestibular? Pfft — Victoria fez um gesto com a mão na frente do rosto. — Posso fazer isso dormindo. Além do mais, ser descolado vende muito mais do que ser inteligente.

Jonah riu e assentiu.

— Ela tem razão.

Victoria sorriu e passou o braço pelo dele. Ela *adorava* estar certa.

— De qualquer modo, só estou dizendo que James passou a noite toda olhando para você.

— Acho que é o estrabismo.

— Ele também lhe falou sobre seu estrabismo?

Está bem, essa me fez rir, admito.

— Quando a música tocou a primeira vez na rádio — contei a eles —, eu congelei atrás do balcão e ele se aproximou de mim e disse: “Sirva agora, pense depois.”

— Palavras de adesivo de para-choque — Jonah falou, balançando a cabeça em aprovação.

— Bordado em uma toalha de mão — Victoria acrescentou. — Viu, ele é muito calmo, muito filosofia oriental, muito tipo Buda.

— Ele não podia ser mais irlandês — observei.

— Tipo Buda em *espírito*. Quando todo mundo perguntar a você como continuou humilde, pode dizer que foi por causa do James.

Dei uma olhada para ela, mas não consegui esconder um sorriso.

— Como continuei *humilde*? — foi tudo o que falei.

— Me dê um tempo. Ainda estou tonta com a emoção. Vou dar um exemplo melhor depois.

Depois que eles me levaram até meu carro, entrei e tranquei as portas e esperei para vê-los indo embora. Podia ver que Victoria havia se sentado mais perto de Jonah e que ele estava com o braço em volta dos ombros dela e estavam rindo de alguma coisa (provavelmente o comentário do Buda). Os dois pareciam muito felizes.

O lado de dentro do meu carro estava muito, muito frio.

Enfiei a mão dentro da bolsa e, pela primeira vez naquela noite, tirei o meu celular. A luz dos recados estava piscando como um estroboscópio e eu o abri e vi que a caixa das mensagens de texto estava cheia. Só reconheci metade dos nomes, mas quase todos começavam assim: "AH MEU DEUS OUVI MÚSICA ME LIGUE!!! RSRS!!!" Nem me dei o trabalho de checar as mensagens de voz.

Mas o que fiz foi varrer a minha agenda de telefones e parar em um dos nomes mais familiares ali. Evan Dennison. Apesar de não me lembrar de praticamente nenhum número de telefone além do meu, este eu sabia de cor. Aí fiquei pensando por que nunca o tinha apagado, por que ele ainda estava ocupando esse espaço, por que ele ainda estava em todos os lugares.

Agi antes de conseguir me controlar. Disquei de memória o número do seu celular, só para ver se conseguia, e deixei tocar. Meu coração estava nas orelhas e nos dedos do pé e em todos os lugares, menos no lugar certo e, depois de quatro toques, me segurei para ouvir sua mensagem. Fiquei imaginando se ainda seria a mesma, a risada baixa de doidão seguida das palavras "Se você não sabe quem está falando, não deixe recado. Senão, fale".

Mas aquela voz fria de robô atendeu: "O número para o qual você ligou não existe." E as minhas mãos estavam tremendo e, por algum motivo — ou talvez por motivos demais — senti vontade de chorar.

Então, chorei.

Depois, dirigi para casa em silêncio, passando por decorações do Dia das Bruxas e abóboras acesas e enxuguei meu rosto e chequei meus olhos no retrovisor antes de entrar. Meus pais estavam no sofá e Bendomolena ainda estava exatamente no mesmo lugar na escada. Quando entrei, todo mundo exceto Bendy olhou para mim com expectativa.

— Bem? — meu pai falou.

Ah, Jesus, eles tinham escutado a música. Haviam escutado a música e ouvido a letra e ficado totalmente paranoicos e entrado na minha conta de e-mail e descoberto que Evan e eu havíamos dormido juntos e agora teria que aguentar uma intervenção em que meus pais iam falar sobre esperma e camisinhas e responsabilidade e estatísticas de gravidez na adolescência. E aí provavelmente iriam me mandar para um daqueles acampamentos no meio do mato onde lhe dão um nome tipo Pequeno Urso Que Corre e a fazem revirar o lixo para melhorar sua autoestima até você jurar ficar em abstinência pelo resto da sua vida natural.

Deixa eu dizer uma coisa: eu e a natureza? Acho que não.

— Hum, sim? — falei. Continuei de casaco só para o caso de haver dois homens robustos esperando para me arrastar para algum acampamento anônimo no deserto.

Meu pai ergueu uma colher, cheio de expectativa.

— Onde está o Sonho de Café?

Ah. Sorvete.

Certo.

4 *"Making islands where no islands should go..."**

— Death Cab for Cutie, "Transatlanticism"

PASSEI A MAIOR PARTE DO DOMINGO não retornando nenhum telefonema, não escrevendo e-mails ou mensagens de texto ou, no mesmo clima, não fazendo nenhum dos deveres de casa. Em vez disso, comi panquecas integrais com minha mãe, fiquei sentada no quarto e recortei duas revistas, aí fiz uma lista e uma capa de CD muito explícita para meu disco *Segure a Onda!*. Uma amostra aleatória:

Faixa 3: No Doubt, "Just a Girl" — nunca é cedo demais de manhã para ouvir ódio sarcástico feminino.

Faixa 11: Jay-Z, "99 Problems" — Diferentemente do Sr. Z, eu só tinha um problema, não 99 (mas, de qualquer modo, é muito maneiro para se ouvir dirigindo).

Faixa 8: Bob Marley & The Wailers, "Trenchtown Rock" — Porque a letra de abertura é "One good thing about music/When it hits, you feel no pain". Na boa, vocês realmente precisam que eu explique mais?

* Criando ilhas onde não devia haver ilha nenhuma...

Tudo isso levou algum tempo, porque meu telefone ficava tocando a cada dois minutos mais ou menos e é claro que eu precisava verificar o identificador de chamada. Lá pelo 57º toque, porém, percebi que mal reconhecia nenhum dos números, então o desliguei. Victoria sabia o número dos meus pais, então, se acontecesse algo urgente, tipo se Sharon Eggleston perdesse todo o cabelo em um derramamento trágico de óleo ou se Evan fosse indicado para um Grammy, eu estava certa de que Victoria saberia como me encontrar.

Mais tarde, Bendomolena entrou gingando no meu quarto e se acomodou em cima de uma pilha de revistas, sufocando a foto da capa com sua barriga.

— Por que não fez isso com Evan? — perguntei a ela. — Você teve oportunidades suficientes.

Bendomolena nunca gostou de Evan. Foi a minha primeira suspeita de que as coisas não estavam bem. Minha segunda suspeita veio durante uma de nossas maratonas de conversas telefônicas. Na verdade, chamá-las de "conversas" é generosidade. Eram mais como monólogos de Evan, durante os quais eu dizia "é" e "ahã" e assistia ao *Steven's Untitled Rock Show* na Fuse com o som desligado enquanto Evan não parava de falar sobre por que seu baterista era um lixo.

Finalmente, uma noite, fiquei entediada. E de saco cheio. E irritada. Então fiz uma pequena experiência com Evan.

— Ei — falei casualmente. — A Bendomolena está pegando fogo.

— Legal. Então, Jon quer fazer um solo de bateria e nós mandamos tipo, "Cara, não".

Olhei através do quarto para Bendomolena, que não estava, obviamente, pegando fogo, mas refastelando-se de costas.

— Uau, ela é realmente inflamável — falei e Bendomolena abriu um olho. — Quem diria que algo tão pequeno podia queimar com tanta fúria?

— Eu sei, certo? Então, saca só. *Ele* disse...

— Ei, Ev, é melhor eu ir pegar o extintor de incêndio. Ela está tostando.

— O quê? Extintor de incêndio? Do que diabos você está falando, Aud?

Suspirei e evitei o olhar frio de Bendomolena, que sentia estar sendo usada como um peão no meu jogo.

— Nada. Só estou brincando. Mas tenho que ir, está bem? Minha mãe precisa de mim para alguma coisa.

Então é claro que liguei para Victoria logo depois de desligarmos.

— Eu disse a ele que a minha gata estava pegando fogo e ele nem me ouviu! — gritei. — Pegando *fogo*, Victoria! E ele nem ligou!

Ela fez uma pausa por um minuto.

— Aud — disse finalmente —, isso é tão doente que eu nem sei por onde começar.

— Está bem, eu sei, mas tinha que ser drástico.

— Isso não é drástico, isso é sádico. Você misturou as... bolas.

— Quer por favor se concentrar no assunto? Evan não escuta o que eu digo!

Eu podia ouvi-la suspirando alto.

— E isso é novidade?

— Devo terminar com ele?

— Você quer terminar com ele?

— Sei lá — soltei meu suspiro mais dramático. — Distraia-me da minha infelicidade.

— Hum... humm... comprei sapatos novos.

— Nossa.

— Quer vir para cá experimentá-los?

Eu meio que queria.

— Chego aí em dez minutos — falei, e meu problema com o Evan foi esquecido por aquele momento.

Evan e eu havíamos passado horas na minha cama enquanto meus pais estavam no trabalho. Às vezes, nos esparramávamos de frente um para o outro enquanto ele dedilhava sua guitarra e tentava pensar em palavras que rimassem com *Bendomolena*. A única vez que conseguiu foi quando pisou acidentalmente no rabo dela e aí começou a cantar espontaneamente: "Bendomolena!/ Eu não vi sua perna!". E falei:

— Oi, você quase decepou o rabo da minha gata, obrigada.

Que tipo de cara escreve uma música sobre pisar na sua gata enquanto ela está berrando de dor? Eu devia ter sacado na hora.

Mas não era tudo ruim, é claro. Quer dizer, eu o *amei*, amei mesmo. Houve épocas melhores, os momentos silenciosos em que ninguém estava falando e até a nossa respiração era igual, subindo e descendo debaixo da nossa tenda de lençóis como se tivéssemos sido feitos para respirar um com o outro, um pelo outro. É engraçado como cama, travesseiros e cobertas podem mudar a conversa. As palavras ficam silenciosas e você quer dizer mais e falar menos. É como se pudesse construir seu próprio mundinho. População: 2.

Evan brincava com meu cabelo e o enrolava em torno do punho e me puxava em sua direção até nossos lábios se tocarem. Eram momentos breves, mas eu só conseguia segurá-los como água nas minhas mãos antes que ele estivesse se afastando, puxado para trás por melodias ou amigos ou ensaios, deixando minhas mãos vazias e meu coração cheio demais para continuar sozinho.

5

*"To readjust you've got to trust that all the fuss is just a minor thing..."**

— Red Hot Chili Peppers, "Minor Thing"

NA SEGUNDA-FEIRA DE MANHÃ, fiz algo um pouco ilegal e fui de carro para a escola usando fones de ouvido para poder ouvir o máximo possível minha compilação *Segure a Onda!* para me estimular positivamente para o dia. (A grana para a compra das caixas de som do meu carro estava sendo consumida regularmente por causa do "Aaah, eu quero esse CD!") Eu nem conseguia ouvir rádio, já que a KUXV estava tocando "Audrey, espere!" praticamente a cada hora. (Está bem, dei uma roubadinha e ouvi o Top 5 da noite — a música era a número 1 —, mas vocês teriam feito a mesma coisa.) Na noite anterior, quando devia estar dormindo, mas, em vez disso, estava deitada acordada olhando as estrelas que brilham no meu teto no escuro, tentei pensar por quanto tempo a música seria popular. Talvez fosse uma coisa da semana, uma novidade que se

* Para reajustar, você tem que confiar que toda essa comoção é só uma coisa sem importância...

desgastaria assim que a próxima grande banda aparecesse. Não era como se Evan estivesse na MTV ou na *Teen Vogue* ou nada desse tipo, certo? Isso era só uma coisa local, um garoto da nossa cidade se dando bem.

Às 8h01, essa teoria foi completamente destruída.

Victoria me viu saindo do estacionamento da escola e veio correndo me encontrar.

— Oi! — ela disse ofegante. — Você não vai acreditar nisso!

— Com base nos eventos das últimas 48 horas — respondi —, eu vou acreditar. E bom dia para você também.

— Tanto faz. Oi. Aliás, você é uma idiota por não atender seu telefone. Mas eu estava falando com Chris Collins, e o irmão dele está no primeiro ano da Rutgers e disse...

— Oi, Audrey! — Sharon Eggleston gritou do outro lado da quadra, acenando para mim com aquele pulso esquelético perfeito e branco.

Eu pisquei.

— Sharon Eggleston acabou de dizer oi para mim?

— É claro que disse — Victoria bufou. — Ela vai dar o bote em você. Prepare-se para a invasão. Você ligou de volta para ela?

— Não, é claro que não. O que eu devia dizer? *Oi, você tinha a maior queda pelo meu ex-namorado, vamos ser melhores amigas e sair para fazer compras?* — Estávamos andando até meu armário e eu estava dolorosamente consciente do fato de que muitas, muitas pessoas estavam me encarando, incluindo um grupo de garotas do primeiro ano que pareciam ter respirado gás hélio.

— Oi, Audrey! — elas gritaram quando passei.

— Oi...? — falei, sem saber como reagir a três pessoas que pareciam estar prestes a entrar em combustão espontânea ou comer minha cabeça.

Victoria, é claro, continuou indo em frente.

— Então, *voltando ao assunto*, Chris Collins me mandou um recado pelo MSN ontem à noite e disse que o irmão dele está estudando em Nova Jersey...

— Por que Nova Jersey? — interrompi. Não resisti. — Quer dizer, por que ele não foi para Nova York e passou o tempo galhofando na cidade? É o que eu faria se fosse ele.

Victoria fez uma pausa e pude ver que ela estava tentando não sorrir.

— Você disse "galhofar"?

— Não é uma palavra?

— Quem é que diz "galhofar"?

Girei o cadeado do meu armário e esperei que ele prendesse, como sempre fazia, no 33.

— Eu digo galhofar — falei para ela. — E mais pessoas deveriam.

— Deviam *dizer* galhofar ou deviam galhofar de verdade?

— As duas coisas.

— Ei, Aud.

— Oi, Audrey.

— Audrey, espere!

Victoria olhou para seu relógio.

— Uau, 90 segundos até o primeiro "Audrey, espere!". Errei feio.

Enfiei meu livro de Geometria e a cópia de *O despertar* no armário e puxei o livro de História Americana.

— Numa escala de um a dez, o quanto você acha que hoje vai ser difícil?

Victoria mordeu a boca e se inclinou contra a parede.

— Sinceramente?

— Como se algum dia você não tivesse sido. Vamos, finja que você é o juiz russo.

— Vai ser foda.

— Não acho que o juiz russo diria isso.

— Acho que o termo correto é "República Soviética". E eu diria 9,8.

Suspirei.

— E amanhã?

— Pior.

Encarei seus olhos redondos e vi que ela sabia de algo que eu não sabia.

— O quê, exatamente, Chris Collins disse?

Ela se iluminou como uma árvore de Natal.

— Droga, você e a sua galhofa me distraíram completamente! Então o irmão dele está em Jersey, certo?

— E não galhofando em Nova York.

— Isso aí. Mas Chris disse que seu irmão mandou um e-mail para ele ontem para dizer que "Audrey, espere!" também está tocando na estação de rádio da Rutgers. Acho que está fazendo muito sucesso porque as pessoas ficam pedindo para tocar e Chris disse que o irmão dele disse que ela pode ser ouvida em todos os quartos do dormitório quando tem festa.

Agora, eu sei que, falando fisiologicamente, meu coração não parou quando Victoria disse isso. Sei que é impossível, porque ainda estou aqui de pé hoje. Mas ele deu um pulo estranho que nunca tinha dado antes, isso é certo.

Victoria interpretou meu silêncio como permissão para continuar.

— E havia uma foto e uma matéria sobre os Do-Gooders no jornal local. Foi assim que o irmão dele os reconheceu, porque fez Educação Física com Evan um ano. Era Educação Física? Não consigo me lembrar. Talvez fosse Geologia. Ou Geografia. Não era Geometria porque...

— Victoria! — guinchei. — Você ouviu o que acabou de dizer?

— Eu sei! — Seus olhos estavam irradiando uma energia estranha, como se ela tivesse sido iniciada em um culto e quisesse que eu lesse um panfleto. — Não é incrível? Quer dizer, eles fazem shows locais, que se dane. Mas agora eles são *conhecidos nacionalmente!* E *você* também!

— Quantos anos acha que é preciso ter para sofrer um ataque cardíaco? — perguntei a ela.

— Pelo menos 35.

— Estou prestes a quebrar o recorde.

— Isso não vai ajudar em nada o seu anonimato.

— Eles falaram sobre mim na matéria? — piei. De repente, eu queria estar de volta no meu quarto, com a porta bem fechada e meu CD *Segure a Onda!* no máximo.

— Não sei. Deus do Céu, Aud, essa veia na sua testa está quase explodindo.

Respirei fundo. (Eu sou muito grilada com essa veia. Não é exatamente meu traço mais bonito.)

— Victoria, isso é loucura.

— Não é, não.

— Acha que eles vão ter esse jornal na livraria?

— Sei lá. Eles não têm que, tipo, enviá-los para cá?

— *Temos que ir à livraria!* — Minha pele de repente estava gelada enquanto todos os músculos por baixo estavam pegando fogo. — Podemos pegar o meu carro.

— Está bem, tudo bem. Pelo menos espere até depois do terceiro tempo. Ouvi um boato sobre um teste surpresa de Biologia e, se eu perder, estou ferrada.

— Você está empatada com mais duas pessoas na média mais alta da escola — observei. — Um teste não vai matá-la.

— É, mas nem morta que Sharon Eggleston vai roubar minha melhor amiga *e* meu lugar de direito como oradora da turma.

— Está bem, certo, mas depois do terceiro?

— Prometo.

Eu ia acrescentar algo sobre como Sharon Eggleston nunca me roubaria quando vi James passar por mim, sozinho como sempre. Estava usando fones de ouvido e carregando o mesmo casaco de capuz preto-desbotado-até-ficar-cinza que sempre usa, então me aproximei para acenar ou dizer oi ou sei lá o quê. Achava que devia, já que o Sr. Sirva-Agora-Pense-Depois meio que tinha salvo a minha pele no sábado. Mas ele continuou andando em frente, traçando uma linha reta pela multidão. Fiquei imaginando o que estaria ouvindo, por que sempre usava o mesmo casaco todos os dias, e fiquei pensando por que, quando dúzias de pessoas com quem eu nunca havia falado ficavam dizendo oi para mim, por que ele não dizia?

6

*"The beat is complete with the sound of your world going up in the fire..."**

— The Cure, "Doing the Unstuck"

ATÉ TODA ESSA HISTÓRIA com Evan e A Música e minha fama nacional ter começado, Victoria detinha o recorde de Pessoa Mais Briguenta do Mundo na Jackson High. Ela apareceu um dia com o cabelo azul-royal (assistida por mim, é claro) e, no final do primeiro tempo, estava na sala do diretor e estavam chamando a mãe dela. O negócio é o seguinte: a mãe de Victoria é ainda mais marrenta do que ela. Depois que seu marido a deixou, ela teve esse renascimento ou sei lá o quê e voltou para a faculdade e acabou virando advogada; então, quando ligaram da escola, ela entrou como um gavião. Eu estava na enfermaria pegando uma aspirina para uma "dor de cabeça" (também conhecido como "bisbilhotando") e ouvi tudo. Estavam até ameaçando suspender Victoria, mas a mãe dela estava toda "é, bela tentativa, mané" e então ameaçou processá-los e

* A batida está completa com o som do seu mundo explodindo em chamas...

chamar a ACLU* se Victoria fosse "forçada a perder *um minuto* de *um dia* de aula por causa de algo tão sem importância quanto a *cor do cabelo*!"

Era incrível e, desde então, o nosso diretor meio que odeia Victoria e meio que também tem medo dela. Não ajuda o fato de ela sempre estampar no rosto um sorrisão bem falso quando seus caminhos se cruzam.

Tudo isso para dizer que escapulir da escola com a Victoria é um pé no saco, motivo pelo qual acabamos não indo à livraria juntas. Em vez disso, fiz ela jurar pelo seu box set do Nirvana que iria explorar as prateleiras enquanto eu ia trabalhar.

Nesse meio-tempo, no entanto, três coisas aconteceram:

(1) Na aula de Geometria no segundo tempo, uma garota chamada Tizzy se inclinou na minha direção pelo corredor entre as cadeiras. Nós nunca tínhamos realmente conversado antes, apesar de fazermos duas aulas juntas, o que era uma decisão consciente da minha parte. Digamos apenas que o nome da garota procedia.**

— Hum, você é a garota para a qual Evan Dennison escreveu a música? — ela sussurrou para mim enquanto estávamos pegando os deveres.

— Hum, sou — falei. — O que você botou na número quatro?

— Que se dane o dever! — Tizzy gritou. — Ah, meu Deus, aquela música é tão sensacional! E você é a Audrey! Ah, meu Deus! Isso é uma loucura! Simplesmente uma loucura!

---

* American Civil Liberties Union — União Americana das Liberdades Civis. (N. da T.)

** "Tizzy" — mentalmente agitado e confuso. (N. da T.)

— Como você ganhou o apelido de Tizzy, por falar nisso? — perguntei.

— O quê?

— Nada não.

— Então, Sharon é legal? Ela parece ser muito legal. Como é namorar Evan?

— Hum, não estamos mais namorando — comecei a explicar, mas Tizzy não estava interessada na resposta.

— Ei, você acha que eu posso conhecer a banda? O guitarrista é o maior gatinho!

— Bem, eu...

— Então vocês não estão mais namorando? Que chato, não é? — Juro por Deus, os olhos dela estavam indo em duas direções diferentes a essa altura.

(2) Na aula de Biologia no quinto tempo, sem o menor motivo, Jared Simmons virou-se em sua cadeira e me entregou um CD.

— Ei, acha que pode dar a demo da minha banda para Evan?

Bem, uma manada de girafas podia ter atravessado correndo o laboratório naquela hora e acho que ninguém teria percebido porque, até aquele momento, todos nós achávamos que Jared era mudo. Sem brincadeira, achávamos mesmo. Então quando ele (a) falou e (b) revelou que estava numa banda, a sala toda ficou imóvel. Até nosso professor de laboratório mandou um "Puta merda!". Fiquei tão surpresa que só o que consegui dizer foi "Hum, claro", e ele só agradeceu com a cabeça e virou-se de volta na cadeira como se nada tivesse acontecido. Enquanto isso, minha amiga Tizzy estava tendo um treco na última fila.

— Vocês *ouviram isso*? Ah, meu *Deus*! Audrey, você é uma milagreira!

(3) Tornei minha missão pessoal encontrar Chris Collins, fonte original da história famosos-em-Nova-Jersey, o que só aconteceu depois do último sinal. A essa altura eu estava um caco e, no final do dia, acabei fazendo aquele monte de trancinhas no meu cabelo só porque eu tinha que manter minhas mãos ocupadas, e fazer colagem não era realmente uma opção durante a aula de História. Além do mais, me dava a desculpa para não ter que fazer contato visual com as pessoas.

É, levou algum tempo para encontrar Chris Collins. Falar com ele, no entanto, parecia uma total perda de tempo.

— Ah, é, isso — ele falou quando lembrei das notícias de seu irmão. — É isso mesmo. Sensacional, não é?

— Totalmente. O melhor dia da minha vida. Então foi o seu irmão que lhe contou? Ele disse mais alguma coisa?

— Hum... sei lá. Não muito.

— Tipo se eu fui mencionada na matéria ou algo assim...?

Seus olhos estavam com as pálpebras pesadas e eu não sabia se ele só estava chapado ou sofrendo de uma overdose de maconha.

— Acho que não.

— Tem certeza?

— Hum, talvez? Não me lembro direito. Eu não estava lá.

— É claro que não estava.

— Então a música é sobre você, não é? — Chris afastou o cabelo dos olhos e riu — Uau, você realmente deixou ele puto. O que foi, você é ruim de cama ou algo assim?

— Ei, eu... — me contive e não dei a Chris Collins uma descrição detalhada da minha vida sexual, por mais limitada que fosse. — Essa é uma pergunta muito grosseira para se fazer a uma garota — falei finalmente. Estava tentando dar um clima descolado, indiferente, tipo Karen O., mas acabei soando como a avó aflita de alguém.

— Ei, é uma festa! — Victoria veio correndo e agarrou o meu cotovelo. — Oi, Chris.

— Tanto faz, cara. — Chris nos afastou com um gesto.

— Que bicho mordeu ele? — ela perguntou enquanto eu pegava seu braço e praticamente a arrastava para o estacionamento.

— Tomara que seja um afiado e venenoso.

Victoria estava me avaliando com os olhos.

— O que houve com o seu cabelo?

— Ah, hum... — estiquei a mão e passei os dedos em uma trança. — Hábito nervoso.

— É meio tipo Bob Marley encontra Píppi Meialonga.

— Isso não é um elogio, é?

— De jeito nenhum.

Suspirei e comecei a destrançar o cabelo.

— Podemos ir à livraria agora?

— Fiz melhor do que isso. — Ela ergueu uma página impressa do computador. — Eu procurei no Google.

Bati com a palma da mão na testa.

— Por que não pensei nisso?

— Belo tapa. Está tentando manter a veia invisível?

Ignorei a última parte.

— Graças a Deus uma de nós se sai bem sob pressão.

— É, você amoleceu rapidinho. Então, voltando ao assunto, se me permite — ela ergueu a folha e começou a ler enquanto íamos para o estacionamento. Segurei seu braço para que ela não batesse em um carro estacionado ou em qualquer outra coisa. — Muito bem, é intitulado "Banda que amamos esta semana", ponto de exclamação. "Se 'Audrey, espere!' for alguma indicação, os Do-Gooders têm um longo caminho pela estrada da música. Liderados pelo atletismo vocal...”

— *Não* está escrito isso. Você inventou.

Ela apontou para o papel.

— Olhe, marquei isso. Continuando, “Liderados pelo atletismo vocal do rapaz de 17 anos bonito-como-o-garoto-sobre-quem-seus-pais-advertiram Evan Dennison, essa banda da área de Los Angeles toca sua música de dor de cotovelo do jeito que você quer ouvir: alto, rápido e pesado, com...”

— Ah, pelo amor de Deus — suspirei. — Por favor, pare, já entendi.

A essa altura, estávamos ao lado do meu carro.

— É — ela falou. — Não é exatamente jornalismo de primeira, mas é isso mesmo. — Victoria passou a mão por seu cabelo recém-pintado de rosa. — Então, você vai para o trabalho?

— É, só um dia normal, sabe. Acordar, ouvir sobre a minha vida amorosa no rádio, ler uma matéria sobre meu ex-namorado num jornal universitário e, então, ir servir sorvete de Chiclete Duplo para desconhecidos. O de sempre.

Victoria sorriu.

— Pode me dar uma carona para casa? Jonah tem alguma coisa depois da aula.

— Tipo detenção, quem sabe?

— Quem sabe.

Sorrimos uma para a outra por cima do teto do meu carro.

— O que posso dizer? — ela encolheu os ombros. — O primeiro tempo não se dá bem com ele.

— Entre — falei para ela. — Só tenho que passar na minha casa antes e pegar minha camiseta de trabalho.

— Scooper Dooper! — ela replicou e se abaixou antes que eu pudesse dar um soco em seu ombro.

A julgar pela forma como meu dia estava sendo, fazia sentido que minha camiseta Scooper Dooper estivesse no chão do meu quarto. Lavar roupa nem sempre está no topo da minha lista de tarefas, como minha mãe pode atestar. Eu a cheirei rapidamente, considerei aceitável e estava no meio da troca de camisas na escada quando meu telefone começou a tocar.

— Pode atender? — berrei para Victoria, que estava folheando o novo catálogo da J. Crew à mesa da cozinha.

— Sério, quem inventou esses nomes de cores? — ela perguntou sacudindo o catálogo. — Piscina? Aipo? — e atendeu o telefone enquanto tagarelava. — Quer dizer, Jesus, é um suéter, não um... Alô, telefone da Audrey. No momento ela está se vestindo para um trabalho entediante que não tem benefícios, em que posso ajudar?

— Morreu para mim — sibilei para ela, mas ela não estava mais prestando atenção. Seus olhos estavam ficando cada vez mais arregalados e ela ficava repetindo:

— Ahã... ahã... está bem, espere um minuto.

Aí, ela cobriu o bocal do telefone e o afastou da orelha.

— Aud! — ela chiou — *Audrey*!

— Estou bem; ufa, aqui! — falei, tentando puxar a camiseta por cima da cabeça. — Quem é?

— É da *L.A. Weekly*! — exclamou. Suéteres cor de piscina não eram mais sua maior prioridade esta tarde, dava para ver.

— O que eles querem?

— Querem falar com você! — Ela estava pulando para cima e para baixo como faz nos shows durante nossas músicas favoritas. — Tome, fale com ela! É uma repórter!

Me afastei do telefone mesmo enquanto ainda estava presa dentro da minha camiseta feia de trabalho.

— De jeito nenhum — respondi. — Já estou atrasada para o trabalho.

— Audrey — agora Victoria estava usando sua voz por-favor-não-se-mete-comigo-ou-Deus-me-perdoe-você-vai-se-arrepender. (Ela vai ser uma mãe incrível algum dia). — Venha cá e fale com ela. É uma repórter, não um Dementador.

— Nerd de Harry Potter.

— Que seja. Pegue a porcaria do telefone.

Suspirei e fiz o que ela mandou.

— Alô — respondi enquanto tentava espremer ao mesmo tempo o braço e a cabeça para dentro da camiseta. — Ai! Me desculpe, alô?

— Hum, alô. Estou procurando Audrey Cuttler, por favor?

— Você a encontrou. — Ou a minha cabeça havia crescido ou a camiseta encolhera enquanto apodrecia no chão.

— Oi, meu nome é Isabella. Sou repórter da *L.A. Weekly* e...

— De onde? — Minha cabeça estava tão apertada que eu não conseguia ouvir, então tirei a camiseta de novo e percebi que estava tentando passar a cabeça pela manga. — Ah, pelo amor de Deus.

— Como disse?

— Não, me desculpe, fui eu. Você é repórter de onde?

— Da *Weekly*! Estamos fazendo uma matéria sobre bandas locais e queríamos botar alguma coisa sobre os Do-Gooders e eu estava imaginando se você teria um minuto?

— Hum. Claro, tudo bem — disse e olhei para a Victoria, dando de ombros. Ela ainda estava toda entusiasmada, com as mãos em cima da boca, mas eu fiz sinal para ela se aproximar para que também pudesse ouvir. — Como conseguiu este número, por falar nisso?

— O assessor de imprensa deles me deu.

Assessor de imprensa? Evan tinha um assessor de imprensa agora? Meu ódio ferveu de novo e olhei para o relógio que ficava pendurado acima da pia da nossa cozinha. Se essa conversa levasse cinco minutos, eu poderia levar Victoria para casa e chegar ao trabalho em duas músicas do The Cure (mas não músicas do *Disintegration*) e bater o ponto com um minuto de atraso.

— Tenho bastante tempo — eu disse a ela. — O que quer saber?

— Bem, para começar, como é ter uma música escrita sobre você?

— Ah, é tudo de bom. — Praticamente tive que secar o sarcasmo que pingava do telefone. — Adoro ser exposta em público, é o máximo.

Ela riu e eu vi que estava agradando. Finalmente, alguém para ouvir o meu lado da história!

— E Evan falou alguma coisa com você sobre a música depois que a compôs?

— Não, àquela altura já havíamos terminado. Ele não teve coragem! — ri de novo e Victoria e eu batemos com os cotovelos em solidariedade. — Você sabe como os garotos são. Eles contam tudo para os amigos depois que você vai embora.

— Nem me diga. — Podia ouvi-la digitando freneticamente do outro lado. — O que os seus amigos acham da música?

— Bem, há muito "Audrey, espere!" sendo gritado nos corredores e parece que agora todo mundo quer ser meu amigo, mas é só isso — aí pensei no Chris Collins. — Um cara que eu conheço disse que seu irmão ouviu na faculdade em Nova Jersey. Isso foi estranho.

— Ah, também está tocando direto em Londres.

— Quer dizer, tipo, na Londres inglesa?

— A primeira e única. Eles lançaram o CD na Europa e, de acordo com a gravadora, os EUA são os próximos. Estão fazendo muita divulgação.

Minha garganta de repente pareceu meio apertada.

— Sério? Uau, fantástico.

— O que é fantástico? Me diga! — Victoria sussurrou longe do telefone, mas eu fiz um gesto para ela se calar.

— Algum benefício por causa da atenção?

— Hum, o sexo todo? — Nós duas rimos e eu me forcei a relaxar as mãos. — Na verdade, não, é só uma música sobre mim, só isso — e, mesmo enquanto eu pronunciava as palavras, comecei a acreditar nelas. Quer dizer, acreditei mesmo. — São só palavras escritas por alguém que não me conhecia mais. Talvez ele nunca tenha conhecido, sei lá. — Me estiquei para poder encher a tigela de água da Bendomolena. — Eu terminei com ele e o magoei e acho que ele quer fazer a mesma coisa comigo.

Sério, Isabella devia ser a digitadora mais rápida do mundo.

— Tem planos para lançar uma música sua?

— Hum, no momento, não! — ri. — Acho que isso nunca vai acontecer. Eu só canto junto com o rádio.

— E o que você acha das músicas neste momento? Está ouvindo bandas locais além dos Do-Gooders?

— Nossa, eu ouço qualquer coisa. Eu amo música, é tipo... — suspirei e botei a tigela de água de volta no chão. — Quer dizer, às vezes é como se fosse a única coisa que importa. Às vezes, quando ouço uma música genial, significa mais do que tudo, tipo até do que a minha família, ou amigos ou qualquer um. — Ao meu lado, Victoria fez uma cara que dizia claramente *"Não mais do que eu, sua melhor amiga no mundo todo."*

— Foi assim que se sentiu quando ouviu "Audrey, espere!" pela primeira vez?

Neste exato instante, a porta da garagem se abriu e minha mãe entrou atrapalhada pela porta com compras e areia de gato.

— Me... ajudem... — falou, tentando evitar que a porta batesse atrás de si. — Sou jovem demais para quebrar a bacia.

— Olhe, eu tenho que ir — falei para Isabella. — Boa sorte com tudo, está bem? Espero que dê tudo certo.

— Tudo bem, acho que tenho tudo de que preciso. Obrigada por me atender!

Desligamos e corri para pegar a areia do gato com a minha mãe enquanto Victoria agarrava uma sacola de toalhas de papel.

— Obrigada — ela suspirou. — Quem era?

— Hum, só alguém do jornal — falei. No grande esquema de regras da casa, eu não tinha certeza se falar com um repórter era uma violação, então decidi editar seletivamente.

— Nós cancelamos a assinatura há meses! — minha mãe gritou. — O que foi, estão nos oferecendo outra promoção?

— Sei lá, eu desliguei.

Ela largou as compras e puxou um saco de laranjas do topo.

— Para nossa aula de natureza morta — ela disse, os olhos brilhando.

Uma explicação. Há alguns meses, depois da história do término com o Evan, minha mãe decidiu que precisávamos passar mais tempo juntas. Eu concordava totalmente em fazer compras e sair para almoçar comida italiana perto da praia, mas, como ela disse: "Vamos ampliar nossos horizontes, que tal?"

Então nos matriculamos numa aula de taekwondo, mas isso estava fadado ao fracasso desde o começo. Em parte porque minha mãe, apesar de não ser uma banana, também não faz o tipo violento e pedia desculpas sempre que atingia alguém ou algo do tipo. *Tum*! "Desculpe" *Pou*! "Desculpe!" Ela não é nenhuma super-heroína. O outro motivo para estar destinado ao fracasso era que sempre que tenho que levar algo muito a sério, me dá um ataque de riso e não consigo parar. Sério, é constrangedor, mas não posso fazer nada. Lá pela quarta aula, eu estava praticamente ficando roxa e o nosso professor ficou latindo ordens até eu finalmente perder o controle e me dobrar de tanto rir enquanto minha mãe alternava entre bater no boneco de treinamento e pedir desculpas a ele.

— Então — ela disse no carro depois. — O que você acha de aquarelas?

Olhei para as laranjas.

— Elas são muito larangentas, mãe.

— É o melhor que você consegue me dizer? Larangentas?

— Larangentas como um pôr do sol brilhante — beijei sua bochecha e depois uma das laranjas, só para garantir. — Viu? Já estou adorando as laranjas. São umas graças.

Tenho que ir. Foi divertido e tudo o mais, mas estou atrasada.

— E ela vai me levar em casa — Victoria falou, passando a bolsa pelo ombro e pegando uma laranja da bancada. — Vai ajudar a prevenir o escorbuto — explicou. — Está havendo um surto na escola.

Minha mãe só sorriu. Na cabeça dela, Victoria nunca faz nada errado.

— Acha que pode se lembrar do sorvete desta vez?

— Já está gravado no meu cérebro — falei para ela. — Vou botar no carro no começo do meu turno para não esquecer, que tal?

— Ha, ha, engraçadinha — ela sorriu e me deu um abraço apertado de despedida. — Sua camiseta está suja?

— Não estou ouvindo, estou ocupada demais me lembrando do sorvete! — Agarrei minha bolsa e as chaves do carro ao mesmo tempo.

— Lave suas roupas!

— Eu não ouço nada além das exigências dos meus clientes!

James já estava atrás do balcão quando cheguei correndo, ainda segurando meu chapéu enquanto dava um salto para passar meu cartão de ponto. Um minuto atrasada, exatamente como pensei. Eu sou muito precisa.

— Lembre-me de levar para casa meio litro de sorvete Sonho de Café — pedi a ele depois de botar (relutantemente) meu chapéu. — Meus pais são completamente viciados nisso.

— Está bem — ele estava arrumando as torres de casquinhas de açúcar em algo que parecia a silhueta de uma cidade. — Isso parece simétrico?

— Hum, claro.

— Você acha? — Ele deu um passo para trás e observou seu trabalho.

— Então... — fiquei brincando com as conchas de sorvete na fonte. — Valeu por ter me ignorado hoje na escola.

Dizer que nós dois ficamos surpresos pelo meu comentário seria um eufemismo.

— Quando, hoje? — disse, voltando na direção da Cidade da Casquinha de Açúcar.

O barco já havia zarpado: era melhor eu ir em frente.

— É, hoje. Hoje de manhã. Eu ia acenar para você e aí você desviou o olhar então eu fiquei fazendo aquela coisa esquisita de meio aceno...

— Odeio quando isso acontece.

— É, eu também — houve outra pausa constrangedora. Odeio isso ainda mais. — Então, o que você estava ouvindo enquanto não estava dizendo oi para mim?

— Hum, só uma compilação que meu irmão fez para mim.

— James! — gritei. — Você *finalmente* está falando a minha língua! Ale-maldita-luia, vivo e respiro CDs compilados. O que tem nele?

Ele parou de mexer nas casquinhas de açúcar e começou a encher os porta-guardanapos. Suspeitei que James sofresse de um caso moderado de TOC.

— Só um pouco de Clash, um pouco de Dylan, você sabe. As coisas obrigatórias num CD compilado.

— Você ouve The Clash?

— Você não?

— Não muito.

— Posso gravar um CD para você, se quiser.

— Legal, valeu. — Me icei para cima do balcão e balancei os pés contra as prateleiras, cometendo provavelmente dez violações das normas de higiene enquanto fazia isso. — E quanto a novas bandas, você escuta alguma?

— Quer dizer, tipo os Do-Gooders?

Nunca pensei que veria o dia em que o James me faria corar. Graças a Deus, Victoria nunca ficaria sabendo disso.

— Não, eu quis dizer, tipo, *outras* bandas...

Ele sorriu um pouco.

— Só estou brincando com você.

— Porque hoje já não foi difícil o suficiente, valeu.

— É, você é meio famosa na nossa escola.

— Não sou *famosa*, eu só... — fiquei procurando as palavras. — Houve um aumento no meu índice de popularidade, digamos assim.

Ele sorriu e sua nuca ficou vermelho-brilhante, quase tão vermelha quanto seu cabelo. Parecia que não era só eu quem estava corando.

Mas, quando me virei, vi que não era a única que estava fazendo o James corar. Sharon Eggleston estava na frente do caixa, dando seu sorriso patenteado de flerte para James.

— Ei, Aud! — ela disse, como se estivesse surpresa em me ver, como se trabalhar no Scooper Dooper fosse meu grande segredo. — E aí?

— Hum, oi — falei enquanto varria a loja com os olhos procurando uma rota de fuga.

— Sabe, todas as garotas das irmandades da USC estão ouvindo direto a sua música.

— Não é a minha música — expliquei a ela.

— Quer provar o nosso mais novo sabor, Torta de Abóbora? — James ofereceu a ela uma colherzinha com um pouco de sorvete na ponta. — É por tempo limitado. — Eu meio que queria dar um tapa na cabeça dele.

A Sharon voltou os olhos para ele e fez aquela coisa que as garotas fazem quando inclinam a cabeça para baixo e olham para os caras através dos cílios.

— Uau, obrigada — ela disse. — Você é tão gentil.

— Hum, sem problema — James falou e a Sharon deu seu sorriso de mil watts de potência.

Tentei não revirar os olhos e quase tive uma enxaqueca enquanto fazia isso. Por que meu coração de repente havia ficado grande demais para o meu peito? Por que eu estava zangada? Por que James estava agindo feito um idiota desajeitado perto dela? E por que eu me importava? Quer dizer, não é como se eu estivesse a fim...

A voz de Evan no rádio de repente interrompeu o barulho na minha cabeça.

— Ei, aqui é Evan, dos Do-Gooders, e vocês estão ouvindo nossa nova música "Audrey, espere!" na mundialmente famosa KROQ.

Puta merda.

— Ele acabou de...? — falei para James enquanto o queixo da Sharon caía.

— Isso foi...? — ela disse.

— Eu não... — James tentou responder às duas ao mesmo tempo.

— Ele fez uma chamada na KROQ? — guinchei — Está *brincando*?

— *Nós dissemos que amávamos e era mentira! Eu toquei o seu cabelo e a vi...!*

Juro por Deus que Sharon estava gritando.

— Isso é, tipo, a maior estação de L.A.! Da Califórnia! Tipo, talvez do planeta!

Lancei mentalmente raios da morte na cabeça da Sharon enquanto James esticava o braço e desligava o rádio.

— Uau — ele disse. — Isso é... hum, é. Isso é meio que sério.

Tanto eu quanto Sharon olhamos para ele.

— Puta merda — falei depois de um minuto. — Puta merda.

7

*"Cant' help the feeling I could blow through the ceiling..."**

— Radiohead, "Fake Plastic Trees"

LEVOU DUAS SEMANAS para a matéria da *L.A. Weekly* sair e, para ser sincera, eu não estava pensando muito a respeito. Mas durante todo o tempo antes da matéria, ainda estava tentando navegar pela estranha popularidade que a música de Evan me dera na escola. Eu não sabia mais o que Evan estava fazendo, mas podem apostar que estava se divertindo mais do que eu.

"Audrey, espere!" entrou na posição 84 na lista da Billboard dos 100 melhores singles, aí disparou para a posição 47 na semana seguinte, o que aparentemente era um grande feito que só um punhado de bandas havia conseguido antes. Sei disso tudo porque comecei a ler o site dos Do-Gooders, que era todo sofisticado, com um fórum e fotos da banda em um estúdio de gravação. Evan estava igualzinho, só que com o cabelo mais comprido e um sorriso maior e, tudo bem, ad-

* Não posso deixar de sentir que podia explodir pelo teto...

mito, eu ainda o achava gatinho. Talvez gostoso. Mas vocês não ouviram isso de mim.

O fórum deles também estava ficando bastante popular e admito envergonhadamente que passei mais do que uma madrugada clicando em "atualizar" na tela do meu computador para ver que comentários as pessoas estavam postando. De uma forma meio estranha, eu tinha orgulho de Evan, como se ele finalmente estivesse conseguindo todo o sucesso que sempre quisera, então eu lia alguns comentários tipo "Foda-se aquela piranha da Audrey, você é bom demais para ela!" e isso meio que acabava com a minha benevolência. (Por falar nisso, este comentário em especial veio de alguém chamada "G.A.tinha", se é que isso lhes dá uma ideia de quem são os fãs de Evan).

Sharon Eggleston, que nunca foi de perder uma festa, continuava dizendo oi para mim junto com seu bando de amigas e me contando o que ia fazer o resto do dia. Por exemplo: "Ah, oi, Audrey! Nós estávamos pensando em almoçar no Sbarro hoje." Tradução: "Se você não quiser passar o resto da sua vida no Inferno dos Fracassados comendo sanduíches de salada de ovo, sugiro que almoce com a gente." Não sei nem a quem ela achava que estava enganando, já que ninguém nunca tinha visto Sharon Eggleston comer nada na vida além de balas de caramelo e as fatias de limão que ela espreme em sua Coca Diet.

Mas é claro que eu continuava amarelando e dizendo "Ah. Ah, está bem. Mas, sabe, tenho hora no ortodontista/que estudar/uma mobilização do "Salvem as Baleias!" a qual tenho que ir, então..." Eu realmente queria desejar à Sharon Eggleston uma vida inteira de cabelo frisado e espinhas no queixo, mas isso só seria maldade e eu não sabia ser má. Pelo menos, ainda não.

Se havia uma coisa que Sharon sabia fazer, porém, era pegar uma carona no Trem da Popularidade e assumir a direção. Se ela não podia namorar o cara, então ia ser minha amiga quer eu gostasse disso ou não.

Victoria, por outro lado, era menos complacente do que eu e havia planejado um destino cruel para Sharon que envolvia piranhas e uma serra elétrica e não era para pessoas que não tinham estômago.

Não podemos esquecer de Tizzy, por falar em não ter estômago. Ela grudou em mim feito uma craca, me seguindo entre uma aula e outra, me oferecendo comida do seu almoço *durante* as aulas, o que estava deixando Victoria com ciúmes ou irritada, eu não sabia dizer ao certo. Também não podia perguntar a ela porque, diferente de Sharon, não dava realmente para odiar Tizzy. Ela tinha boas intenções e provavelmente era um pouco solitária, o que significava que o radar de Victoria não a detectava. E, além do mais, Victoria só queria falar sobre A Música e Evan e As Possibilidades Que Isso Representava. Possibilidades que ainda estavam para chegar.

— Você está parecendo uma conselheira profissional — eu finalmente lhe disse enquanto nos sentávamos na grama durante a aula de Inglês duas semanas depois da música ter começado a tocar na KROQ. Devíamos estar lendo *Folhas de relva*, mas em vez disso todo mundo estava só deitado ao sol, olhando para o livro de vez em quando.

— Só estou dizendo — Victoria começou pela 46ª vez — que talvez, só talvez, você devesse pensar em arrumar alguma representação ou algo do tipo e tentar ganhar alguma coisa com isso. Pode ser uma oportunidade, sabe. Podíamos ir a pré-estreias de filmes, ganhar butim no Grammy...

— Butim? — perguntei.

— Butim.

Me joguei na grama e fiquei olhando as folhas balançando acima da minha cabeça. Whitman tinha sacado uma coisa com sua filosofia de "Vamos todos amar a natureza", precisava admitir.

— E o que eu vou fazer entre uma pilhagem e outra? — argumentei, pelo que também parecia ser a 46ª vez. — O quê? Batizar shoppings novos? Contar piadas infantis como show de abertura do Evan?

— Ha, é, não. Olhe, você é a Audrey. É minha melhor amiga, a pessoa mais incrível que eu conheço e todo mundo vai amar você. Com A maiúsculo. A-M-A-R. Só tem que sair e ficar aberta para qualquer oportunidade que possa estar disponível. Tipo, digamos, oportunidades de jeans grátis.

Funguei.

Ela jogou um punhado de grama em mim.

— Por que está sendo tão pessimista?

— Não estou. Eu sou realista.

— Uma verdadeira pessimista.

E por aí vai. E teria continuado, mas de repente fui coberta por uma sombra e abri os olhos para ver James parado ali, parecendo quase tão alto quanto a árvore.

— Ah! — falei. — Oi!

E, se vocês acham que a visão de James de pé ao meu lado não deu início aos sussurros, então não andaram prestando atenção.

— Ah, oi — ele disse, como se estivesse surpreso de estar de pé ao meu lado, como se não tivesse sido *ele* quem tivesse se aproximado. — Eu, hum, eu gravei uma cópia do CD sobre o qual estávamos falando para você. Lembra...? The Clash? Eu, hum, também botei umas outras coisas aí.

Victoria se sentou como um cãozinho animado, quase como se esperasse que ele acariciasse sua cabeça. Atrás dela, eu podia ver os olhos da Tizzy se arregalando e os da Sharon Eggleston se apertando. Cada cópia de *Folhas de relva* havia sido, bem, deixada na relva.

— Ah, é — falei. — Valeu, que legal. — Peguei a caixa da mão dele. A capa era uma colagem incrível de fotos em preto e branco. — Você fez isso?

— É, eu... — ele limpou a garganta e agora estava ficando tão vermelho quanto seu cabelo. — É, eu fiz.

— É incrível — disse a ele. — Eu também faço colagem às vezes, no meu quarto.

— Uma parede inteira do quarto dela está quase coberta — Victoria se intrometeu. — Você devia ver, alguma hora dessas.

Olhei para ela enquanto os olhos do James se arregalavam.

— Hum, eu tenho que ir — ele disse, e aí ergueu o vaso de planta que estava carregando, o instantaneamente reconhecível passe livre para a aula de História Americana do Sr. Elson — Espero que curta o CD.

— Vou curtir, valeu — falei, ainda bastante impressionada com a colagem. — Boa sorte com a planta. Não se esqueça de regá-la.

Ele sorriu enquanto se esquivava para longe e apertei a caixa com um pouco mais de força. Victoria se inclinou para perto e sussurrou:

— Precisamos conversar.

— O que há para conversar? Ele fez um CD para mim.

— Você está de sacanagem comigo, certo? Ele fez um CD compilado para você e carregou a merda da planta até aqui só para entregá-lo para você. — Ela me estudou por um longo minuto. — Alguém está apaixonado — disse finalmente.

— James não está apaixonado por mim — retruquei. — É só um CD.

— É, bem, você está corando.

— Estou corando porque todo mundo está olhando para mim! — Odiava quando ela tinha razão, principalmente sobre isso.

— Hum, tenho uma novidade, Audrey. Todo mundo esteve olhando para você nas duas últimas semanas.

Sharon Eggleston não perdeu tempo para dar sua opinião. Ela e suas amigas me acharam enquanto eu ia em direção ao prédio de artes linguísticas para pegar minhas coisas depois da aula. (Nota: artes linguísticas? É uma coisa ou outra, pessoal, não ambas). Victoria havia me abandonado por Jonah, que tinha algum trabalho importante de Química para entregar e precisava que alguém que não se importasse em ter as sobrancelhas chamuscadas o ajudasse. Esse é o tipo de namorada que Victoria é. Eu, por outro lado, gosto de ter sobrancelhas no meu rosto, então deixei os dois no laboratório e, em vez disso, dei de cara com Sharon e os Clones.

— Vi James falando com você hoje durante a aula de Inglês — Sharon disse enquanto se aproximava de mim. — Ele lhe deu alguma coisa? Eu o vi entregando um CD para você.

— Ah, James? — perguntei, como se bandos de garotos tivessem passado o dia me procurando e eu estivesse com dificuldades para me lembrar quem era quem. — É, James, ele só me deu um CD compilado.

— Um CD compilado? — Sharon repetiu, como se ela fosse um pássaro mainá ou sei lá o quê. Eu estava fazendo um grande esforço para não ficar irritada. A situação só ficava mais difícil com a gangue de amigas de Sharon, uma das quais, Natasha, só respirava pela boca e ficava expirando bem por cima do meu ombro.

— Então ele é seu novo namorado?

— Não — falei um pouco rápido demais. — Não é, *não.*

— E foi por isso que ele lhe deu um CD? Porque ele *não* é seu namorado. — Sharon tinha cara de quem estava tentando ganhar algo, como uma participante de um game show tentando adivinhar o preço mais baixo de detergente e agora eu estava irritada. E aí fiquei irritada com James por me colocar nessa posição e aí fiquei ainda mais irritada com Sharon por me fazer ficar irritada com James e aí eu só queria bater suas cabeças uma na outra e acabar logo com isso.

— Olha, eu tenho que ir — falei, minha mão na porta do prédio. — Tenho um trabalho oral para a aula de Espanhol daqui a duas semanas e ainda não fiz nada. Eu a vejo mais tarde, está bem? — Me enfiei no prédio e não cheguei a ouvir onde Sharon ia "comer" o almoço naquele dia.

Quer dizer, já *chega*. Certo?

Então basta dizer que, quando fui para casa às 15 horas, eu já estava com um humor bastante péssimo. Tinha esse trabalho idiota de Espanhol e ainda não havia feito nada porque minha melhor matéria é Introdução à procrastinação, mas tudo que eu queria fazer era ouvir o CD compilado de James e ler o fórum de recados de Evan para descobrir o que completos desconhecidos estavam dizendo sobre mim. Além disso, eu havia lido que circulavam boatos a respeito de um possível vídeo e, por mais que eu me odiasse por ficar curiosa, tinha que saber o que eles estavam planejando e se eu ia ou não estar envolvida de alguma maneira.

No entanto, as esperanças de bisbilhotar o fórum e as mensagens foram destruídas quando encostei o carro na frente de casa e vi os carros dos meus pais na frente da garagem. Isso só acontece nos fins de semana, então é claro que fui para o primeiro pensamento aleatório que me veio à cabeça:

Ah, meu Deus, nós ganhamos na loteria. Agora, meus pais não gostam nem de ir à Las Vegas, muito menos comprar bilhetes de loteria, então não sei de onde tirei essa ideia. Boto na conta do otimismo ou da ganância.

Aí o pensamento seguinte: *Ah, meu Deus, Bendomolena finalmente atacou o carteiro.* Não preciso dizer mais nada.

Aí, *Ah, meu Deus, alguém morreu.*

Quando finalmente entrei na cozinha, estava tendo um leve ataque de pânico.

— Ahmeudeusquemmorreu? — falei ofegante enquanto freava subitamente na cozinha.

— Alguém morreu? — meu pai falou. Ele e a minha mãe estavam um ao lado do outro com uma pilha de jornais. A *L.A. Weekly*, para ser exata. *Quatorze* cópias da *L.A. Weekly*.

Ah. Ah, Jesus.

— Ninguém morreu — minha mãe interrompeu. — Mas você deu uma entrevista para um repórter?

— Hum, talvez?

— Eis uma dica — meu pai continuou. — Só há uma resposta correta, e não é "talvez".

Botei a minha bolsa com muito cuidado no chão, como qualquer filha atenciosa e inocente faria.

— Era só uma mulher da *Weekly* — falei, pensando em formas de fazer parecer algo que acontecia toda semana, tipo ir à manicure. — Foram só algumas perguntas.

Meu pai ergueu uma sobrancelha, aí pegou um dos jornais.

— Aham — ele disse, lendo em voz alta: — "Mas Audrey achou um lado bom em toda a atenção que a música de seu ex-namorado lhe proporcionou. A melhor coisa, ela diz com uma risada: 'Todo o sexo!'" — meu pai largou a revista. — Não acredito que eu acabei de dizer essa frase em voz alta.

Adivinhem de onde vem o meu sarcasmo.

— *Eu* não acredito que *você* disse isso — minha mãe falou, apontando para mim. — O que estava pensando?

— Eu estava *brincando*! — gani. — Ah, meu Jesus Cristinho, estava *brincando*! Ela não escreveu realmente isso, escreveu? — Peguei uma cópia para mim e comecei a varrer a matéria com os olhos. — Estávamos só falando sobre a música e... eu estava sendo sarcástica e... — minha voz foi sumindo enquanto eu lia outro parágrafo.

Em "Audrey, espere!", os Do-Gooders criaram uma música de pouco mais de três minutos de perfeição pop que é tão doce que você pode sentir seus dentes apodrecendo enquanto canta junto. É uma música para adolescentes, composta por adolescentes, mas duvido que não faça você se lembrar daquela que foi embora, de cada garota que já o fez sofrer, botou você para baixo, o dispensou. E o que a garota acha disso? "É tudo de bom!", gritou Audrey, de 16 anos, música que dá título à Próxima Sensação. "Adoro ser exposta em público, é o máximo!"

Escutem, crianças. Este não é exatamente o rock and roll dos seus pais.

Aquela vaca. Nem gosto de chamar os outros de "vaca", mas... aquela maldita *vaca*.

— Eu estava brincando — falei de novo para os meus pais. — Estava sendo sarcástica. Ela me ligou quando estava atrasada para o trabalho há algumas semanas e me perguntou se eu poderia responder algumas perguntas e foi gentil — ela *foi* gentil — então estávamos brincando e...

Fui interrompida pelo telefone que tocava, mas minha mãe o dispensou com um gesto.

— Deixe a secretária eletrônica atender — ela falou. — É o décimo telefonema desde que cheguei em casa, há meia hora.

Meu pai empurrou os óculos de volta para cima do nariz e olhou para mim.

— Audrey — falou com sua voz de não-estou-zangado-mas-não-estou-especialmente-entusiasmado-com-suas-escolhas-na-vida —, a matéria era para uma agência de notícias. O artigo foi publicado em alguns jornais.

Levei um minuto para perceber o que ele tinha dito.

— Jornais? — repeti — No plural?

— No plural.

— Como você sabe?

— Sua mãe procurou o seu nome no Google enquanto estava no trabalho.

Fiquei mordendo meu lábio inferior por um minuto.

— Então o país inteiro não entendeu a piada?

— O seu humor não se traduz muito bem para o papel, querida.

— Que jornais?

Minha mãe se intrometeu quando meu pai começou a esfregar a testa.

— Na maioria jornais pequenos — ela disse. — Jornais locais.

Tentei desesperadamente entender a extensão do problema.

— Tipo quantos?

De repente, a secretária eletrônica fez um clique e uma voz masculina surgiu.

— Oi, aqui é o Michael Anderson. Sou repórter do *USA Today*. Estamos interessados em falar com Audrey Cuttler por alguns minutos para uma matéria que estamos fazendo sobre celebridade na adolescência e...

Eu lhes contaria o que mais ele disse, mas sério, minha mente se fechou naquele momento. Minha pele parecia felpuda e quente e eu sabia que estava com aquela cara de peixe que Victoria odeia.

— Até agora — meu pai continuou, como se um repórter do *USA Today* não estivesse perguntando por mim na secretária eletrônica —, já recebemos ligações do *L.A. Times*, do *New York Times*, do *Miami Herald*, do *Chicago Sun-Times*, do *Chicago Tribune*, do *New York Post* — eles são insistentes, já deixaram três recados. — ABC, NBC, CBS, NPR, MTV e muitas outras entidades de imprensa com três letras.

— E da revista *People* — minha mãe acrescentou. (Ela nunca vai confessar que lê revistas de fofocas, mas eu sei que as devora quando vai à pedicure). — Audrey, o que está acontecendo?

Me afundei em uma das cadeiras da cozinha e comecei a dobrar uma ponta da Weekly.

— É como diz a matéria — suspirei. — Evan escreveu uma música. Depois que nós terminamos. Sobre mim. E ela é boa. As pessoas gostam.

Eu podia ver os olhos do meu pai se arregalando cada vez mais até parecer que ele tinha duas bolas de golfe na cabeça.

— *Você* é a Audrey? — ele falou. — É *você*?

Agora *meus olhos* também estavam bastante arregalados.

— Você ouviu a música? Achei que só ouvia música clássica no carro.

— Tenho ouvido essa música a cada dez minutos — ele disse, ignorando a última observação sobre música clássica. Então minha mãe lê revistas de fofocas e meu pai ouve as Top 40 no rádio. Esse dia estava se tornando cada vez mais revelador.

— Como é a música? — minha mãe perguntou. — Cantarole alguns compassos.

Bom, eu achava que meu pai só ouvia música clássica no carro, mas esse dia estava se tornando mais e mais revelador a cada minuto.

— Ah, você sabe — ele disse. Aí, ele cantou alguns compassos em uma voz que, deixe-me lhe dizer, não soava nada parecida com a do Evan: — *Audrey, espere! Audrey, espere!*

— *Essa* música? — minha mãe engasgou. Juro por Deus, ela engasgou mesmo. — Eu a tenho ouvido a cada dez minutos. Essa música é sobre *você*?

Se havia alguma pequena misericórdia nesse mico todo, era que o Evan nunca mencionara sexo explicitamente na letra. Eu não poderia aguentar a imagem mental dos meus pais cantando displicentemente junto com uma música que falava de mim fazendo sexo. Meu cérebro ia derreter e escorrer pelos meus ouvidos.

— Sou eu — falei. — Obrigada por me darem um nome tão sonoro que rima com cada terceira palavra existente.

Agora minha mãe estava cantarolando a música para si mesma.

— Evan escreveu essa música — ela disse. — Não acredito.

— Bem-vinda ao clube — falei para ela.

O telefone começou a tocar de novo. Desta vez, nós todos ficamos escutando, esperando para ver quem era.

— POR QUE VOCÊ NÃO ESTÁ ATENDENDO O SEU TELEFONE?!? AH, MEU DEUS, VOCÊ VIU A MATÉRIA? ESTOU SURTANDO, POR QUE VOCÊ NÃO ESTÁ ATENDENDO O SEU TELEFONE?! — Victoria respirou fundo e eu podia vê-la trocando o telefone de uma orelha para a outra, como ela sempre faz quando está empolgada desse jeito e suas palavras não conseguem sair rápido o suficiente. — Por favor, me ligue, estou começando a agir que nem a Tizzy, a coisa está ficando feia. Ah, oi, Sr. e Sra. Cuttler, caso vocês ouçam isso primeiro. Está tudo bem, só estou tentando achar Audrey. Está bem, tchau. Audrey, ME LIGUE ANTES QUE EU TENHA QUE APELAR PARA MENSAGEM ESCRITA COM FUMAÇA NO CÉU.

Nós todos olhamos uns para os outros depois que a Victoria desligou.

— Por que eu não tenho dificuldade em acreditar que Victoria realmente contrataria um avião para escrever no céu?

— Diria que existe uma possibilidade de 70% — concordei.

Minha mãe só sacudiu a cabeça e começou a rearrumar todos os jornais, apesar de eles já estarem empilhados.

— Audrey — ela disse — isso meio que é um problema.

Não sabia o que dizer. Sentia vontade de chorar — meus pais estavam chateados, Victoria estava apoplética e agora todo mundo ia achar que eu era alguma tiete piranha. Ainda nem tinha acabado de ler a matéria, mas tinha uma boa ideia de onde ia parar só por aquele parágrafo.

— Sinto muito — falei. — Não sabia que ia ser tão importante.

— Isso foi antes ou depois de você dar a entrevista sem falar conosco antes?

— Hum... os dois?

Meu pai suspirou.

— Não estamos chateados, é só... bem, eu não sei o que é — ele olhou para a minha mãe. — Podemos processar?

Ela revirou os olhos para ele. Acho que quase vinte anos de casamento lhe dão o direito de não levar seu marido a sério em momentos sérios. Arquivei isso para futuras referências.

— Audrey — ela disse novamente. Estava começando a odiar o som do meu próprio nome. — Seu pai e eu não estamos zangados com você, mas gostaríamos que tivesse nos dito que havia falado com uma repórter. Ou que Evan havia escrito essa música. Há mais alguma coisa que devíamos saber?

Pensei por um minuto. *Será* que meus pais deviam saber algumas coisas? Tipo, talvez o fato de que Evan e eu transávamos ou que havíamos nos conhecido porque ele estava tão bêbado que havia vomitado em mim? Será que deviam saber sobre a vez em que Victoria e eu passamos mal de tanto tomar licor de pêssego quando tínhamos 15 anos?

De jeito nenhum. Como se eu precisasse de mais drama paterno naquele momento.

Fingi inocência.

— No site do Evan diz que eles vão gravar um vídeo. Isso é importante?

Ela piscou duas vezes.

— Você vai estar nele?

— Ninguém me chamou.

— Então acho que está tudo bem — ela olhou para o meu pai. — Talvez?

— E quanto aos repórteres? — ele perguntou.

Ficamos todos desconcertados com essa.

— Mande a Victoria atacá-los — ofereci.

— É o que você devia ter feito com esta aqui — meu pai falou, sacudindo uma cópia da *Weekly*.

— Ela provavelmente já está a caminho — repliquei.

Finalmente, minha mãe teve uma ideia.

— Vou falar com a minha amiga que trabalha no departamento de relações-públicas na revista. Ela pode ter algumas ideias.

— Quem? — meu pai perguntou.

— Que revista? — falei ao mesmo tempo.

— Você sabe, a Evelyn?

Agora foi a minha vez de piscar.

— A Evelyn trabalha no centro para a terceira idade! — falei. — A "revista" dela é a *Leisure Ledger*! Escrevem sobre coisas como conserto de carrinhos de golfe e liquidações de verduras no supermercado! E ela *é* o departamento de RP.

— Você vai ser um sucesso com a galera de 65 anos para cima quando essa história toda acabar — meu pai começou a rir. Podia ver que ele estava muito mais satisfeito com essa ideia do que com uma que envolvesse tietes do sexo masculino.

— *Enquanto isso* — minha mãe falou mais alto do que nós, obviamente um pouco irritada — você — e ela apontou para mim — não tem permissão para dar mais nenhuma entrevista ou aparecer em vídeos ou dar autógrafos ou fazer qualquer coisa que faça com que repórteres comecem a ligar para cá para casa e/ou para a casa da vovó.

— Ainda posso ir com a Victoria ao show na sexta-feira que vem?

— Que show?

— Os Lolitas vão tocar com os Plain Janes no Silver Cup em Hollywood. Vocês disseram no mês passado que eu podia ir — acrescentei rapidamente. — Os Lolitas vão ser famosos e esta é a minha última chance de vê-los num espaço pequeno antes que todos os aspirantes a fã caiam em cima deles.

— Não, tudo bem, você pode ir — minha mãe falou. — Só não inspire mais canções de amor, está bem?

Houve um silêncio estranho nessa hora, o que era esquisito, porque a minha família é bastante tagarela, caso vocês não tenham notado, e não costumamos deixar as coisas no ar. Mas quando o telefone começou a tocar de novo tudo que queria fazer era ir para o meu quarto.

— Posso ligar de volta para a Victoria agora? — falei e, quando meu pai assentiu, subi.

Porém, não liguei de volta para Victoria na mesma hora, e não por que eu estivesse curiosa para ver se ela ir realmente concretizar a ameaça de mandar alguém escrever no céu. Em vez disso, liguei o som para não ouvir mais o telefone tocando, e aí me deitei na cama e passei um braço por cima dos olhos, tornando o mundo o mais escuro que podia. Então, muita gente ia ler aquela matéria. Meus pais. Victoria. Jonah. Sharon Eggleston. Tizzy. Evan. James. Meu estômago teve cólicas com a ideia e eu rolei de lado, levando meu travesseiro comigo.

Alguns minutos depois, senti algo puxando a ponta do meu edredom e me virei em tempo suficiente para ver Bendomolena miando para mim do chão.

Vou dizer uma coisa a respeito dessa gata: ela pode pesar 150 quilos e ser um bicho-preguiça, mas sabe quando preciso dela. Então, a ergui com um "Ufa!" (eu) e um "Miau?" (ela) e a coloquei ao meu lado para podermos ficar deitadas nariz com nariz. O Radiohead começou a tocar exatamente nessa hora e cantei "Karma Police" para ela enquanto fazia carinho em suas orelhas. A Bendy é a única pessoa que não odeia me ouvir cantar e sou a única pessoa que tem permissão para fazer carinho em suas orelhas, então é uma troca justa.

— "*For a minute there, I lost myself, I lost myself*" — cantei e aí as palavras começaram a destroçar meu coração e tive que parar de cantar e só engolir em seco por um minuto e não pensar, e botar as mãos por cima dos olhos e fazer tudo ficar preto novamente.

E, assim que passou, depois que Bendomolena lambeu meu rosto e desembaraçou dois nós em seu pelo, respirei fundo, estiquei a mão para o telefone e liguei para Victoria.

— Oi — falei quando ela atendeu. — Suspenda o avião de fumaça. Ainda estou viva.

8

*"I'm falling apart to songs about hips and hearts..."**

— Fall Out Boy, "Get Busy Living or Get Busy Dying (Do Your Part to Save the Scene and Stop Going to Shows)"

ENTÃO, EIS UMA COISA ENGRAÇADA sobre jornais: além desse negócio todo de "agência de notícias", eles também podem escrever matérias inteiras sobre você sem sua permissão. Como o *New York Times*, por exemplo, que botou em sua seção Estilo de Domingo um parágrafo inteiro sobre mim e como represento "tudo o que é diferente sobre a Geração Z. Suas vidas são entretenimento e entretenimento é composto por suas vidas. O mundo todo é um palco, digamos, com a adolescente de 16 anos Audrey Cuttler no papel de Julieta".

Nós todos sabemos como isso funcionou para a boa e velha Julieta, não é? (E Geração Z? Soa como se devesse ser o nome da loja de roupa mais idiota do mundo no shopping mais idiota do mundo).

* Estou sendo feito em pedaços por músicas sobre quadris e corações...

Victoria, em uma atitude que não chocou ninguém, tinha uma teoria a respeito da história toda.

— Você é uma boa entrevistada — ela me disse uma tarde quando estávamos no meu quarto, ambas cortando revistas e jornais. Eu estava tentando terminar um lado da minha colagem, mas Victoria estava num projeto totalmente diferente: fazer um álbum de recortes para mim. Preciso confessar: era bem engraçado olhar para nossas fotos amontoadas e ver fotos minhas espalhadas ao lado de fotos de astros do rock.

Ah, é. A foto. Isso foi muito divertido. No quadro de recados dos Do-Gooders (que recebeu 539 novos membros ontem, caso vocês não estejam acompanhando como eu), alguém postou minha foto do último anuário do colégio, o que causou um debate sobre se sou bonita ou não. Aparentemente, o júri ainda não chegou a um veredicto, mas as palavras *péssima*, *fofa* e *ecaaa* foram usadas com uma liberalidade entusiasmada. Ainda não sei quem a postou, mas acho que não tem mais importância, porque algum jornal do Arizona a viu e publicou, o que abriu as comportas bem a tempo para a edição de domingo de todos os outros jornais.

Tente ler o jornal de manhã enquanto come cereal e depara com a foto do anuário olhando de volta para você. Vai consumir 10 anos da sua vida, juro por Deus.

Além disso, "Audrey, espere!" estava ficando cada vez mais popular. Eles a estavam tocando entre os intervalos nos jogos de beisebol, de acordo com sites diferentes de fã-clubes dos Do-Gooders e boatos sobre um possível vídeo continuavam a circular "Eu ouvi dizer que estão filmando no Zoológico de L.A.!", uma pessoa postou online, mas isso acabou não sendo verdade. (Graças a Deus.)

Victoria estava cortando cuidadosamente em volta da dita foto do anuário enquanto falava.

— Você é uma boa entrevistada — continuou. — Todos aqueles escritores e editores estão *tão* acostumados ao mesmo blá-blá-blá e aí vem você com essa história de "Eu adoro ser famosa!"...

— Tiraram de contexto o que falei — interrompi.

— É claro que sim. Mas quem liga para isso? — Ela esticou a mão para pegar a minha cola e começou a cobrir o verso da foto. — A música do Evan está bombando e você vem com uma lata de gasolina e ca-bum! Notícias instantâneas! — ela examinou a matéria por um minuto. — Isso é a melhor coisa que podia ter acontecido.

— É fácil para você dizer — murmurei, me assegurando que tinha outra cópia da *Blender* antes de começar a destruir a primeira. (Sou obsessiva com minhas revistas e sempre compro duas cópias, uma para cortar e outra para guardar.) — Não foi você que foi caluniada em todas as estações de rádio alternativas e de Top 40 no hemisfério norte.

— Se eu fosse, porém — falou —, me asseguraria direitinho de me divertir com isso.

— Que seja — disse, fazendo uma careta e pegando o bastão de cola para prender a foto na minha colagem.

— Você tem tanta sorte — Victoria continuou como se eu não tivesse dito nada — por eles não terem usado a sua foto do primeiro ano. Seu cabelo está muito melhor nesta.

Devolvi o bastão de cola para ela e colei uma foto dos Lolitas no quadrado de cartolina.

— Te vejo amanhã à noite — falei para a foto, meio que desesperada para mudar de assunto. Na última semana, eu só tinha falado de mim.

— É — Victoria acrescentou, olhando para a foto. — Então não ferre tudo.

9

*"There's music and there's people and they're young and alive..."**

— The Smiths, "There Is a Light That Never Goes Out"

EU AMO DIA DE SHOW. Simplesmente amo. Mesmo quando estava namorando Evan e indo a shows toda semana, sempre havia uma certa energia no ar quando sabia que íamos sair. Além disso, estava pronta para sair de casa e de perto dos meus pais, que agora estavam totalmente paranoicos que eu fosse começar a falar com todos os repórteres que estivessem por acaso andando pela rua. Eles não ficaram nada felizes quando a minha foto do anuário vazou e não pareceram reconfortados, como Victoria, pelo fato de não ser a minha foto do primeiro ano.

Porém, além da escola, tudo o que eu tinha feito era ir ao trabalho e à casa de Victoria para comer comida chinesa gordurosa e assistir a vídeos de madrugada na MTV para podermos rir deles. Eu não podia deixar de notar que o Scooper Dooper estava ficando mais cheio a cada dia que

---

* Há música e há pessoas, e elas são jovens e vivas...

passava, na maior parte com garotas da minha idade que tinham um quê meio vidrado em seus olhos e ficavam me encarando. E não acho que estavam só admirando o meu cabelo. Elas iam para me ver, o que podia levá-las um passo mais para perto de Evan.

— O quê, vocês acham que ele vai aparecer aqui? — eu queria gritar para elas, mas em vez disso só lhes dava casquinhas bem merrecas.

James, que — vamos ser sinceros — não é muito bom com garotas, de repente ficou todo desastrado e mal conseguia lidar com a máquina de sorvete de creme quando a loja enchia, muito menos com a caixa registradora. O que era fofo.

Mas estou desviando do assunto.

Enfim, os dias de show têm uma certa eletricidade. Não sou dessas garotas que usam camisetas minúsculas e salto alto para um show numa boate lotada, mas gosto de ficar bonita. Tudo bem, gostosa. Eu gosto de estar gostosa quando estou dançando. Se você vai ver uma banda chamada Lolitas, tem que jogar seu melhor jogo, entendem o que digo? No entanto, quando você evita lavar roupa, pode ser difícil escolher alguma coisa no último minuto.

Fui forçada a abdicar do jeans, já que meu par mais limpo era comprido demais para as botas que queria usar, o que me levou a uma crise até que encontrei uma minissaia que não era curta demais nem comprida demais e um par de leggings pretos para usar debaixo, no caso de ter que ser içada do fosso. (Não estava a fim de mostrar meus fundilhos para todo mundo.) Aí, tive um pequeno milagre da roupa limpa quando encontrei uma camiseta preta lisa enfiada no fundo da minha gaveta de baixo e a passei com uma das mãos enquanto enfiava minhas botas de montaria vermelho-escuras com a outra. Isso ainda não resolvia o problema dos meus braços. Era final de novembro e estava definitivamente frio na rua, mas eu não queria ter que levar um casaco, porque aí teria que carregá-lo, ou pior, amarrá-lo em volta da cintura como um idiota em idade pré-escolar.

E aí, tive uma epifania: meias de cano longo.

Cinco minutos depois, havia cortado os pés de um par de meias do meu pai e as puxado para cima dos meus braços de tal forma que só os meus dedos e a parte de cima dos braços apareciam. Eu não tinha certeza se era genial ou um desastre de alfaiataria, mas achei que Victoria seria rápida em fazer a distinção.

Quando ela e Jonah encostaram o carro às 16 horas, eu estava pronta.

— Oi — falei ofegante enquanto me jogava dentro do carro.

— Você está uma gata! — Victoria respondeu, seus olhos se iluminando para me ver. — Ela não está uma gata, Jonah?

Jonah riu pelo nariz e deu ré para sair da entrada da minha garagem.

— Você é louca se acha que eu vou lhe dizer que a sua melhor amiga está uma gata.

— Oi, Jonah.

— Ei, Aud. Botas maneiras.

— Eu estava lá quando ela as comprou! — Victoria disse, inclinando-se por cima do banco da frente para poder ficar de frente para mim. — Está usando meias nos braços?

— Demais? Eu estava tentando ficar quente e ser original ao mesmo tempo.

— Não, ficou legal. É como se o time feminino de hóquei tivesse atropelado o Green Day.

— Hum, obrigada? — Decidi continuar usando as meias.

— Chega de falar sobre meias. Já estou entediada. Vamos falar sobre você! Você está saindo de casa, isso é tão emocionante!

— Saí de casa várias vezes — protestei. Jonah deu uma freada brusca, aparentemente esquecendo-se que havia uma placa de pare no final da minha rua, a mesma placa de pare na qual ele havia parado centenas de vezes antes, e estiquei a mão para pegar meu cinto de segurança. — Fui ao trabalho e à escola.

— São coisas obrigatórias — Victoria falou. — Você não tem feito nenhuma matéria eletiva, digamos assim. Precisa equilibrar as coisas. Um pouco de yang para o seu yin.

Jonah rosnou um pouco no assento do motorista e Victoria revirou os olhos para ele.

— Jonah não quer ir hoje.

— Por que você não quer ir, Jonah?

— Porque é um show para garotas — ele disse, olhando para mim pelo retrovisor. — Só vai ter garota.

— Eu não sou sortuda? — Victoria deu um sorriso largo. — Meu namorado está chateado por ter que ficar num lugar cheio de mulheres esta noite. Ele é o máximo — exclamou e deu um beijo molhado na bochecha dele com um sonoro "muá!".

Juro, se eles passassem o caminho todo se agarrando enquanto a gente estava no engarrafamento, ia me jogar debaixo das rodas do carro.

— *Ã-hã* — concordei: — Vocês têm uma plateia aqui atrás.

Victoria o beijou mais uma vez, e então voltou a atenção para mim de novo.

— Então, agora quero ouvir sobre James. — Ela tinha uma forma de falar o nome dele como se fosse um segredo superespecial, em voz baixa e entusiasmada. — Você trabalhou com ele ontem?

Pensei no que dizer a ela. Sim, nós tínhamos trabalhado. Sim, ele havia derramado sorvete de baunilha da máquina e queimado uma fornada inteira de casquinhas de waffle. Sim, ele tinha ficado bem do meu lado enquanto eu estava atendendo os clientes no caixa, perto o suficiente para que eu adivinhasse pelo cheiro qual sabão em pó ele usava.

Mas tudo o que contei foi:

— Ele derramou o sorvete da máquina. Levamos um tempão para limpar. — Aí comecei a procurar meu kit de maquiagem na bolsa, já que tinha levado tanto tempo para me vestir que não tinha tido tempo para me arrumar. — Aqui, vire o espelho para que eu possa me ver — falei quando entramos na autoestrada. — Mamãe aqui precisa se montar.

— Assim? — Victoria mexeu o retrovisor, o que refletiu um raio de sol e quase desintegrou o olho do Jonah para fora de sua cabeça.

— Porque não é como se eu estivesse dirigindo nem nada — ele gritou. — Deus!

— Foi mal, foi mal — Victoria se desculpou. — Quer que eu dê um beijo para passar a dor?

— Você quer beijar meu globo ocular? Vai sujar tudo de gloss grudento.

— É, mas tem cheiro de morango. Viu? — Ela fez biquinho e enfiou os lábios embaixo do nariz dele. Enquanto isso, eu estava tentando me ver no retrovisor, mas, independente de para onde me mexia, só conseguia ver o meu queixo e suspeitava que uma espinha enorme estava a dias de fazer sua estreia nos palcos.

— Ótimo — resmunguei.

Victoria se virou e parou de beijar o nariz do Jonah.

— Venha, troque de lugar comigo para poder enxergar — ofereceu e praticamente mergulhou do banco da frente para o banco de trás, enquanto eu fiz o contrário e pulei para o banco da frente. E, como nós duas somos completamente desajeitadas, conseguimos ambas chutar Jonah no ombro.

— Ai! — ele gritou, e então, dois segundos depois: — AI!

Olhei para ele, cautelosa.

— Não tenho que dar um beijo para passar a dor, tenho?

— É *melhor* que não! — Victoria disse, a voz abafada. Seu mergulho tinha dado errado e ela aterrissara com a cabeça contra a maçaneta da porta e um pé por cima do banco de trás.

Torci o pescoço para olhar para ela.

— Meu reino por uma câmera agora.

— Eu... droga, isso *doeu*.

Jonah olhou por cima do ombro para ela.

— Por que você não se beija com o gloss de morango? — Ele parecia satisfeito consigo mesmo, sem dúvida sentindo-se justiçado depois de ser esmurrado no braço.

Ignorei os dois e me virei para a frente para poder fazer a minha maquiagem. Graças a Deus o trânsito estava engarrafado — eu não precisava do pé pesado do Jonah no freio me fazendo enfiar o pincel do rímel no olho.

Tenho basicamente duas regras sobre ir a shows:

(1) Use rímel à prova d'água. Não posso enfatizar isso o suficiente, principalmente se você vai tentar encontrar a banda perto dos ônibus depois e quer tirar umas fotos. Acredite em mim. Vai estar quente e suado e enquanto você está dançando que nem uma louca e cantando junto, o rí-

mel vai estar em algum lugar perto do seu queixo e você vai parecer uma boneca derretida. E (2) não — mais uma vez, *não* — use nenhuma roupa que homenageie a banda que você vai ver. Se vai ver a Banda X, não use a camiseta da Banda X. Como Victoria diz, "Não seja aquele cara".

Acabamos pegando três horas de engarrafamento na autoestrada 5, passando pela Disneylândia e a coroa espetada da Space Mountain num ritmo colossalmente arrastado. Ir à L.A. é sempre um pesadelo e, quando finalmente chegamos à Sunset, Victoria e eu tivemos que implorar ao Jonah para encostar o carro perto de um Denny's para podermos fazer xixi. Aí, passamos 40 minutos na fila do drive-thru do In-N-Out na frente da Hollywood High, e tivemos que comer enquanto esperávamos na fila para estacionar o carro do Jonah.

Já estava sentindo um frio na barriga e minhas mãos ficaram frias e agarrei o braço de Victoria e fiz uma dancinha com ela.

— Nós vamos ao sho-ow! Nós vamos ao sho-ow! — cantamos juntas no estacionamento enquanto Jonah só olhava para nós como se fôssemos desconhecidas. Azar o dele, nós duas estávamos drogadas de açúcar, batatas fritas e adrenalina. A onda ia levar um tempo para baixar.

Lá dentro já estava quente e a fila para o banheiro feminino se estendia pelas escadas e fazia uma curva. Eu estava prestes a dizer algo sobre isso para Victoria, mas aí percebi que duas garotas que não conhecia estavam olhando para mim. Tipo, me *encarando*. Me comendo com os olhos. E então, elas fizeram a pior coisa e viraram a cabeça para que eu não pudesse ver seus lábios movendo enquanto sussurravam. Era o gesto feminino mais infantil do mundo e decidi que as odiava.

Victoria viu a minha cara e seguiu meu olhar até as garotas.

— Ei, Aud, qual é — falou, puxando o meu braço. — Que se fodam. Só... vamos nessa, está bem? Elas que se fodam.

— É, está bem — falei e deixei que ela e Jonah me puxassem para dentro do show, que já estava cheio de gente, especialmente na frente. Normalmente isso não era um problema; Victoria e eu podíamos dar aulas sobre como se espremer até chegar às barricadas da frente, mas de repente percebi que, se eu ia andar pelo meio de uma multidão, as pessoas iam me ver. Elas iam me reconhecer. Iam dizer coisas do tipo "Audrey, espere!" e eu ia me sentir idiota e constrangida e muito, muito pequena.

Não gosto de me sentir pequena ou idiota; *por conseguinte*, estava prestes a dar meia-volta e sair para ir me esconder no carro quando alguém deu um tapinha no meu ombro.

— Você é Audrey? — ele disse.

Era um segurança — o maior e mais enorme segurança que eu já tenha visto. O tipo de cara que é tão musculoso que você sabe que seus amigos na academia o chamam de "Pequeno". Era um segurança do teatro mesmo, não um daqueles picaretas que não ajudam os moleques a saírem do fosso quando estão sendo pisoteados. Ele estava de pé perto das escadas que davam para a área VIP, o único lugar que ainda não estava lotado de gente. Ainda.

— Você é Audrey? — perguntou de novo.

— Hum, sou? — respondi, como se houvesse uma resposta errada para a pergunta. *Por favor, não me esmague como um inseto*, acrescentei mentalmente.

Pequeno estava fazendo um gesto para cima com o walkie-talkie.

— É, o pessoal da produção acabou de me passar um rádio e me disse para fazê-la esperar. Eles querem que você suba.

Ao meu lado, Victoria pigarreou e eu senti minha onda de açúcar e adrenalina começar a acelerar.

— Hum, por quê?

O cara deu de ombros.

— Só disseram que você tinha que esperar, só isso.

Ainda não estava entendendo, o que só mostra como sou ridiculamente tapada às vezes.

— Hum, estamos sendo expulsos?

Pequeno deu um sorrisinho. Acho que eu era uma mudança agradável de todos os bêbados que ele tinha que cercar todas as noites. Ou isso ou ele achava que eu era uma idiota.

— Nah, vocês não estão sendo expulsos. Eles querem vocês — fez um gesto com o walkie-talkie para o alto da escada de novo — *lá em cima*.

Victoria agarrou o meu braço.

— Lá em cima — ela repetiu. — A *área VIP*! Eles devem ter visto você entrar. Os seguranças devem ter contado para alguém. — Eu podia ver que ela estava prestes a implodir como uma estrela; até Jonah parecia impressionado. Sem dúvida ele estava pensando sobre a possibilidade de um bar liberado e barmen que não checavam a identidade.

— Mas por que eles me querem lá em cima? — sussurrei para Victoria, tentando não olhar para Pequeno.

— Porque você é *Audrey*! — ela chiou de volta. — Você é "Audrey, espere!" Você é uma celebridade!

Olhei embasbacada para ela.

— Acha que de repente a gente consegue ir ao camarim?

Ela deu um grito agudo e ficou pulando e agarrei sua mão e gritei com ela.

— Então você é *aquela* Audrey, hein? — Pequeno falou. — Legal. Minha irmã caçula gosta dessa música. Ela é apaixonada por aquele cantor.

— É o ex-namorado dela! — Victoria contou a ele, me cutucando nas costelas. — Evan!

— Tanto faz, cara. É uma música maneira.

Decidi que eu podia curtir a onda zen de Pequeno sobre a história toda. E, enquanto um homem de terno descia apressado as escadas e se apresentava como Eric, o promotor do show, percebi que isso estava *realmente acontecendo*. Minhas mãos estavam tremendo um pouco e não faço ideia do por quê, mas olhei para Pequeno procurando apoio.

E, Deus abençoe o cara com o pescoço grosso, ele entendeu.

— Ei, garota — ele me falou baixinho enquanto levantava o cordão de veludo para que eu pudesse seguir o promotor até a área VIP. — Divirta-se, está bem?

— Não se preocupe, meu amigo — disse a ele. Afinal de contas, a minha privacidade não fora sacrificada só para eu poder ficar sentada em casa de pijamas assistindo a maratonas de *Laguna Beach* e imaginando pela milésima vez por que eu não tinha mandado aquela repórter Isabella se foder. Eu estava linda. Ninguém mais estava com botas iguais às minhas. Tinha a minha melhor amiga de um lado e o amor de sua vida ao lado dela e, quando o tal promotor voltou com os adesivos de passe livre, colei o meu no quadril, troquei sorrisos com a Victoria e pensei, *Vamos dançar*.

10

*"Amazed to stumble where gods get lost..."**

— Patti Smith, "Beneath the Southern Cross"

INDEPENDENTEMENTE DO QUE LEIAM em todas as revistas ou vejam no cinema e em programas de TV, vocês não têm noção do que é estar na área VIP.

Era simplesmente tão tranquilo que eu não conseguia acreditar. Acho que era a primeira vez que eu ia a um show e ninguém tentava passar por cima de mim ou me pisotear até a morte no fosso. (Isso aconteceu com Victoria no ano passado no show do My Chemical Romance e, sério, quase não conseguimos levantá-la. Tiveram que interromper o show para que ela e outras pessoas pudessem ser puxadas para fora. Muito assustador.)

Mas isso? Eu podia me acostumar com isso. Aqui Victoria e eu tínhamos todo o espaço que queríamos, havia bebidas grátis e conseguíamos conversar sem gritar na cara uma da outra para sermos ouvidas acima do sistema de som. E a vista do palco era *incrível*.

---

* Achando incrível tropeçar onde os deuses se perdem...

Ainda assim, não pude deixar de perceber uma coisa.

— Você está tendo aquela sensação? — falei no ouvido da Victoria enquanto nos debruçávamos por cima do beiral. — De que as pessoas estão nos olhando?

Victoria, sutil como ela só, imediatamente começou a olhar em volta para ver se eu estava certa.

— Não olhe! — sibilei. — Ótimo, você está olhando agora. Deixe para lá, estragou tudo.

— Como posso saber se estão olhando para nós se não estiver olhando para eles? — ela mandou de volta, e aí olhou por cima dos nossos ombros. — Ah, é, com certeza estão olhando para você. Não para nós. Para *você*.

— Para mim?

Ela suspirou e descansou a cabeça no meu braço.

— É, você, *ma cherie*. Não nos convidaram para a área VIP porque Jonah passou uma nota de US$ 20 para o segurança.

Ficamos olhando a multidão por alguns minutos, apontando para as garotas bêbadas e os caras solitários, quando de repente eu vi um cara ruivo de cabelo meio comprido, alto e sobressaindo acima do resto da galera. James.

— Ei, é o... ! — comecei a dizer, mas aí ele se virou e eu percebi que não era o James, afinal de contas. Seu nariz era pontudo demais. O nariz de James era mais bonitinho, mais parecido com um botão.

Mas era tarde demais. Victoria me vira apontando.

— Quem? — ela falou e seguiu o meu olhar. — Ah — aí virou-se para mim com um sorriso de compreensão. — *Ah*.

— Cale a boca — mandei.

— Eu ainda não falei nada!

— Não fale.

— Como posso calar a boca se ainda não falei nada?

— Conheço você. Sinto que tem um monólogo pronto para ser feito.

— Não tenho, não — aí ela fez uma pausa. — Mas, se *tivesse*, diria que talvez devesse convidar James para sair e parar de torturar o resto de nós, e que obviamente o James gosta de você de uma forma "vamos ficar animadinhos debaixo das arquibancadas", então não precisa se preocupar com a rejeição — aí ela deu inocentemente um golinho em sua água. — Mas não se preocupe, não estou dizendo nada.

Fingi estar irritada e a ignorei, mas Victoria sempre dava um jeito de dizer o que eu não queria admitir para mim mesma. No carro, mais cedo naquele dia, eu não havia lhe contado que depois que aquelas garotas foram ao Scooper Dooper e James derramou o sorvete da máquina, nós dois o limpamos e fiquei acidentalmente com um pouco de baunilha no rosto — e ele limpou com a ponta do dedo. A loja estava tão silenciosa e nós dois estávamos abaixo do balcão onde ninguém podia nos ver e, se aquela mãe e seus três filhos não tivessem entrado naquele instante... bem, eu acho que teria acontecido alguma coisa.

Acho que ele teria me beijado.

Acho que eu meio que queria que ele me beijasse.

E não sabia o que achar disso.

— Audrey, por favor, se liga. — Victoria disse de repente — Você está viajando. Não é atraente.

Olhei para trás dela e vi Jonah conversando com um cara perto do bar. O cara estava com a namorada que, eu soube depois, havia ganho um concurso no rádio e o trouxera como seu "mais um". Dava para ver que Jonah e esse cara estavam felizes por terem outro cara com quem conversar, já que todos os outros homens na área VIP estavam usando ternos e bonés de beisebol puxados por cima dos olhos. ("Pessoal das gravadoras", Victoria disse com conhecimento de causa.) *Eles* também estavam olhando para mim.

Jonah acenou e eu acenei de volta. Victoria jogou um beijo para ele.

— Você vai se casar com o Jonah? — perguntei de repente para ela. Eu me toquei que, em todo o aposento, ela podia olhar para *uma* pessoa e saber que ele a conhecia, realmente a conhecia, enquanto todo mundo que olhava para mim só me reconhecia. Eles não me conheciam. Nem um pouco.

Victoria botou a cabeça de volta no meu braço e disse em sua voz mais baixa:

— Vou.

E eu meio que quis chorar.

Mas aí as luzes se apagaram e Victoria ficou em pé e começou a dar seu assovio maluco enquanto os Lolitas entravam no palco. Eles eram só a banda de abertura, mas foram o motivo para Victoria e eu termos nos levantado cedo seis sábados atrás para comprar ingressos para o show. Quem é que ligava para os Plain Janes? Tinham feito muito sucesso no ano anterior, mas aí lançaram seu horrível segundo disco e a vocalista foi pega com cocaína e uma arma no aeroporto de Newark, e foi para a reabilitação e eu meio que tive a sensação de que haviam alcançado seu ápice criativo. Depois disso, foram só brigas dentro da banda, *exposés* contando tudo e dívidas enormes.

Os Lolitas, no entanto, eram incríveis. Evan e eu costumávamos passar horas ouvindo a demo que ele havia baixado de algum website e dirigíamos para cima e para baixo da autoestrada à meia-noite cantando o mais alto possível enquanto ficávamos de mãos dadas em cima do câmbio. Os refrões faziam com que você desejasse poder voar e nós dirigíamos tão rápido naquelas noites, as luzes alaranjadas da rua iluminando nosso caminho, nos levando para casa.

Além disso (e eu não mencionei essa parte para Evan), não fazia mal a banda ser gostosa para cacete. Quer dizer, eu já curtia a música e tudo o mais, muito tempo antes de saber como eram, mas eles botaram uma foto no encarte do CD e, quando Victoria e eu vimos, ficamos as duas tipo "*Ora, oláááá*". Fora que eles eram ingleses e eu babo por gatinhos com guitarras, como vocês devem ter notado, mas acrescente um sotaque londrino e vendo alegremente a minha alma sem pensar duas vezes.

Os Lolitas entraram no palco e, pela meia hora seguinte, Victoria e eu éramos as únicas dançando no andar de cima. Abaixo de nós, a pista estava lotada de gente se movendo, girando, e parecia que estava havendo um terremoto debaixo dos nossos pés enquanto os garotos subiam em cima da plateia, os seguranças os jogavam de volta e os Lolitas balançavam a cabeça, batiam com o pé, fazendo todo mundo acreditar.

— Eles são bons para cacete! — Victoria gritou para mim enquanto começavam a tocar sua última música e eu só pude assentir. Algo acontecia durante um show como aquele, quando as pessoas estão espremidas em cada canto da pista, como se todo mundo soubesse de um grande segredo, como se aquela noite fosse o show sobre o qual as pessoas iam falar nos próximos 40 anos, o show que todo mundo diz "Eu estava lá!", mas só um punhado realmente estava.

Sabia que ia me lembrar daquele show pelo resto da vida — era realmente bom.

Depois da última música, prendi meu cabelo num nó e então abracei Victoria enquanto pulávamos animadamente, ainda na onda do show.

— Isso é tão legal! — gritei. — Podemos fazer isso de novo?

— Vai à merda! — Victoria berrou de volta. — Vamos fazer isso todas as vezes! — ela olhou por cima do meu ombro. — Ei, pode me fazer um favor? Dance até o bar! Preciso de água!

Assenti e abri caminho pelos empresários para poder chegar até o bar. Normalmente, sou bem boa em avaliar os barmen para ver se estão dispostos a liberar um pouco de álcool, mas nós, VIPs, estávamos na onda do bar liberado, então a fila era longa. Quando finalmente cheguei ao balcão, o barman foi todo profissional enquanto pegava uma garrafa de água e servia um copo de Coca Diet, então nem me dei o trabalho de tentar dar um jeito de conseguir um pouquinho de vodca Stoli sabor baunilha.

O que foi bom porque, quando me virei, todos os quatro Lolitas estavam entrando na área VIP.

Imediatamente, senti um calor subir até minhas bochechas enquanto pegava as bebidas e andava para o lado oposto, na direção da Victoria.

— Os Lolitas estão aqui! — sibilei no ouvido dela enquanto lhe entregava a água.

Os olhos dela se arregalaram e a cabeça se esticou para cima.

— Não olhe — pedi. — Não olhe. Só meio que olhe casualmente para Jonah — não, para o outro lado — está bem, isso... um pouco mais... está vendo?

Victoria, seja dito em seu favor, conseguiu se manter de pé.

— Minha Nossa Senhora — sussurrou. — Esqueci completamente como se respira.

Assenti, olhando para todos os lugares menos para a banda. Podia ver alguns garotos no andar de baixo avistando a banda e gritando para eles, mas não ousei olhar para ver o que a banda fez em resposta. Mas deve ter sido bom, porque os gritos ficaram mais altos.

— Estou morrendo — falei para Victoria. — Sério, não consigo sentir minha boca.

Ela deu a olhadinha casual por-cima-do-ombro de novo.

— Acho que eles estão vindo até aqui.

— Não!

— É! Está bem, Audrey, sério? Isso não é um treinamento. Isso é para valer. Não estrague tudo.

— Desmaiar conta como estragar tudo?

— Sem a menor dúvida.

Olhei para além da Victoria e vi que a banda estava, de fato, se aproximando, apesar de estarem sendo parados a cada cinco segundos por gente desejando boa sorte e dando apertos de mão. Aí um deles, o vocalista, olhou para mim e nós nos vimos. Sustentei seu olhar por uma fração de segundo e então olhei de volta para minha bebida.

— O vocalista acabou de olhar para mim — sussurrei para Victoria. Estava ficando lotado lá em cima, agora que uma das bandas fizera uma aparição oficial, e tive que me inclinar para perto para ela poder me ouvir.

— *Então por que você não está olhando de volta?*

Mas não respondi porque a banda estava chegando cada vez mais perto e o vocalista estava se apoiando no beiral ao meu lado, rindo com o guitarrista sobre alguma coisa e cada pedaço da minha pele estava pegando fogo. Se nossos braços se tocassem acidentalmente, eu poderia explodir em chamas. Do meu outro lado, Victoria estava bancando a indiferente, bebericando sua água e olhando para a galera lá embaixo, mas, se vocês olhassem mais de perto, poderiam vê-la batendo repetidamente com o sapato no meu tornozelo, o código Morse da Victoria para *Fale com ele! Fale com ele! Fale com ele!*

Aqueles três minutos quando ficamos um ao lado do outro foram eletrizantes. Era tão esquisito estar perto de alguém que eu conhecia mas não *conhecia* e de repente entendi por que tanta gente ficava olhando para mim e depois desviava o olhar quando eu olhava de volta. Sei porque estava fazendo exatamente a mesma coisa com os Lolitas e especialmente com o cara de pé ao meu lado.

O meu tornozelo ia ficar preto e roxo se eu não agisse rapidamente, então estava prestes a abrir a boca e falar algo idiota, tipo "Ótimo show!" ou "Adoro o seu CD!" quando uma garota lá de baixo começou a escalar o andaime em um dos lados do palco.

— Ah, meu Deus! — falei antes que pudesse me conter.

E, como se não fosse nada, uma voz britânica disse no meu ouvido:

— Você acha que ela vai pular?

— Ela devia pelo menos esperar até o show acabar — respondi antes de pensar, e aí a Victoria parou de me chutar.

— *Finalmente* — eu a ouvi sussurrar.

A Garota Bêbada estava subindo cada vez mais alto e parte da plateia a estava incentivando, incluindo o vocalista dos Lolitas.

— Balança, gata! — ele estava gritando e aí outro coro do lado esquerdo do palco começou com "Pule! Pule! Pule!" e ela subiu mais alto.

— Ela é um pouco boa *demais* naquele poste, não acha? — o vocalista disse novamente. — Tipo, talvez...?

— Acene com uma nota de um dólar e veja o que acontece — falei. Eu não fazia ideia de que conversava tão bem quando a minha mente estava completamente desassociada do resto do meu corpo. Acho que se aprende algo novo todo dia.

— Ah, você vai ter que me emprestar algumas — ele disse. — Ainda não trocamos nosso dinheiro.

Senti como se não devesse olhar para ele, como se ele fosse o sol ou algo assim, mas aí ele esticou a mão e disse:

— Oi, meu nome é Simon. Você é a Audrey.

Se eu não estivesse me segurando no beiral, provavelmente teria caído.

— C-Como você...?

Ele deu de ombros. Seu cabelo era totalmente emaranhado e sujo e completamente sensacional e o jeans parecia ter sido usado em todos os shows que eles haviam feito. Fiquei imaginando se seriam as calças da sorte e aí me toquei que estava pensando nas calças dele e fiquei com o rosto ainda mais vermelho. Graças a Deus estava muito escuro lá em cima.

— Não sabe que as histórias se espalham? — Simon deu um sorriso largo. — "Audrey, espere!" é superfamosa no meu país e o nosso empresário disse que você e sua amiga estavam aqui dançando como umas loucas...

Victoria estava esperando sua deixa.

— Oi, meu nome é Victoria, "colouca" — ela falou, passando o braço por mim para cumprimentá-lo. Nenhum nervoso para ela. Fiquei imaginando como ela conseguia. Sou sua melhor amiga há oito anos e ainda não entendo direito como ela funciona.

— Oi, eu sou o Simon, "coLolita" — ele respondeu e apertou sua mão. — E esse é o seu cara?

Jonah, surpresa, surpresa, viu sua namorada e a melhor amiga conversando com o gostoso da banda de abertura e decidiu que agora seria uma boa hora para voltar até onde estávamos. Então foram feitas as apresentações e nós conhecemos Luc (baixista), Roger (baterista) e Charles (guitarrista). Podia sentir os olhos de todo mundo na área VIP perfurando as nossas costas e só conseguia pensar uma coisa:

Obrigada, Evan.

11

*"I wanna always feel like part of this was mine..."**

— Jimmy Eat World, "A Praise Chorus"

NÓS ACABAMOS ASSISTINDO AO SHOW dos Plain Janes com os Lolitas e, lá pela metade da terceira música, quando o vocalista estava tendo um ataque espástico no palco e parecia estar prestes a comer o microfone, Simon olhou para mim e sorriu.

— Vocês deviam vir para o camarim com a gente depois — ele gritou no meu ouvido. — Vai haver uma festa, mas ainda não sei direito onde.

— Ok! — gritei de volta. Já estava me sentindo bem pronta para uma festa, já que Simon era camarada e havia deixado que eu terminasse sua Coca com Jack Daniels por ele. A maior parte do gelo já havia derretido, mas não via problema nenhum nisso. Também não via problema nenhum em ter podido beber do mesmo copo em que ele havia bebido. Ao meu lado, Victoria e Jonah estavam às gargalhadas por

* Quero sentir sempre como se parte disso fosse meu...

causa de alguma coisa e os braços dele estavam em volta dela como fitas em um presente.

Tudo parecia *ótimo*. Simon parecia ótimo de pé ao meu lado. Ele tinha um cheiro ainda melhor, uma combinação de tinta de cabelo, baseado contrabandeado do seu baterista que foi passado nos dois sentidos pelos integrantes da banda e em algum lugar — *algum* — no fundo da mistura, sabonete. Não estávamos realmente conversando tanto assim, mas de vez em quando eu o pegava olhando para mim ou vice-versa, e aí nós dois sorríamos e olhávamos de volta para o palco.

O único momento realmente constrangedor foi quando, durante o bis, o vocalista do Plain Janes olhou na direção da área VIP e disse com uma risada, "Esta é nossa nova música favorita" e aí a banda começou a tocar o refrão de "Audrey, espere!" e todo mundo começou a aplaudir na pista e a cantar junto. Todos na área VIP também estavam olhando para mim, e tentei não agir de forma estranha por causa disso.

Ainda assim. *Era* estranho.

— Se tivesse que adivinhar — Simon falou enquanto o Plain Janes dava uma guinada brusca para a esquerda e entrava em sua música final — diria que você está corando!

— Você estaria certo — respondi. E aí comecei a corar mais, já que a porra do Simon dos Lolitas (aimeudeusaimeudeusaimeudeus) tinha dito que eu estava corando.

Aquela era, decidi, a melhor noite de todos os tempos. O resto da minha vida teria que ser inacreditavelmente maravilhoso, tipo, eu teria que curar o câncer ou salvar as florestas tropicais ou ganhar um prêmio Nobel para poder superar a maravilha que foi aquela noite.

Depois do show, Jonah, Victoria e eu seguimos os Lolitas por uma escadinha na área lotada da coxia, onde alguém havia jogado um bando de cortinas vermelhas por cima das paredes para fazê-las parecer menos bloco de concreto e mais rock and roll.

— Qual é a da decoração instantânea? — Victoria disse baixinho para mim enquanto inspecionávamos o cenário.

— Se Martha Stewart tivesse uma banda, ela faria isso — respondi.

— É, porque quando vejo veludo vermelho, penso, "RÓQUENRROU"!

Aparentemente, a festa estava acontecendo na coxia naquela noite, já que estava cheio de gente de uma ponta à outra. Simon e seus colegas de banda estavam rindo sobre alguma coisa e, no espaço de dez segundos, eu vi um astro de cinema, um cara famoso de gravadora e aquele ator que está naquele programa, todos sentados no mesmo sofá. Pareciam entediados, o que meio que me irritou. Eram essas as pessoas que normalmente apareciam no camarim depois dos shows? Deveria haver um teste, pensei, só para provar que você realmente gosta da música e não está lá apenas para ver e ser visto. Múltipla escolha, verdadeiro/falso, talvez até uma resposta curta. Definitivamente uma questão discursiva.

— Seus braços estão tããããão fofos!

De repente, havia uma mulher na minha frente, tão animada que podia estrelar um programa de TV aos sábados de manhã, e eu e Victoria demos cada uma um passo para trás. Pessoalmente, não gosto de estereotipar mulheres como louras burras porque, alô, eu sou loura e, se alguém algum dia me chamasse de burra, ia agir primeiro e pensar depois, mas aquela mulher, sinto dizer, era uma loura burra. Com raízes escuras.

— Onde você arrumou essas coisinhas fofas de envolver os braços? Elas são tãããão maneiras!

— Ah, hum, são só meias — falei enquanto as puxava um pouco mais para cima. — Você sabe, está frio lá fora e não há nenhum lugar para botar o casaco, então...

— Elas são uma *graça*, ai, meu Deus! Tenho que comprar umas!

— Agora, saindo da plataforma 3, o trem para o Hospício — Victoria disse sussurrando e dei uma cutucada em suas costelas.

— Tem sorte por ter os braços tão magrinhos! Os meus braços são tãããão gordos. — Os braços da mulher tinham a circunferência de um graveto.

— É por isso que eu sou amiga dela — Victoria se intrometeu. Ela estava sofrendo por ter que ficar quieta, eu podia ver. — Por causa de seus braços magrinhos.

— Você. Quer. Parar — disse parecendo um ventríloquo zangado.

— Todossss a bordooooo — ela sussurrou de volta.

— E você é Audrey, certo? — a Mulher do Braço nem tinha nos ouvido. — Eu *amoooo* essa música, "Audrey, espere! Audrey, espere!" — Ela começou a pular e a cantar como se fosse a única no aposento, espirrando sua bebida por todo canto e, se as pessoas não tinham notado que eu estava na coxia, com certeza haviam percebido agora. Até o Cara da Gravadora e o Cara Ator de TV estavam olhando na nossa direção.

Pensei que a única maneira de detê-la era (a) fazê-la tropeçar, (b) me afastar ou (c) fingir que ela estava pegando fogo e derrubá-la no chão para um rápido "Pare, Derrube e Role", mas por sorte não houve (d) nenhuma das alternativas acima, porque Simon veio e olhou para a Mulher do Braço, achando divertido. Ela ainda estava quicando e nem o notou.

— Vejo que fez uma amiga — ele disse. Sua voz soava ainda mais sexy agora que não tínhamos que gritar um para o outro para sermos ouvidos por cima da música.

— É uma conhecida — falei. — Não sou íntima.

— Isso quer dizer que você pode ir ali comigo? — ele esticou a mão e fez um gesto em direção a outra parte da área da coxia. — Venha, esses babacas não têm graça.

Meu herói. Suspiro. Desmaio.

Victoria, Jonah e eu seguimos Simon para o camarim dos Lolitas, do tamanho de um armário, cheio de velas roxas, baús da turnê, uma mesa quase desabando de tanto álcool, água e refrigerantes e outra mesa com pilhas de chocolates, condimentos, pães e uma bandeja de frios com cara de dormida. O aposento estava tão lotado que ninguém conseguia abrir ou fechar a porta e eu me vi pressionada entre Simon e a parede, segurando mais uma Coca com Jack. Victoria e Jonah haviam tombado em cima do braço de um sofá velho, onde agora estavam precariamente empoleirados, rindo e se servindo de queijo da bandeja de frios.

Enquanto isso, a voz na minha cabeça estava perdendo o controle. *Muito bem*, pensei. *Conversa. Tenho que começar uma conversa. Não posso ser um zero à esquerda. Não fique com cara de idiota. Encante-o com sagacidade e charme. Seja natural. Mas seja você mesma. Fale sobre alguma coisa. Qualquer coisa. Notícias do dia, talvez? Isso é um tédio? Deprimente? Será que eu sei alguma coisa sobre as notícias do dia? Vou parecer burra? Ele está entediado agora? Ele parece entediado? PELO AMOR DE DEUS, MULHER, FALE COM ELE.*

— Precisamos de música — soltei. — Uma festa sem música simplesmente não é festa.

— Então está se oferecendo para dar uma de DJ? — ele perguntou.

Sagacidade e charme foram direto pelo ralo.

— Ah, meu Deus, este é o meu sonho! — guinchei antes que pudesse parar. — Sabe como você sempre vê fotos dos DJs em Nova York e todo mundo está dançando e eles estão com fones de ouvido e toda aquela música empilhada ao lado deles? É tipo o emprego perfeito!

Simon deu um sorriso largo.

— E, se você fosse uma DJ, tocaria "Audrey, espere!"? É o que todos os DJs estão tocando nas boates de Nova York no momento. Você é a rainha do baile em Manhattan.

— Bem, se todo mundo já está tocando, acho que vou ter que ser mais original — mas eu só conseguia pensar *tocando nas boates de Nova York?* Essa era nova. Aparentemente, os boatos do fórum dos Do-Gooders não estavam tão atualizados quanto eu gostaria.

— Sabe — Simon continuou —, se você for tocar, a gente não vai poder conversar. Ou fazer mais nada — ele se curvou mais para baixo para poder falar no meu ouvido. — Não sabe que os DJs sempre ficam sozinhos nas festas?

Um arrepio estranho estava subindo pela minha espinha e descendo pelos meus braços. Conversar, decidi, era algo superestimado, e fiquei feliz por não ter escolhido as notícias do dia.

— Só três músicas — falei para ele, ficando nas pontas dos pés para não ter que berrar. Aí fiz uma pausa antes de falar baixinho em seu ouvido: — Só o suficiente para começar os trabalhos. — *Caraca, eu estou fazendo isso. Para trás, gafanhoto, sou um sensei da azaração e o mundo é o meu* dojo.

Aparentemente, Simon também achou, porque, em cinco minutos, ele havia pego vários dos MP3 players de seus colegas de banda e um par de caixas de som e eu estava me ajoelhando em cima da penteadeira da banda em frente ao espelho, escolhendo as músicas e fazendo uma lista freneticamente. (Não sei de quem era o player e rezei para que não fosse do Simon, porque alguém tinha mais músicas da Barbra Streisand do que devia). Simon ficou olhando enquanto eu trabalhava, descansando o queixo no meu ombro. Até mesmo seu queixo era gostoso. Nem muito redondo nem muito pontudo. Nunca senti um queixo tão gostoso na minha vida.

Levou alguns minutos e, assim que terminei, os deuses musicais resolveram me fazer um favor enorme. O camarim só havia ficado mais cheio, tão cheio que todos os fumantes tiveram que segurar seus cigarros acima da cabeça para não queimar os outros. (Acho que as leis antifumo de Los Angeles não se aplicavam a camarins). Logo, ele virou *o* lugar para se estar porque, depois que os Plain Janes tomaram banho, eles apareceram no vão da porta e começaram a se espremer para entrar no aposento. Eu não os vi, pois estava ocupada demais plugando o MP3 player, mas assim que os Plain Janes apareceram, recém-saídos de seu primeiro show depois da prisão por drogas e boatos de separação e dramas sortidos que só os astros do rock podem vivenciar, minha lista começou e LL Cool J saiu aos berros das caixas de som gigantescas.

"Don't call it a comeback!"

O camarim enlouqueceu.

Os Plain Janes jogaram os braços no ar como se tivessem ensaiado e o resto de nós começou a gritar e aplaudir e todo mundo que estava de pé começou a dançar e todo mundo que estava sentado começou a subir no que quer que fosse que estavam sentados para que também pudessem dançar. Podia ver Victoria e Jonah no sofá com pelo menos mais cinco outras pessoas, todos parecendo que estavam surfando na mesma prancha, de tão instáveis. Fiquei de pé em cima da mesa, porque também queria dançar e Simon pegou minha mão e se içou para cima comigo. Ele estava, se é que eu posso dizer, impressionado.

— Fantástico! — estava dizendo. — Isso foi sensacional!

E aí ele me beijou.

"*Mama said Knock you out!*"

12

*"In the hands of a rock-and-roll band..."**

— Oasis, "Don't Look Back in Anger"

POR UMA HORA, MAIS OU MENOS, Simon e eu mantivemos um cronograma rígido de dar uns amassos, aí conversar um pouco, aí dar mais uns amassos. Estava tão alucinada de adrenalina e cafeína que nem me incomodei de todo mundo poder nos ver, mas, depois de algum tempo, ele me puxou para trás de um dos baús grandes de roupas para podermos ter mais privacidade.

Naquele momento, no entanto, privacidade era a menor das minhas preocupações. Afinal de contas, já fazia seis meses desde que eu terminara com o Evan e, nesse tempo, não havia beijado nenhum garoto. Nem. Um. O mais perto que eu chegara de qualquer cara foi com o James debaixo do balcão e...

Espere um instante. Estava *louca*? Por que estava pensando no James? Ou no Evan? Ou na porra do *Scooper*

---

* Nas mãos de uma banda de rock and roll..."

Dooper? Eu estava beijando o Simon, vocalista dos Lolitas! Mais importante, ele estava me beijando de volta! Nós estávamos nos beijando! Bani imediatamente todos os outros garotos da minha cabeça e me concentrei no que estava na minha frente.

— Então — falei enquanto nos afastávamos para recuperar o fôlego. — Onde vai ser seu próximo show?

— San Diego, acho. Talvez Arizona. Não sei mais — ele deu um sorriso largo e começou a torcer uma mecha do meu cabelo em volta do dedo. — Você tem um cabelo muito sexy.

Eu te amo, cabelo. Nunca mais vou te odiar, nem mesmo quando estiver úmido.

— Obrigada — falei. — O seu também não é nada mau.

— É? — ele se inclinou mais para perto e me beijou rápido. — O que mais você acha?

Se eu lhe dissesse o que realmente estava pensando, ele sairia correndo do aposento. Na minha cabeça, eu já me imaginara atravessando o Atlântico de avião para visitá-lo em Londres, jantando com nossos novos amigos Gwen e Gavin em algum restaurantezinho fofo antes que eu fosse trabalhar como DJ enquanto meu namorado astro de rock que me idolatrava compunha músicas e ganhava Grammys e milhares de dólares em royalties. No entanto, achei melhor guardar essa pequena fantasia para mim mesma.

Nesse exato instante, avistei Victoria do outro lado do aposento. Ela me viu ao mesmo tempo e percebi que talvez devesse checar como a minha melhor amiga estava.

— Hum, você pode só, hum, esperar aqui um minuto? — falei para o Simon. — Eu volto já.

Ele fingiu fazer beicinho.

— Mas como vou saber que você vai voltar?

Meu Deus, cara, você se olhou no espelho ultimamente? Acredite em mim, eu vou voltar.

— Dois minutos — disse a ele. — Ou qualquer que seja o tempo de espera na fila do banheiro feminino.

Isso o fez cair na gargalhada.

— Você é uma viagem! — ele riu. — *Incrível para caralho*. Ande logo.

Victoria viu enquanto eu me separava do Simon e deixou Jonah no sofá enquanto nós duas abríamos caminho para fora da sala.

— É como uma grande jiboia — ela falou ofegante quando nós duas quase caímos para fora da sala e dentro do corredor vazio.

— Banheiro — falei. — Agora.

— É, você acha?

Andamos pela área da coxia, mostrando nossos passes para todos os seguranças que nos viam, até encontrarmos um lugar que só tinha uma privada e uma pia e nos retorcemos para dentro enquanto Victoria girava a fechadura. Olhamos uma para a outra por um segundo, então começamos nossa Dança Feliz, a que envolvia muito rebolado, pulos e gritos.

— Você está pegando o Simon Lolita! — Victoria gritou. — Eu vi vocês! Conte-me tudo!

— Ele disse que o meu cabelo é sexy!

— *Aimeudeus!* — ela pulou para cima e para baixo. — O que mais, o que mais? Ele beija bem? Ele tem cara de que beija bem!

— Nem consigo sentir meus joelhos, ele beija tão bem!

— Sem joelhos! Isso é tão legal! Como é que ele mexe a língua?

— É perfeito! Nem demais, nem de menos. E eu? Estou parecendo aqueles peixes no gelo no supermercado?

— Não, você está completamente sexy! Ele já te chamou de pequena?

— Pequena? Pequena o quê?

— Sei lá. Os ingleses sempre chamam as mulheres de pequenas.

— Nenhum "pequena" ainda.

— Bem, de qualquer modo, é melhor você se lembrar de cada palavra que ele disser, porque vai me contar tudo no caminho para casa — aí ela fez uma pausa. — Você acha que vai no ônibus da banda?

Essa ideia nem havia me ocorrido. Eu havia pulado uns 500 passos e já estava fazendo o design de interior do nosso apartamento em Londres. Espere, nosso *flat* de Londres.

— Não sei — falei. — Estou bem feliz atrás do baú de roupas.

— Que tamanho você acha que aqueles beliches têm? Grandes o bastante para duas pessoas?

Eu ri e nós pulamos mais um pouco. Aí, nos acalmamos e eu olhei no espelho.

— Como está a minha maquiagem?

— Linda. O rímel está aguentando muito bem. Nem está borrando.

— E o meu batom?

— Você está com boca de "peguei". Não precisa de batom.

Eu me virei para olhar para ela.

— Prometa que você e o Jonah não vão embora sem mim? Não quero terminar esta noite tendo que pegar carona para casa.

Ela me olhou como se eu fosse uma idiota.

— Audrey. Nós estamos numa festa no camarim com os Lolitas e os Plain Janes e mais umas 50 outras pessoas cujas fotos você tem coladas na sua parede toda. Há álcool e queijo grátis e neste momento Jonah está fumando haxixe trazido de Amsterdã. Acredite no que eu estou dizendo: nós não vamos *a lugar algum* sem você.

13

*"Be my photo bitch and I'll make you rich..."**

— Belle & Sebastian, "Sukie in the Graveyard"

A ÚNICA COISA UM POUCO MENOS LEGAL que eu tinha que fazer antes de voltar para a festa era mandar uma mensagem de texto para meus pais avisando que estava bem. Para a maioria dos pais, eles eram bem lenientes em relação à hora de chegar. O prazo oficial para chegar em casa é 2 horas, mas, depois da meia-noite, tenho que mandar mensagens a cada meia hora para eles saberem que estou viva e não estou sendo seduzida por algum canalha traficante de baseados. Victoria foi esperta e contou para sua mãe sobre a minha liberdade, então nossos pais nos sentaram e nos deram todo o sermão de "sair é um privilégio, não um direito" e agora a Victoria também tem a mesma hora de chegar e as mesmas regras que eu.

Eu podia estar ocupada dando uns amassos com astros de rock e impressionando as pessoas com minhas habili-

---

* Seja minha escrava fotográfica e eu farei você ficar rica...

dades sinistras como DJ, mas não era burra o suficiente para estragar minha liberdade. Algumas pessoas do colégio tinham que estar em casa às 22 horas nos fins de semana e só a ideia disso fazia meu coração doer.

De qualquer modo, Victoria estava semicerta sobre ela e Jonah ficarem na festa. A parte que ela errou foi a parte do "nós não vamos a lugar nenhum", já que logo depois que voltamos para o camarim e eu encontrei Simon e começamos a dar uns amassos sem nem um olá ou um "há quanto tempo", a polícia chegou e declarou que o lugar todo era um risco à segurança. O momento que escolheram foi bem irônico, já que "Fire", do Jimi Hendrix estava tocando, mas também um alívio, já que cada guitarrista na sala — e havia muitos — estava tocando guitarras imaginárias com Jimi e fazendo aquelas caras horríveis de guitargasmo. Graças a Deus Simon era vocalista e eu fui poupada do constrangimento de vê-lo fazer isso.

— *Merrrrdaaaaa* — ele gemeu quando viu os bombeiros. — Temos que levar esta festa para o hotel — Simon olhou para mim e deu um sorriso largo. — Venha com a gente.

Olhei para o relógio no meu telefone. Meia-noite e quarenta. Levaria 45 minutos para chegar em casa a fim de entrar pela porta às 2 horas, o que me dava 35 minutos de tempo para o Simon.

— Eu tenho que ir embora à 1h15 — falei.

— Ah, qual é — ele disse, se empurrando contra mim. — Esse é só o show de abertura. A festa de verdade sempre acontece no hotel.

Eram momentos como esse que me faziam desejar que meus pais fossem babacas. Se fossem, eu podia simplesmente quebrar as regras porque não ia me importar com o que pensam. Mas a verdade é que eu meio que gosto dos meus pais. Não queria que eles se preocupassem comigo ou achassem que eu estava amarrada no porta-malas de algum carro. Ou dando uns amassos com astros do rock em hotéis na Sunset Strip.

Droga.

Tentei bancar a pudica.

— Aposto como você diz isso para todas as garotas — murmurei, puxando-o para baixo de tal forma que a minha boca só tocava na dele enquanto eu falava. — Mas não sou como as outras garotas. — As Cocas com Jack definitivamente haviam feito a parte da azaração da noite ficar mais fácil. Quem quer que os tivesse misturado um dia merecia uma medalha.

Simon disse algo que eu não ouvi direito e então pegou minha mão e, enquanto os bombeiros expulsavam todo mundo, ele me levou pelo corredor, de volta na direção do palco e aí por uma porta e estávamos num patiozinho do lado de fora, longe dos fãs acampados perto dos ônibus das bandas, longe dos bombeiros e da Mulher Maluca do Braço e quem mais pudesse nos interromper. Eu só conseguia ver faróis andando para cima e para baixo na Strip e o ar tinha um cheiro muito bom e salgado da bruma oceânica da madrugada que soprava para leste e dos vendedores de salsichão que sempre faziam ponto depois dos shows. Era como nosso Éden Emo particular.

Assim que ficamos sozinhos, o negócio ficou intenso. Mais intenso, de certa forma, do que as coisas jamais tinham sido com Evan. Tínhamos sido o primeiro um do outro e nenhum dos dois havia namorado ninguém firme antes, então sempre foi meio hesitante e desajeitado. Não era ruim, mas não era enlouquecedor. Simon, no entanto, sabia o que estava fazendo. Era o tipo de beijo em que você tem que se lembrar de respirar a fim de não desmaiar e não perder nem um segundo dele.

Depois de alguns minutos, ele colocou a mão debaixo da minha camisa e começou a contar minhas costelas com a ponta dos dedos e eu fiquei imaginando até onde isso iria. Ou, mais precisamente, até onde ele esperava que eu fosse.

— Espere — falei ofegante. — Só... espere um segundo. Preciso de um minuto.

Nós dois estávamos respirando pesado e ele moveu as mãos para ficarem dos dois lados da minha cabeça, pressionada contra a parede. Riu um pouco e tirou o cabelo de cima dos meus olhos.

— Não tenha medo, gata — falou. — Como você diz, isso é tudo de bom.

— Não estou com medo.

— Mentirosa.

— Não, só preciso de um minuto, respirar é importante para mim, sabe. — Estava tentando fazer uma piada, mas ele estava certo. Eu estava mentindo.

— Não se preocupe — ele disse. — Você não vai sufocar — disse e abaixou a cabeça de novo na direção da minha. — Eu não vou deixar.

Nós nos beijamos por mais um minuto, mais devagar dessa vez, mas aí retomamos o ritmo de novo e, quando ele botou a mão embaixo da minha blusa novamente, eu não o detive. O ar em torno de nós estava cheio de barulhos de trânsito e grilos e Simon gemia contra minha boca e eu podia me sentir começando a não ligar para mais nada além dele, nem em pais ou hora de chegar ou Victoria ou nada além da sensação da sua mão na minha pele.

— Vamos lá, Euterpe — ele sussurrou subitamente. — Inspire-me.

A frase me atingiu em algum lugar no fundo da minha mente e não porque soava tão estranha. Eu já ouvira aquele nome antes. Era grego. Meu pai sempre gostou de mitologia grega e costumava me contar histórias sobre deuses e deusas quando eu era pequena. (Minha mãe também teve que convencê-lo a não me batizar de Hera, o que é uma história para outro momento.) Mas eu me lembrava de Euterpe. Ela era uma Musa, uma das nove Musas.

— Espere, o quê? — perguntei, tentando me separar dele tempo suficiente para falar. — O que você disse?

— Eu disse "Inspire-me".

— Antes dessa parte. Do que você me chamou?

— Euterpe — ele sorriu contra a minha boca de tal forma que nossos dentes se tocavam. — Eu disse: "Vamos lá, Euterpe, inspire-me."

Quando interrompi nosso beijo de novo, pude ver que ele estava ficando meio irritado.

— O quê? — ele falou. — O que foi agora?

— É só... eu o inspiro? Tipo, agora? — Começava a sentir um formigamento ruim nos dedos dos pés.

— Bem, é — ele riu um pouco e afastou o cabelo dos olhos. — É isso o que você faz com todo mundo, certo?

— Hum, na verdade não — eu disse. Estava tentando bancar a indiferente mas meu coração acelerado de repente estava em todos os lugares menos no meu peito.

— Ah, qual é. Já ouvi "Audrey, espere!". É como "Sexy Sadie" para os Beatles, certo? — Simon começou a cantar no meu ouvido. — *Você apareceu para deixar todo mundo ligado...* — e, no momento em que ele estava prestes a subir mais a mão por debaixo da minha camisa, eu me lembrei quem era Euterpe: a Musa da Música.

E tudo se encaixou.

— Ah, Deus — falei e me afastei de novo. — Ah, meu Deus.

— O que foi? Você não gosta dos Beatles?

— Não, eu amo os Beatles, não é... — Respirei fundo e olhei para ele, tentando ver o que ele realmente queria de mim. — Eu não sou sua musa. Não sou a musa de *ninguém*, está bem?

— Você conhece as Musas, gata?

— O suficiente para saber que não sou uma delas. — As Cocas com Jack já haviam passado há muito tempo e eu me sentia desgostosamente sóbria. — Foi só uma porra de uma música, Simon. Nem fui eu que escrevi.

— Então *me* ajude a escrever uma — ele falou e tentou se abaixar para me beijar de novo. — Podemos ser famosos juntos. Vamos ajudar um ao outro. Podemos ser... qual é a palavra? Simbióticos. Usar um ao outro para sobreviver.

— Sei o que simbiótico quer dizer — falei cortante. (Não mencionei que tinha sido uma das minhas palavras de vestibular favoritas no ano passado e que agora ele tinha estragado tudo.)

— É, porque você é inteligente — Simon tirou o cabelo do meu rosto, mas me afastei: — Então seja inteligente agora. Tem que bater enquanto o ferro está quente, certo? Você e eu, nós saímos algumas vezes, fazemos um pouco de mídia. Os jornais de Londres vão babar. Você vai ser tipo a Kate Moss americana.

Eu nem queria saber quem o Simon achou que seria nessa fantasia doente de mídia.

— Então, você só gosta de mim pela... pela música? É isso?

— Bem, quer dizer, você também é bem gostosa. É uma situação na qual não dá para perder.

— Cara! — gritei e agora havia me afastado completamente dele. — Caso você não tenha percebido, eu só tenho 16 anos!

Achei que esse seria o meu trunfo, aquilo que lembraria o Simon de que eu era, na verdade, menor de idade e, assim sendo, tão ilegal quanto a cocaína que o baterista dos Lolitas estivera cheirando na mesa do camarim. Mas o Simon só encolheu os ombros.

— Bem, não tem problema — ele disse. — A minha namorada também tem.

Sabe como você começa a rir não porque algo é engraçado, mas porque você está tão zangada e decepcionada e arrasada que só pode fazer isso? Foi o que eu fiz, meio que ri e resfoleguei e suspirei, tudo ao mesmo tempo. Simon olhou para mim de um modo estranho e, depois de um minuto, disse:

— Então, isso é um sim ou um não?

Sacudi a cabeça.

— É o maior não que você já ouviu na vida, seu parasita filho da puta.

Ele arrastou os sapatos no chão e xingou baixinho.

— Maldita provocadora. Surpresa nenhuma que ele tenha te dispensado.

Só balancei a cabeça.

— *Eu* dispensei ele. Experimente ouvir a letra de vez em quando, Zeus.

Ele praguejou de novo e voltou para dentro, batendo a porta atrás de si. Fiquei sozinha do lado de fora e olhei todas as luzes na Strip e me toquei que, apesar das luzes e dos carros e das estrelas, a rua parecia muito, muito escura.

E aí fiquei imaginando por que eu não estava mais ouvindo os grilos.

Não sei por que lhes contei nada disso. Afinal de contas, vocês conhecem a história toda. Vocês sabem que usei meias cortadas nos braços. Sabem que os Plain Janes tocaram o refrão de "Audrey, espere!" durante o bis. Sabem que Simon e eu passamos a noite inteira dando uns amassos e que animei a festa com um ótimo rap e um momento feliz. Também sabem que os "grilos" não eram realmente grilos, mas o empresário da turnê dos Lolitas agachado nos arbustos com a câmera do seu celular.

E eu sei que vocês viram o vídeo.

14

*"Sunshine, I wouldn't want to be in your shoes..."**

— The Libertines, "Up the Bracket"

MEU TELEFONE TOCOU às 8h32 na manhã seguinte. O toque da Victoria. (Quem mais teria coragem de ligar àquela hora num sábado?)

Às 8h33 joguei um travesseiro nele.

Às 8h34 ele começou a tocar de novo.

Às 8h36 eu finalmente atendi.

— O mundo está acabando? — resmunguei. Minha língua estava grossa na boca e meus olhos estavam colados com um resto de rímel superforte. Eu tinha levado séculos para dormir na noite anterior e a última coisa que queria fazer era acordar.

— Pode ser.

— Homenzinhos verdes?

— Não. Vídeo na internet.

Forcei meus cílios para abrirem.

---

* Meu amor, eu não gostaria de estar no seu lugar...

— Vídeo de quem e o quê?

— Você e o Simon dando uns amassos ontem à noite.

— O quê?

Às 8h37, eu havia me arrastado para fora da cama, dado uma topada com o dedão na cadeira da escrivaninha, tirado a Bendomolena do meu laptop e feito o login.

— Mande o link agora — implorei para Victoria.

— Já mandei. Verifique seu Messenger — ao fundo, podia ouvir um carro dando a partida.

— Você está na casa do Jonah? — perguntei a ela, um pouco incrédula. Claro, a mãe da Victoria é a Senhora Liberdades Civis e tudo o mais, mas de jeito nenhum Victoria tinha permissão para passar a noite na casa do namorado.

— Relaxe, estou pegando o carro da minha mãe emprestado. Jonah provavelmente ainda está morto para o mundo.

— Aonde você vai?

— Estou indo para a sua casa, sua lesma — ela falou como se tivéssemos planejado isso durante semanas.

— *Agora?*

— Alô? Sou sua melhor amiga e isso é uma crise. Estou de plantão 24 horas por dia, querida.

Eu estava prestes a dizer "Crise?", quando cliquei no link e ele me levou para o fórum dos Do-Gooders, com um post intitulado "Aimeudeus Audrey E SIMON LOLITA!!!!" Era só um link e eu cliquei nele, imaginado o quão ruim podia ser.

Ah, era de fato bem ruim.

As imagens eram granuladas e meio laranjas (obrigada, postes de rua), mas mostrava eu e Simon dando uns amassos no patiozinho particular. Dava para ver a gente se beijando e ele agarrando o meu cabelo e aí um minutinho no qual eu me afastei antes de voltar.

Éramos inequivocamente nós. Eu passara os últimos seis meses olhando para a foto dele na minha parede — eu o reconheceria em qualquer lugar.

Dava para ver minhas botas vermelhas e meus braços cobertos pelas meias.

E a mão do Simon.

Debaixo da minha blusa.

— Aud? Você está aí?

Engoli em seco.

— Infelizmente.

— Não se preocupe, estou chegando.

Bendomolena, descontente por ter sido acordada tão cedo, ficou me encarando e aí olhou para a minha foto na tela do computador. Juro por Deus, suas sobrancelhazinhas de gato se levantaram de surpresa. Era cedo demais para ser julgada pela minha gata, cuja grande realização na vida era rolar de costas. Então eu cobri seus olhos.

A volta do show para casa na noite anterior havia sido uma tortura. Depois que Simon me deixou no pátio, eu me recompus e fui pegar Victoria e Jonah na festa. "Nós temos que ir", eu ficava repetindo e finalmente conseguimos sair de lá e voltar para o carro. (Também acho que dei dois autógrafos no estacionamento, mas não tenho certeza.)

Quando Victoria finalmente virou à esquerda para sair do estacionamento, Jonah estava apagado no banco de trás e Victoria estava sugando todo o ar do carro com seu entusiasmo.

— Isso foi incrível — ela ficava repetindo. — A melhor festa *de todos os tempos*. Foda-se a formatura! Quem é que precisa ir à festa de formatura este ano? Nós acabamos de curtir com os Plain Janes e os Lolitas! — Seus olhos brilhavam tanto que ela podia usá-los como faróis. — Ah, meu

Deus, Sharon Eggleston vai vomitar quando souber disso! Prometa que não vai contar a ela até eu estar lá, está bem? Quero ver a cara dela.

— Hum, Victoria? Há algo...

— Então, você e Simon trocaram endereços de e-mail? E números de telefone? Vai tentar vê-lo de novo antes que ele...?

— Olhe, algo...

— Verifique suas mensagens de texto, aposto que ele já escreveu!

Só havia um modo de fazê-la parar quando ela estava atacada.

— Vicky.

Ela parou no meio da tagarelice e olhou para mim, uma sobrancelha erguida.

— Enlouqueceu?

— Desculpe — falei. E aí lhe contei tudo sobre o Simon. Ela ficou adequadamente irritada, chocada e, finalmente, furiosa.

— Ele descreveu vocês dois como *simbióticos*?

— É.

— Que metido. Aposto como Mick Jagger nunca tem que dizer "simbiótico" para ganhar as mulheres.

A essa altura, eu já havia roído três unhas e estava concentrada em destruir a quarta.

— Hum, não estou muito interessada em como Mick Jagger ganha as mulheres, Victoria.

— Bem, alguém deveria estar, porque eu não entendo — ela estremeceu um pouco. — Então, quer que eu volte com o carro para podermos chutar o Simon onde suas bolas estariam se ele tivesse alguma? Porque eu volto. Volto com o carro, Deus que me perdoe.

A essa altura, ela me havia feito sorrir.

— Mas ele beijava bem.

Ela afastou a ideia com um *pffft*!

— Todo mundo tem alguma qualidade.

— Ele também não canta tão bem assim.

— Por favor. Eu não quis falar nada, mas ele estava tããão desafinado o tempo todo. Havia cachorros uivando do lado de fora, juro.

— E não pareceu que o Simon e o guitarrista... como era o nome dele?

— Charles.

— Charles, obrigada. Não pareceu que estavam mandando olhares românticos um para o outro durante a apresentação?

— Totalmente! Mas é tudo para a imprensa britânica, você sabe. Eles amam essas merdas.

— Então, não era para dar certo de qualquer maneira — dei de ombros. — Não combino muito com babacas, eu acho.

— E é isso que eu gosto em você.

Quando finalmente cheguei em casa às 1h57 da manhã, estava me sentindo muito melhor. Estava amando a minha melhor amiga e na verdade me sentia mal por Simon, por ter cometido um erro tão grande.

Adivinhem quem se sentiu idiota na manhã seguinte?

Victoria estava na nossa casa e no meu quarto às 9 horas.

— Onde estão seus pais?

— Sei lá. Mercado do produtor. Fazendo coisas na rua. Correndo. O que quer que as pessoas façam a esta hora no fim de semana. O que você trouxe?

Ela revelou uns copos de isopor e uma bolsa branca.

— Tenho café e burritos de café da manhã. Puro e com molho extra, do jeito que você gosta.

— Você é um anjo enviado do Céu — suspirei.

— É, vivem me dizendo isso. E também trouxe isto. — Meu anjo do Céu também estava manejando um martelo enorme. — Adivinhe para que é?

— Hum, você vai ajudar meu pai com consertos pela casa?

— Ha. Engraçado. Você devia dar aula de como ser tão engraçada.

— Vai esmigalhar o meu cérebro e me livrar da minha infelicidade para eu não ter que ir ao colégio na segunda-feira?

— Beba seu café — ela respondeu. — A cafeína vai deixá-la menos suicida. E isso — acrescentou, jogando o martelo na minha cama — é para destruirmos os nossos CDs dos Lolitas.

Fiquei olhando enquanto o martelo caía com um som surdo nos meus travesseiros.

— Quando eu procuro "melhor amiga" no dicionário, tem uma foto sua.

— Eu sei — ela bateu os cílios sedutoramente. — Fui até a Glamour Shots só para a ocasião.

Então, armada com Victoria, burritos e um glorioso café, me aventurei na internet de novo. Quando meus pais finalmente chegaram em casa, Victoria e eu havíamos descoberto que o vídeo tinha sido postado originalmente no youtube, aí no fórum dos Lolitas e aí fora pego por, bem, todo o resto. Todos os sites diários de fofocas o tinham, e aqueles que não o tinham certamente o teriam na segunda de manhã. Algumas pessoas até haviam feito slideshows e postado, portanto eu podia assistir à minha humilhação e meus erros acontecendo frame a frame.

Mas eram os comentários nos fóruns de mensagens que queimavam a minha pele através da tela.

Ela é tão vagabunda.

Aimeudeus esses negócios nos braços são FEIDEMAIS!

Aaah, ela é tããão linda, eu amo ela!

Soube que Simon tem 5 DSTs. Foi por isso que sua última namorada o deixou.

Ela se vende para chamar atenção.

Podemos começar a chamá-la de Courtney Love agora?

— Uma amiga minha estava no show ontem à noite e disse que a Audrey estava completamente bêbada e ficando com todo mundo não só com o Simon mas até com os roadies. Eca! Roadies!

Simon é o maior gato. Ele merece coisa melhor! Onde se compra essas braçadeiras?

Seus 15 minutos acabaram, Audrey, valeutchau.

Quando acabei de ler duas páginas, parei.

— Eles são loucos — falei, mas minha cabeça estava turva. — Quer dizer, eles realmente pensam tudo isso? Sobre *mim*? Sou uma boa garota! Não sou uma piranha! Eu alimento gatos de rua! — estava começando a ficar histérica. — Sou aquela que fez meus pais começarem a reciclar! Fui praticamente a única pessoa que entrou para o Key Club para fazer trabalho voluntário, e não só porque ficaria bem no currículo para a faculdade!

— Está bem, calma — Victoria interrompeu. — Antes de mais nada, se essas pessoas fossem descoladas, não estariam em casa lendo sites de fofocas sexta-feira à noite.

— Ah. Bem, hum... — me mexi desconfortavelmente na minha cadeira. — Àsvezeseutambémfaçoisso.

— É, mas você chama as pessoas de vagabunda nos sites?

— Está bem, entendi.

— Viu? Eles não são IAN.

— IAN?

— Iguais a Nós. Quer dizer, sou totalmente a favor de vivermos com as nossas diferenças e tal, mas nós somos garotas maneiras. Eles — ela apontou para a tela do computador — são *loucos*. E estão se escondendo atrás das porras dos seus laptops ou sei lá o quê. Só estão com inveja porque não conseguiram dar uns beijos em Simon.

— Mas... mas... eles acham que eu sou algo que não sou!

— E daí? Não estabelecemos que eles são loucos? — ela deu um longo gole em seu café. — Na minha opinião, se gente louca a odeia, você está ganhando.

— Audrey, você está acordada? — Já podia ouvir minha mãe subindo as escadas. A última coisa de que eu precisava era que ela visse fotos de mim dando uns amassos em Hollywood. Não havia café suficiente no mundo para essa conversa, então fechei o laptop e, como reforço, joguei a Bendomolena em cima.

— Vou lhe comprar a melhor casinha de gato do mundo — prometi a ela quando me deu uma patada desanimada. — Fique aí.

— Fique aí ou você vai ser um tapetinho no chão do meu quarto — Victoria acrescentou sussurrando. Ela é muito direta com a Bendy. Elas têm um respeito esquisito uma pela outra, como dois guerreiros engajados em uma batalha.

— Uau — minha mãe falou quando enfiou a cabeça pela porta. — Vocês duas estão acordadas! O alarme de incêndio disparou?

— Oi, Sra. Cuttler — Victoria disse. — Espero que não se incomode por eu ter vindo para cá. Audrey e eu estávamos só...

Se ela dissesse "fazendo o dever de casa" ou qualquer coisa idiota desse tipo, nós estávamos mortas.

— ...começando o projeto de um mosaico que estamos fazendo.

Eu sabia a minha deixa.

— É, é só uma ideia que a Victoria teve. Temos que quebrar uns CDs.

— Bem, só façam isso lá fora.

— Nossa filha está viva? — Meu pai veio por trás da minha mãe e segurou seu coração. — Meu Deus, é um milagre. Achei que você estava fadada a nunca mais ver as manhãs.

Eu me virei para Victoria.

— Não ajuste seu televisor. Meu pai é muito engraçado mesmo.

— Estou vendo a quem você puxou — ela mandou de volta.

Mas eu perdi o golpe porque estava ocupada demais olhando para as roupas dos meus pais, que eram suspeitamente... atléticas

— Vocês... vocês fazem ioga?

— Há três semanas — minha mãe flexionou um bíceps. — Olhe só isso. Eu estou sarada.

— Fiz o meu primeiro "cachorro olhando para baixo" hoje — meu pai acrescentou orgulhosamente e Victoria fez um som estrangulado esquisito e então se engasgou com seu burrito de café da manhã.

— Isso... isso é ótimo, pai. Sério — mordi a bochecha com tanta força que doeu. — É isso aí. Ótimo crescimento pessoal e tudo o mais.

Quando eles finalmente desceram de novo, Victoria e eu estávamos com lágrimas nos olhos por tentar não rir e ela correu pelo quarto e enfiou o rosto no meu travesseiro, abafando seus urros de risada.

— O seu *pai*! *Ioga*! *Cachorro* olhando para baixo! Hahahahahaha!

Eu estava rindo demais para falar, mas me juntei a ela na cama.

— Os meus pais são IAN? — perguntei depois de parar para respirar e enxugar os olhos.

— Ah, Deus, espero que não — ela se endireitou um pouco e levantou o martelo como um Thor do punk rock. — Então. Vamos criar um pouco de caos nesta manhã de sábado.

15

*"Lying wide awake in the garden, trying to get over your stardom..."**

— Pete Yorn, "Just Another"

DIZER QUE PENSEI NO VÍDEO pelo resto do dia seria um eufemismo. Isso me consumiu e fez meu estômago realizar atos de contorcionismo que deviam estar no Cirque du Soleil. Victoria e eu destruímos os CDs dos Lolitas ("Qual é" — ela gritou da lateral enquanto eu os destruía em pedaçinhos — "Bote um pouco de força nisso! Incorpore seu Trent Reznor interior!"); aí, encontramos fotos de astros do rock mais dignos para colar por cima dos Lolitas na colagem na minha parede, mas nada funcionou. À noite, todas as minhas unhas eram cotocos e eu tinha passado a me concentrar na destruição das minhas cutículas. Eu era uma masoquista dos punhos para baixo.

O estranho era que música não estava resolvendo o problema. Normalmente, podia botar uma ou duas músicas bem escolhidas e me sentia melhor. Mas toda vez que ten-

* Completamente acordado no jardim, tentando lidar com o seu estrelato...

tava fazer uma lista de músicas, pensava em quando estava fazendo a lista na festa no camarim. Quando olhei meus CDs, meu primeiro instinto foi botar o dos Lolitas, mas aquele CD agora estava no fundo de um saco de lixo em um milhão de pedaços. E esqueçam o rádio. Não podia me arriscar a ouvir "Audrey, espere!" tocar de novo — meus ouvidos sangrariam de agonia. Estava tocando o tempo todo agora, e não só na KROQ ou na KUXV ou qualquer que fosse a estação de rádio que os meus pais fingiam não ouvir. Eu ainda estava subindo nas paradas da Billboard — número 15, da última vez que olhei — e não parecia que ia parar tão cedo. Até ouvi meu professor de Geometria cantarolando a música no corredor, mas pelo menos ele teve o bom senso de parecer apologético depois que me viu.

Então, naquela noite, fiquei deitada na cama em silêncio total, olhando para as estrelas fluorescentes no meu teto (eu havia passado uma tarde inteira no ano anterior colocando-as em forma de constelações, o que Evan tinha chamado de idiota. "Só cole-as em qualquer lugar", dissera. "Você vai estar dormindo mesmo." Idiota). Bendomolena estava dormindo ao pé da minha cama em seu espaço de sempre — bem entre os meus tornozelos, então era impossível me virar sem chutá-la — e eu podia ouvir meu pai assistindo à TV no andar de baixo. Não conseguia entender como as coisas permaneciam tão normais com todas as outras pessoas enquanto por dentro eu me sentia como um furacão sem lugar para pousar.

Minha mãe, no entanto, não é idiota. Ela sabia que alguma coisa estava acontecendo.

— Audrey? — ela enfiou a cabeça pelo vão da minha porta. — Você está dormindo?

— Estou.

— Não sei por que essa resposta não me surpreende — ela abriu um pouco mais a porta. — Está se sentindo bem?

— Estou, por quê?

— Porque você está na cama às dez da noite. E não comeu muito no jantar. E suas unhas parecem que perderam uma aposta com seus dentes.

— Não, eu estou bem.

— Tem certeza?

— Tenho.

— Então não devo me preocupar com suas respostas monossilábicas?

— Nem um pouco. Viu, tem quatro sílabas bem aí.

Ainda assim, ela entrou no quarto e se inclinou por cima da cama para beijar minha testa.

— Eu te amo, minha filha louca e obcecada por música.

— Também te amo.

— Tem certeza de que está tudo bem?

Isso era o que eu queria dizer: "Não, não está *nada* bem, está uma bagunça e fiquei com um cara gostoso que acabou se mostrando muito sacana e aí postaram fotos online e garotas acham que eu sou uma piranha e o país inteiro está cantando sobre a minha vida amorosa e a minha melhor amiga está totalmente apaixonada por um cara ótimo e eles vão se casar e vão me deixar completamente sozinha e vou ficar tão deprimida que não vou entrar na faculdade e acabarei como uma daquelas mulheres esquisitas e enrugadas que vão ao camarim nos show de hair-metal e ficam com os roadies! Então, se você puder fazer aquele Negócio de Mãe sensacional que você faz, quando conserta tudo e faz as coisas melhorarem, seria perfeito, está bem? Isso está bom?"

Mas é claro que o que eu falei foi:

— Está tudo bem.

É péssimo ser uma excelente mentirosa.

16

*"To me my life, it just don't make any sense..."**

— The Strokes, "Barely Legal"

EU HAVIA PENSADO que a manhã de segunda-feira seria mais do mesmo, como logo depois que "Audrey, espere!" estreou no rádio e todo mundo estava interessado em mim. Achei que as pessoas ficariam ainda mais curiosas e que Sharon Eggleston ia jogar o cabelo algumas vezes a mais e Tizzy ia estourar um vaso sanguíneo no olho de pura emoção e esse tipo de coisa.

Ha.

Às 10 horas, eu já sabia que as coisas estavam diferentes. Era como se as pessoas estivessem *com medo* de falar comigo, mesmo gente que eu conhecia desde o sexto ano. Quando entrei pela porta da frente, havia agrupamentos de pessoas me observando, olhando como se eu estivesse abrindo o Mar Vermelho em vez de indo para a primeira aula.

---

* Para mim, a minha vida simplesmente não faz nenhum sentido...

Além disso, cinco garotas diferentes tinham braçadeiras feitas em casa.

Mas o que realmente provou a esquisitice foi que Tizzy de repente ficou tímida. Ela foi a primeira garota que vi com braçadeiras e, é claro, eram feitas com as meias sociais do pai dela e pareciam meio erradas e amarrotadas, mas quando fiz contato visual com ela, ela ficou vermelha e agitada.

Isso não ia dar certo. Se alguém tinha o direito de ficar toda vermelha e agitada era eu, não a Tizzy.

— Ei! — falei, correndo atrás dela quando a aula acabou. Eu ia lhe perguntar o que estava acontecendo, por que ninguém estava falando comigo, mas tive minha resposta sem fazer a pergunta.

— Ah, oi — ela disse, e um sorriso grande e pateta surgiu no seu rosto. — *Oi.*

— Oi.

Ela não podia mais segurar. Era como assistir ao lançamento de um foguete.

— *Aimeudeus, você ficou com o Simon Lolita!* — ela agarrou o meu braço e começou a pular para cima e para baixo, me beliscando com cada sílaba. — Vi as fotos online ontem à noite; minha mãe disse que eu não podia entrar online porque estou totalmente de castigo, mas quem é que vai para a cama tão cedo, então liguei o computador escondido e Ai. Meu. Deus. Vi você e ele se beijando!

Pronto, lá vai.

Gotas de suor estavam se formando em seu lábio superior e as bochechas estavam vermelhas de excitação.

— Nunca tivemos, tipo, uma celebridade de verdade na escola antes! — ela continuou. — Ai, meu Deus, nem sei o que dizer! Você é famosa e está, tipo, *falando comigo*!

— Tizzy, eu não sou fam...

— Mas você é! Todo mundo está falando sobre você! *Todo mundo!* No banheiro das meninas hoje de manhã, todo mundo estava dizendo que você tem *tantaaaa* sorte e algumas garotas estavam cheias de inveja, mas não se preocupe, Aud, disse a elas que você merece completamente e que Simon Lolita tem sorte em ter você e que vocês dois vão ser o casal mais fofo. Tudo bem se eu te chamar de Aud?

— Tizzy. — Minha cabeça estava girando só por observá-la. — Respire.

— Ok!

— Tente fazer isso agora.

— Eu estou, eu estou! — ela retorceu as mãos diante de si. — Ele vai vir para o baile formal de inverno com você?

Tive que me segurar para não lhe dar uma sacudida.

— *Tizzy*. Nós não estamos namorando.

— Mas você ficou com ele!

— Estou absurdamente consciente disso. Mas não estamos namorando. Foi um lance de uma noite só.

— Ele beija bem?

Minha breve hesitação era tudo de que ela precisava.

— Eu sabia! Sabia que sim! Sharon Eggleston estava toda "aposto que ele é horrível", mas eu mandei, tipo, "aham, nem vem, ele é *inglês*".

Sharon Eggleston. Merda. Ela vivia para esse tipo de popularidade, só para poder ser aquela que a destruía. Se a sua escola algum dia montou uma peça sobre a Revolução Francesa, ela poderia fazer o papel da guilhotina.

Finalmente consegui me desvencilhar da Tizzy, mas só porque ia me atrasar para a aula de História e, quando entrei, Sharon havia guardado um lugar a seu lado para mim.

— Oi, Audrey! — ela acenou. — Aqui!

Eu provavelmente ia precisar de alguém para provar toda a minha comida daqui por diante. Tizzy me veio à mente.

— Oi — falei e me sentei ao lado dela só porque outra pessoa estava na minha cadeira de sempre.

— Então. Conte-me tudo — ela descansou o queixo nas mãos e esperou pela historinha.

— Sobre o quê?

— Sobre o quê? Sobre o seu fim de semana fabuloso dando uns amassos com Simon! O que mais há para contar?

— Ah, isso — disse e ri um pouco. — Foi só um... lance.

— Lance? — ela repetiu. — Vamos, detalhes... detalhes, por favor.

Está bem, agora isso me irritou. Como se Sharon Eggleston fosse meu diário pessoal ou sei lá o quê. Como se ela não tivesse passado meses babando à distância pelo meu agora ex-namorado e lançando olhares assustadores para mim sempre que tinha uma chance. Como se não fosse espalhar cada detalhe sobre Simon Lolita para a escola inteira em menos de 15 minutos sem nem sair da cadeira. Como se eu precisasse lhe dar mais um motivo para me odiar. Como se nós fôssemos amigas.

— Bem, eu... eu não gosto muito de dar detalhes, Sharon. Quer dizer, não é nada demais.

Seus olhos se estreitaram. A rainha não estava acostumada a ter seus pedidos negados pelos servos.

— Não é nada demais?

— Não — tentei sorrir um pouco. — Você sabe, as coisas acontecem e passam. Nós não estamos namorando, foi só uma vez. Não é absolutamente nada.

— Nada.

Havia algo na forma como ela falou que fez meu braço se arrepiar até em cima. Em algum lugar, um carrasco estava afiando sua lâmina.

— Isso mesmo — eu disse, dando sorriso mais largo. — Absolutamente nada. Está tudo bem.

E aí a Sra. Willis estava gritando para que nos virássemos nas carteiras e prestássemos atenção pelo menos uma vez na vida e eu me transformei na aluna mais obediente do mundo. Os olhos de Sharon Eggleston, no entanto, queimaram dois buracos no lado da minha cabeça durante o resto da aula.

No final do dia, eu estava exausta de tanto não falar com as pessoas. Tirando Tizzy, com sua explosão verbal, e Sharon, com sua conversa "amigável", as únicas pessoas que falaram comigo foram Victoria e Jonah. Na verdade, Jonah só queria saber se eu tinha um dólar para um Del Taco, mas ainda assim. Conta como falar.

E não que eu estivesse prestando atenção nem nada, mas James não estava na escola.

Na terça-feira, Sharon e Natasha conseguiram me encurralar no meu caminho para a biblioteca.

— Ah, oi — falei como se estivesse cumprimentando algum parente muito velho que tinha lenços de papel enfiados pelas mangas do suéter. — E aí?

— Você está nos ignorando? — Sharon falou. Ela estava com os braços cruzados na frente do corpo, do jeito que sempre fazia para empurrar os peitos para cima e fazê-los parecerem maiores. Como se ela precisasse de ajuda com isso.

— Ignorando vocês? — repeti — Do que estão falando? — Mas eu sabia exatamente do que elas estavam falando. E, se vivesse na Terra da Honestidade, estaria gritando *"É, eu as estou ignorando, sua palerma! Enfie isso na sua cabeça coberta de cabelo brilhante!"* Mas isso não era uma opção.

Ainda.

Ela cruzou os braços de novo e empurrou os peitos ainda mais para cima.

— Sabe, Audrey — ela começou —, eu e as minhas amigas temos sido muito legais com você.

— Legais?

— É, legais pra cacete. Nós a convidamos para almoçar conosco. Quando eu vi as suas fotos com Simon Lolita pela primeira vez, fiquei preocupada com você. E aí, ontem, na aula de História, eu *tentei* ser sua amiga.

Victoria trouxe café e um martelo, pensei. *Você só tentou descobrir detalhes.* Eu também realmente desejava que Victoria estivesse ali naquele momento, porque ela teria dito isso sem nem piscar.

— Olhe, Sharon, as coisas têm andado muito loucas ultimamente, e é só que eu não tive...

— É assim que você trata os seus amigos, Audrey? Ignorando-os?

— Amigos? — falei. — Sharon, você e eu não somos amig...

Mas ela nem estava ouvindo.

— Sabe, Audrey, posso arruiná-la nesta escola.

Não reajo bem a ameaças. (Não é nenhuma surpresa.)

— Ah, *é mesmo?* — disse na minha voz de amizade fingida.

A essa altura, ela estava tão perto de mim que eu podia sentir o cheiro de seu gloss de baunilha.

— Você sempre consegue tudo o que quer, não é? Ou *todo mundo*. Evan, a porra do Simon Lolita e agora James — Seus dentes estavam tão apertados que doía só de olhar para ela. — O que a faz tão especial assim?

— James? — falei de estalo. — Espere, o que...

— Ei, o que eles estão fazendo ali? — Natasha, vulgo Darth Vader, estava olhando para além da Sharon e de mim e nós todas nos viramos para olhar para quatro garotas que estavam a uns três metros de distância, as câmeras dos celulares abertas, rindo animadamente enquanto tiravam fotos de mim e de Sharon.

— Hum, com licença! — gritei. — Será que podem não fazer isso agora? Ou nunca?

— Suas *novas* amigas, Audrey? — Sharon desdenhou. — É para elas que você *liga* de volta?

Mas as garotas continuavam fotografando sem parar e aí Natasha provou ser ligeiramente útil quando disse:

— Elas estudam aqui?

Porque não, senhor, elas com certeza não estudavam.

Do outro lado do campus, eu podia ver Victoria e Jonah andando juntos, seus braços se tocando — andar de mãos dadas era uma das coisas banidas da nossa escola, como armas e drogas e pequenos animais — e quando Victoria me viu seu rosto mudou ao ver as garotas e suas câmeras de celular. Eu a vi murmurar uma fiada de imprecações e então, ela soltou seu braço do de Jonah e veio como um furacão.

Quando chegou ao meu lado, eu já estava confrontando as garotas.

— Que porra vocês estão fazendo? — perguntei.

— Estão tirando fotos dela sem nem perguntar primeiro? — Victoria falou.

— Vocês estudam aqui? — acrescentei.

— Vocês nem estudam aqui, não é? — Victoria gritou.

As garotas pareciam entre emudecidas e tontas, como se a adrenalina as tivesse congelado no lugar.

— Oi. Que diabo é isso?

— Você é Audrey, certo?

Joguei as mãos para o alto.

— Não, é só uma coincidência maluca. Sim, eu sou Audrey! Por que estão tirando fotos de mim?

— Ah, meu Deus, é ela mesmo — outra garota falou, cobrindo a boca e gritando um pouquinho. Conhecia esse tipo de garota. Ela era uma Tiete. As Tietes são aquelas que sempre ficam perto dos ônibus das bandas depois dos show e gritam "Eu quero ter um filho seu!" para os vocalistas e só conhecem a única música famosa do CD e humilham completamente o resto de nós, que só queremos dizer o quanto amamos a música e o quanto ela significa para nós. Odeio essas garotas como odeio urtiga e beterrabas.

— Por que estão tirando fotos de mim? — perguntei. — O que vocês estão fazendo aqui? Como descobriram em que escola eu estudo?

— Evan estudava aqui, certo? — A terceira garota estava puxando o cabelo nervosamente. — Nós lemos online e somos grandes fãs suas!

— E dele também! Nós amaaaaaamoooooos os Do-Gooders! — A segunda garota estava quase engolindo a própria língua de excitação.

Mas eu ainda estava presa à primeira declaração.

— *Minhas* fãs?

— Ah, meu Deus, totalmente! — a primeira garota recuperou seu poder de fala bem a tempo. — Quer dizer, a música é tão incrivelmente sensacional e aí nós vimos que você está namorando o Simon dos Lolitas e simplesmente... ops! — Aí ela olhou para os meus braços. — Onde estão as suas braçadeiras?

— Quanto tempo seu cabelo levou para crescer?

— Simon vai vir pegar você?

— Você e Evan realmente terminaram? Ou ainda estão namorando?

— Pode tirar uma foto com a gente?

— Aqui! — A segunda garota empurrou sua câmera para Victoria. — Pode tirar a nossa foto? Para o nosso site.

Victoria e eu olhamos uma para a outra.

— Você está caindo numa pegadinha? — ela me perguntou.

— Você está caindo numa pegadinha?! — Agora as garotas estavam na interseção entre enlevadas e apopléticas.

— Com licença, senhoritas!

Olhei por cima do ombro e vi o nosso vice-diretor e o segurança da nossa escola correndo na nossa direção, cada um com um walkie-talkie na mão, Jonah não muito atrás. Também vi que uma multidão havia começado a se formar — mas a metade eram meninos com tesão esperando que rolasse uma briga entre meninas. Sharon Eggleston estava parada mais ao lado, braços cruzados, parecendo confusa e irritada. Não que ela em algum momento tenha outra expressão no rosto.

— Muito bem, senhoritas, o que está acontecendo aqui? — perguntou nosso vice-diretor, Sr. Nielson, parecendo um pouco sem ar. O segurança chegou um segundo depois, pronto para distribuir porrada e anotar nomes. Era compreensível, considerando-se que havia muito pouco a fazer além de pegar garotos fugindo para almoçar e fumando no bosque. Isso ia ser o ponto alto do seu ano, eu podia ver.

Mas voltando à pergunta. Era uma boa pergunta. O que estava acontecendo? Decidi explicar da forma mais simples que podia.

— Essas garotas entraram escondidas no campus e começaram a tirar fotos minhas para o site delas.

— São grandes fãs de Audrey — ouvi Sharon dizer atrás de mim e nem tive que me virar para saber que Victoria estava lhe dando o Olhar da Morte.

Sr. Nielson virou-se para olhar para as garotas, que estavam começando a perceber seu erro.

— Hum, nós só pensamos... — a primeira começou.

— Vocês estudam em que escola?

Elas pareceram ficar ainda menores.

— Hum, Kennedy? — a outra escola pública de ensino médio na nossa cidade.

— Que tipo de idiota mata aula só para ir para *outra* escola? — Victoria explodiu. — Pelo menos vocês podiam ter ido comprar algum CD ou ido fazer compras ou sei lá o quê!

— Está bem, Victoria — o segurança falou. — Já chega. — Mas eu podia ver que ele meio que gostava dela, tipo, como se estivesse pensando a mesma coisa. Aposto que ele fumava maconha quando estava no ensino médio.

O Sr. Nielson olhou brevemente para mim antes de se virar para o meu fã-clube.

— Vocês três, sigam-me até a minha sala. Audrey e Victoria, o sinal vai tocar — ele olhou para seu relógio de pulso — em 30 segundos e presumo que tenham uma aula para ir. ASSIM COMO TODOS VOCÊS! — berrou para todo mundo que estava observando nosso draminha. — POR FAVOR, ACHEM OUTRA COISA PARA FAZER ALÉM DE SEREM OBSERVADORES CASUAIS! — Havia um boato de que o Sr. Nielson fizera faculdade de Teatro em Yale, um boato no qual eu estava começando a acreditar.

As garotas olharam de volta para mim. Duas delas tinham lágrimas nos olhos.

— Foi mal, Audrey — a terceira disse. — Nós só estávamos... *entusiasmadas*.

E então, eu me senti muito mal. Quer dizer, eu também era uma fã. Só fazia quatro dias desde a minha própria humilhação em relação a um astro de rock. Mas eu tinha feito aquilo porque também estava entusiasmada. Não havia pensado em câmeras ou consequências e agora vejam o que havia acontecido. Não podia culpar as Tietes, porque às vezes eu não era muito diferente delas.

Mas, pelo menos, quando matava aula, eu não ia para outra escola.

E, para piorar o meu dia, James havia faltado. De novo. Dois dias seguidos. Só uma observação da minha parte. Sou uma pessoa muito observadora.

Mas, se vocês pensam que segunda e terça foram emocionantes, esperem até ouvir sobre quarta-feira.

Quarta ganha fácil.

Porque foi quando as revistas saíram.

17

*"Have you ever been alone in a crowded room?"**

— Jack's Mannequin, "Dark Blue"

A PRIMEIRA IMAGEM QUE VI de mim mesma na quarta-feira estava entalhada na porta da segunda cabine do banheiro das meninas. O banheiro que todo mundo usava, é claro. Ainda era de manhã cedo, nem mesmo 9 horas, e entrei na cabine, fechei a porta e, vejam só, alguém havia desenhado uma garota pagando um boquete para um cara com as palavras AUDRY XUPA PAL rabiscadas debaixo.

Victoria entrou enquanto eu estava lavando as mãos e parou de repente.

— Não use a segunda cabine!

— Tarde demais — apertei o botão do porta-sabão com mais força. — Você viu?

— Ouvi falar — Victoria desapareceu para dentro da cabine para poder inspecionar ela mesma. — Isso nem parece com você! — gritou para fora.

---

* Já se sentiu sozinho em um lugar lotado?

Revirei os olhos.

— Acho que não estavam buscando integridade artística.

— E escreveram seu nome errado!

— Eu sei! E, por amor a tudo o que é sagrado, qual é a dificuldade de escrever "pau"? — Sacudi as mãos para secá-las, já que estávamos sem toalhas de papel.

— É óbvio que não são gênios. — Victoria saiu de novo e ficou olhando enquanto eu jogava água para todos os lados; aí ela tirou um gloss da bolsa e começou a passar, olhando no espelho.

— Ei — falei para ela. — Você quer mais gloss? Uma firma mandou uma caixa de seu novo gloss Kiss-Off para a minha casa ontem. Estão tentando fazer com que eu fale bem. Parece que viram o vídeo do Simon.

A mão da Victoria congelou no meio do caminho até a boca.

— As pessoas estão lhe mandando cosméticos de graça? — ela gritou. — Ah, meu Deus, está vivendo a vida dos meus sonhos. Você vai fazer?

Balancei a cabeça.

— De jeito nenhum. Eles têm um gosto nojento e saem em, tipo, 30 segundos.

— E daí? — ela estava horrorizada. — Se você fizer o comercial, vai ganhar outros produtos e aí talvez até tenha seu próprio perfume! É claro que eu vou na sua casa pegar gloss de graça com você! Mandaram rímel também?

— Ainda não. Talvez no fundo da caixa.

Victoria só sacudiu a cabeça.

— Demorou bastante para me contar — ela resmungou, tentando não mexer a boca enquanto passava seu próprio gloss. — É para isso que temos tecnologia, Audrey, para que os amigos possam partilhar detalhes emocionantes de suas vidas com outros amigos. Você está pisando na bola.

— Vou melhorar da próxima vez — prometi. — Você vai ser a primeira a saber sobre o próximo lançamento cosmético.

Victoria segurou a porta aberta para mim enquanto saíamos.

— Pode ter certeza, eu vou saber. Vou subornar o seu carteiro para...

Duas garotas se aproximaram de mim de repente, segurando uma revista e uma caneta Sharpie.

— Hum, Audrey, pode assinar isso? — Eu as reconhecia vagamente como calouras. (Andar em bandos é um de suas marcas registradas.) — Por favor? — Elas tinham o mesmo olhar vidrado que as três garotas da Kennedy tinham no dia anterior. Eu estava ficando ótima em reconhecê-lo.

Victoria imediatamente se meteu na minha frente e cruzou os braços, pronta para soltar os bichos em cima delas. Aí ela viu a revista e seus olhos se arregalaram.

— Ai. Meu. Deus.

— O que foi? — Olhei por cima de seu ombro e vi a página.

Uma foto minha dando uns amassos no Simon me olhava de volta.

"Estrela Musa com Astro Músico!", dizia a animada manchete em cor-de-rosa e abaixo, em letras menores, "Audrey Faz Mágica com Guitarrista Inglês!"

— Deixe-me ver isso — falei e arranquei a revista das mãos da garota. Havia quatro fotos no topo da página, todas tiradas daquele maldito vídeo. Simon e eu estávamos grudados, uma das minhas pernas enrolada em volta do quadril dele, suas mãos no meu cabelo. Em outras palavras, não haviam feito Photoshop. — Victoria? — eu mal conseguia reconhecer a minha própria voz.

— Precisa se sentar? — ela estava do meu lado em um instante. — Venha, vamos nos sentar. Você está meio pálida.

— Não, não preciso me sentar. Preciso de uma arma.

— Não precisa, não. Você é muito pacífica. Gosta de animais peludos e arco-íris. Nada de armas para você.

— Então uma faca.

— Nada com lâminas afiadas. Venha — ela pediu e começou a me levar em direção à uma parede baixa, deixando as calouras atrás de nós.

— Nunchakus, então.

— Ah, por favor. Você ia derrubar a si mesma antes que machucasse alguém.

A revista estava começando a ficar amassada entre as minhas mãos e eu a alisei para poder ler melhor.

— Acha que isso está por todos os cantos?

Victoria sentou ao meu lado e olhou para as fotos como havíamos feito online vários dias antes.

— Hum, acho. É uma revista nacional.

Gemi e cobri a boca.

— E eu estou na capa? Se estou na capa... — eu nem conseguia imaginar o que ia fazer.

Victoria tirou com dificuldade a revista das minhas mãos e olhou para a capa.

— Segredos de Dietas das Celebridades! — ela leu. — Não, não é você, você está a salvo... ah. Espere um minuto.

— O que foi?

— Há uma fotozinha sua no canto de cima.

— Com o Simon?

— Ah, é.

— Eu preciso de uma arma.

— Já falamos sobre isso.

—Ah, meu Deus! Meus *pais* vão ver isso! — Minhas pernas ficavam alternadamente quentes e frias. — Eles vão ao supermercado e vão comprar maçãs e leite e vão ficar na fila mais lenta e olhar para a esquerda e *pou*! Sou eu! Dando uns amassos! Com um cara!

— Talvez você devesse se oferecer para fazer todas as compras esta semana — Victoria sugeriu. — Ou comer muito na rua.

— Minha mãe vai fazer os pés e ler a matéria! — Um pensamento horrível passou pela minha cabeça. — Tem uma matéria? O que ela diz?

— Está bem, espere, espere... aqui — Ela folheou as páginas, assentindo para si mesma. — Nada de ruim. Nada que nós já não soubéssemos. Você é a nova musa musical, o Simon toca nos Lolitas etc. — ela continuou lendo. — Diz aqui que Evan atualmente está fazendo turnê no Japão e não fez comentários através de seu porta-voz. Uau, Japão! Mandou bem, Ev.

— Ei... espere um minuto. — Ela estava olhando a revista mais intensamente agora, e a enfiou embaixo do meu nariz. — Essa é você na aula de Inglês?

Eu a arranquei dela para poder ver por mim mesma.

Ah. Meu. Deus. Mais. Uma. Vez.

— É *você* na aula de Inglês! — Victoria deu um grito de satisfação. — E você está dormindo!

E, com certeza, era uma foto granulada-e-obviamente-capturada-por-uma-lente-super-poderosa de mim dormindo na aula, minha cabeça escorada em cima de uma das mãos enquanto eu cochilava. (Sinceramente não me lembrava de cair no sono em sala de aula, mas, sério, a nossa professora, a Sra. Himkin, tem uma voz que parece um ruído branco, então faz sentido.)

E havia uma pessoa muito suspeita no fundo, sorrindo direto para a câmera. A porra da Sharon Eggleston.

— Essa garota — Victoria se enfureceu. — Ela é louca de carteirinha. Como é que ela sabia que havia fotógrafos tirando fotos de você?

— Ela passa a vida fazendo poses — observei. — Finalmente valeu a pena.

Victoria só sacudiu a cabeça e continuou lendo a matéria.

— "Audrey é uma ótima garota, mas eu não consegui acompanhar seu ritmo", disse o baixista de 19 anos Simon, cuja banda, os Lolitas, está abrindo uma série de shows para o retorno dos garotos do Plain Janes. — Ela balançou a cabeça. — Uau, que babaca. Você realmente precisa começar a ficar com nerds de matemática.

— Preciso entrar para um convento.

— Não, mudei de ideia. Você precisa é de um porta-voz.

Olhei para cima só tempo suficiente para encará-la.

— Não está ajudando.

— Sério, Aud, você precisa. Precisa de alguém para virar isso a seu favor, contar a sua versão do que aconteceu. Um bom assessor de imprensa teria mantido isso fora da mídia.

Fiquei olhando para ela.

— O que foi? — ela falou. — Eu assisto a *E! True Hollywood Story* como todo mundo! Não é nenhum segredo da indústria do entretenimento!

O sinal tocou nessa hora e arranquei a revista dela e a enfiei na minha bolsa.

— Quanto menos gente vir isso, melhor.

Victoria ficou olhando, mordendo o lábio.

— A tiragem deve ser, tipo, um milhão. Você vai esconder todas elas?

— *Não. Está. Ajudando.*

Mas é claro que já havia três cópias da revista sendo passadas por baixo das carteiras na minha aula de Inglês, e mais quatro na aula de Biologia naquela tarde. Alguém deve ter dado um pulo na banca durante o almoço porque, enquanto eu tentava me esconder na biblioteca, seis pessoas diferente se aproximaram de mim com a revista e a sempre-presente Sharpie, dizendo: "Hum, Audrey?" Eu as autografei porque não sabia mais o que fazer.

Pela primeira vez na minha vida, não tinha a menor ideia do que mais fazer.

Mas alguém tinha. Durante a aula de Biologia, um assistente veio da secretaria e sussurrou algo para o nosso professor, que então fez um gesto na minha direção.

— Audrey?

Me levantei, o rosto ainda em chamas, as pernas ainda de borracha, com — nenhuma surpresa aqui — todo mundo olhando para mim.

— Querem que você vá à secretaria — o professor disse baixinho. — Pode levar as suas coisas com você.

— Ah... — Será que era possível ser expulsa por estar numa revista de fofocas? Fiquei imaginando. Isso apareceria no meu currículo para a faculdade? — Está bem.

Quando cheguei à secretaria, a secretária fez um gesto para uma cadeira do lado de fora da sala do diretor.

— Pode se sentar — ela falou. — Ele está numa reunião agora, vai sair em um minuto.

— Está bem. — Estava se tornando a resposta mais fácil.

A cadeira era dura e desconfortável, e eu me remexi um monte de vezes antes de perceber que havia uma cópia da revista na mesa da secretária, enfiada no meio de pilhas de papéis. Ela me viu olhando e deu um sorriso semiapologético.

— Minha filha é fã — ela disse. — Ela adora a música. Está furiosa comigo por não ter pego o autógrafo de Evan quando ele estudava aqui.

Eu não podia nem tentar ser educada.

— Fantástico.

E aí, pelo canto do olho, eu vi cabelos ruivos.

James.

Ele tinha voltado!

Estava de pé na fila na frente da secretaria, explicando algo com um bilhete na mão, e olhou para cima no momento em que eu estava começando a olhar fixo. Seus olhos se arregalaram quando viu onde eu estava sentada.

— Você? Encrencada? — Li o movimento de seus lábios.

Encolhi os ombros e acenei de volta, tentando parecer tão fofa quanto inocente.

Ele veio até onde eu estava alguns minutos depois, quando já tinha acabado no balcão da frente, e nós dois olhamos um para o outro. Era diferente falar com ele na escola. Não havia trabalho atrás do qual se esconder, nenhuma casquinha nem bola de sorvete ou venda para bater no caixa. Não sabia o que fazer com as minhas mãos ou meus braços. Botá-las no colo? Dobrá-los? Brincar com o meu cabelo? Aí, percebi que o James também estava fazendo a mesma coisa. Estávamos os dois em Sem Graça City.

— Oi — ele disse finalmente. — O que você fez?

— Fui a um show na sexta à noite e fiquei com o vocalista dos Lolitas e o empresário da turnê se escondeu nos arbustos e fez um vídeo de nós e aí o vendeu para as revistas de fofocas e agora o diretor quer me ver na sala dele.

— Como se ele não fosse descobrir em três minutos, de qualquer modo.

Os olhos do James se arregalaram e ele engoliu em seco quando eu disse "fiquei".

— Ah — ele falou. — Isso, hum, é. Isso é péssimo.

— Eu sei. Onde você esteve? — *Ah, meu Deus, sou uma idiota.* — Quer dizer, tipo, não que eu estivesse, tipo, procurando por você, mas eu estava só... vi que você não estava aqui nos últimos dias e... quer dizer, eu só percebi, só isso. — *Jesus, Audrey, pare de falar.*

Ele ficou roxo enquanto eu tentava me explicar.

— Eu estava doente — falou. — Intoxicação alimentar.

— Ah. Nojento.

— É — disse movendo desajeitadamente a mochila nas costas. — Ainda vai trabalhar hoje à tarde?

— É, acho que sim. A não ser que os paparazzi me impeçam de entrar no shopping.

James sorriu com a minha piada idiota. Que educado da parte dele.

— Legal.

— Legal.

— Então te vejo lá.

— Está bem.

Mas ele não foi embora imediatamente.

— Os Lolitas são muito superestimados — disse finalmente, quase como um pensamento posterior. — Eles só não sabem disso ainda.

Tentei dizer algo em resposta, mas havia palavras demais para eu organizar na minha cabeça. E, quando finalmente recuperei o controle, James já estava se afastando.

— A gente se vê depois — ele disse com um aceno.

Eu estava prestes a dizer tchau de volta, mas aí a porta do diretor se abriu e, quando ele saiu para me buscar, vi meus pais sentados em sua sala, ambos usando suas roupas de trabalho.

Definitivamente um nove numa escala de dez para "ah, merda".

— Audrey, por que você não entra? — O Sr. Rice estava sorrindo, mas não era um daqueles sorrisos amigáveis.

Entrei e me sentei ao lado do meu pai, que deu uma apertada no meu braço e disse "Ei, garota", o que era a pior coisa que ele poderia ter feito, já que me fez querer começar a chorar na hora, mas o dia já tinha sido ruim o suficiente sem eu surtar na sala do Sr. Rice. Jurei me controlar até estar a salvo em casa com o meu aparelho de som, Bendomolena e o CD compilado mais triste e dramático que eu pudesse imaginar. Smiths já ia ter uma participação pesada, eu podia ver. *Sixteen, clumsy, and shy, that's the story of my life.* Falou, Morrissey. Falou tudo.

— Então — o Sr. Rice disse quando se sentou de novo —, houve alguns acontecimentos ultimamente, Audrey, e eu chamei seus pais para podermos discutir o plano de ação adequado a fim de garantir a melhor experiência educacional para você.

Se vocês não falam "adultês", permitam que eu traduza a frase: "Você está fazendo merda e está pegando mal para nós. Pare de fazer isso para que eu possa ter um dia de trabalho mais fácil."

Mas eu só assenti e aí olhei para as cópias da revista em cima da mesa dele.

— Eu não sabia sobre isso — falei rapidamente. — Só vi hoje.

— Audrey — minha mãe se inclinou por cima do meu pai para olhar para mim. — Ninguém a está culpando.

Mas meu pai pensava diferente.

— Você está dormindo na aula? — perguntou, batendo com o dedo na foto da página 67. — Porque, para um olho não treinado, minha querida, parece que você está dormindo na aula.

Entram em cena as sobrancelhas arqueadas dos meus dois pais.

— Por que você está dormindo na aula? — meu pai perguntou enquanto minha mãe olhava a revista.

— Hum, pai? — falei. — Tenho uma pergunta melhor: por que as pessoas estão *tirando fotos* de mim dormindo na aula?

E aí o Sr. Rice interrompeu para poder detalhar tudo o que havia acontecido nos últimos dias: o vazamento do vídeo online; garotas entrando escondidas no campus para me ver; todos os moleques que tinham estado me pedindo autógrafos ou falando comigo nos corredores, fazendo eu me atrasar direto para as aulas; o grafite no reservado do banheiro. Deixem-me lhes dizer, vocês ainda não mergulharam fundo no constrangimento até o seu diretor contar aos seus pais sobre desenhos rudes de você realizando favores sexuais. *Aquele* foi um momento que eu podia passar o resto da minha vida sem ter experimentado, e o Sr. Rice pode definitivamente esperar encontrar minhas futuras contas de terapia em sua caixa de correio.

Mas aí ele continuou falando e aparentemente tinha mais. Produtores estavam mandando para a escola ingressos para shows no meu nome e o carteiro estava entregando duas vezes mais correspondência porque as pessoas estavam começando a mandar cartas de fãs. E aí, no meio do discurso do Sr. Rice, a secretária dele bateu na porta e disse "Isso acabou de ser entregue para a Audrey" e trouxe um vaso com uma dúzia de rosas cor-de-rosa.

— Uau — exclamei. A cabeça de meus pais, que haviam estado ouvindo e assentindo e dizendo "Ã-hã" e olhando para mim como se eu fosse uma bomba-relógio, pareciam que iam explodir quando as rosas fizeram sua entrada. Fiquei cutucando minhas cutículas gastas e tentei parecer uma estudante modelo.

— Então — o Sr. Rice disse a eles —, como podem ver, precisamos criar um plano para o futuro.

— Bem, ela ainda precisa ir à escola — minha mãe disse. Ela estava segurando o vaso com as rosas e finalmente acabou botando-o no chão. — Isso não vai mudar, e estudar em casa *não* vai ser uma opção. — Eu podia ver pela voz que ela estava dando uma de Mamãe Urso total para cima dele, o que me fez sentir um pouco melhor.

O Sr. Rice assentiu.

— Bem, por enquanto, estamos pensando em botá-la...

Surtei.

— Estou sentada bem aqui, está bem? Não precisam falar de mim na terceira pessoa. Estou *sentada bem aqui*. Posso ouvir tudo o que estão dizendo.

— Aud — meu pai apertou meu braço de novo. — Só estamos tentando mantê-la segura, só isso.

— O que eu proponho — o Sr. Rice interrompeu — é que a Audrey faça seus estudos aqui na diretoria todo dia. Desta forma, ela ainda pode participar da experiência educacional, mas as interrupções serão mínimas.

Eu estava horrorizada.

— Como um animal de zoológico? — falei antes que pudesse me conter. — Isso deve *diminuir* a atenção em mim?

Apertão do papai no braço.

E, no final, foi isso que eles combinaram. Começando na manhã seguinte, os meus professores iam mandar meus trabalhos para a diretoria e eu me sentaria na frente da secretária e os faria. Se terminasse cedo, eu podia ler. Que felicidade.

Estava tremendo quando meus pais e eu finalmente chegamos ao estacionamento.

— Isso é homicídio social! — falei ofegante. — É desumano! E é machista também! Se eu fosse um cara, estariam fazendo uma festa para mim!

— Controle-se, Susan B. Anthony — minha mãe disse. — Vamos discutir isso em casa, está bem?

Mas a discussão em casa não foi melhor.

— Olhe, Audrey — meu pai falou enquanto afrouxava a gravata. De repente, ele parecia cansado e eu me senti meio mal. — Você podia ter mencionado esse vídeo para nós. Podia ter *mencionado* isso quando disse que ia a um show, que "ir a um show" significava beijar músicos no camarim!

Meus dois pais cruzaram os braços e olharam para mim. A Grande Muralha da Autoridade.

— Eu não fiz nada errado! Só beijei um garoto do qual gostei! — lembrei-me do grafite no banheiro. — E foi *só isso* que nós fizemos! Não sabia que esse empresário ia tirar fotos e vendê-las!

— Você tem 16 anos! — meu pai disse. — Muita coisa podia ter acontecido com você naquela noite! Tem sorte de ter sido só isso!

— *Sorte?* Você chama isso de sorte?

Minha mãe inspirou pelo nariz. Totalmente respiração de ioga.

— Audrey. Há muita atenção sobre você neste momento. *Muita* — ela repetiu enquanto o telefone começava a tocar. — Você mora aqui: sabe tão bem quanto nós que estamos recebendo telefonemas de cada agência de notícias do país nos últimos três dias. E agora sabemos por quê — ela acrescentou para o meu pai, que assentiu e fez uma careta. — Algumas coisas vão ter que mudar.

— Tipo o quê? — perguntei. *Por favor, não diga a hora de chegar em casa, por favor, não diga a hora de chegar em casa...*

— Tipo você não vai sair tanto quanto agora. Tipo ir ao trabalho e à escola...

— E não dormir na aula — meu pai acrescentou.

— ...e então voltar para casa — minha mãe terminou.

— Então agora eu estou de castigo?!

— Não, não está de castigo, só ficando fora dos holofotes.

— Hum, alô? — eu sabia que estava começando a forçar a barra, mas era um momento de desespero. — Nunca quis estar debaixo dos holofotes, lembram? Foram *eles* que vieram atrás de *mim*.

— Audrey, estamos fazendo o melhor que podemos! — meu pai interrompeu. — Você meio que nos botou contra a parede nessa! Nós lemos O *que esperar quando você está esperando*, está bem? Acredite, *não* era isso o que estávamos esperando!

— É, eu sei, pai, eu também não estava esperando isso! E pelo menos vocês tiveram um livro como guia, sabe? Os pais têm, tipo, um milhão de livros que explicam como criar seus filhos, mas não há nada me dizendo como ser uma adolescente! Também estou fazendo o melhor que posso!

Minha mãe se intrometeu.

— Todo mundo vai dar um tempo, começando agora.

Por um minuto, houve só silêncio e tudo se acalmou um pouco. Chutei meu sapato para fora e para dentro do pé e meu pai tirou a gravata e se sentou em uma cadeira, ainda parecendo uma lagosta no vapor.

— Melhorou — minha mãe falou. — Não vamos nos transformar em uma daquelas famílias do *Jerry Springer*, está bem?

Eu não tinha mais unhas ou cutículas para roer.

— Ainda posso ligar para a Victoria e conversar com ela no Messenger e tal?

— É claro — minha mãe sentou-se à mesa e eu a segui. — Não estamos tentando arruinar a sua vida, sabe.

— É, eu sei.

— Porque, se arruinarmos a sua vida, você vai ser uma daquelas garotas que moram no escritório e que nunca saem de casa e seu pai e eu temos planos de nos aposentarmos um dia. Não é do nosso interesse arruinar a sua vida. Nós gostaríamos de conhecer o Taiti.

— Está bem.

— Ah, qual é, Audrey. Não ganho nem uma risada com essa? Eu achei boa.

Dei um sorrisinho, sem me conter.

— Posso ir trabalhar?

— Claro — meu pai disse. — Vamos precisar de cada centavo para os honorários dos advogados depois que eu quebrar o pescoço do empresário desse tal de Simon.

— Hum, posso ir trabalhar *agora*? — apontei para o relógio. — Vou chegar atrasada.

— Tem uma camiseta de trabalho limpa?

— Talvez?

Agora foi a vez da minha mãe suspirar.

— Lavar roupa. Hoje à noite. Estrelando você.

18 *"So if you're lonely, you know I'm here waiting for you..."**

— Franz Ferdinand, "Take Me Out"

O SCOOPER DOOPER não tinha tanto movimento desde que faltou luz no verão passado e tivemos que nos livrar de todo o sorvete no freezer. (Pessoas normais + sorvete de graça = anarquia. Quase tive que botar roupa de combate.) Agora, apesar de estarmos entrando no inverno, as multidões estavam ficando maiores e mais frequentes.

E trouxeram suas câmeras consigo.

Na primeira hora de trabalho, tirei foto com dois bebês, o rat terrier de alguém, quatro garotas de 10 anos com aparelhos nos dentes, três caras que foram desafiados pelo irmão mais velho de alguém e pelo menos cinco garotas mais ou menos da minha idade e suas mães.

— Dirigimos duas horas para vir até aqui! — uma das mães me disse enquanto se abanava com uma cópia da foto. — Ela — apontou para a filha — leu na internet que você

* Então, se você está só, sabe que estou aqui esperando por você...

trabalhava aqui e ficou tão entusiasmada para conhecê-la! Este é seu presente de aniversário!

Olhei para a garota, que estava corando.

— Mãe! Cala a boca!

— Podemos tirar uma foto?

— Hum, podem, claro — assenti e fiquei de ombro encostado ao lado da garota e dei um sorriso tão grande que meu rosto doeu.

Nós duas estávamos tremendo de nervoso quando o flash estourou.

E, como se isso não fosse suficiente, essas garotas também me trouxeram presentes. Tipo presentes *de verdade*. Braçadeiras, animais de pelúcia, bolinhas com sino para Bendomolena — alguém deve ter vazado o nome da Bendomolena em algum website ou grupo de discussão ou sei lá o quê — esmalte, biscoitos vegetarianos caseiros etc. Uma garota até trouxe um desenho que fez de mim na aula de artes e que era bem bom.

— Minha mãe — eu disse a ela — vai adorar isso. (E ela adorou. Acabou mandando emoldurar e agora ele está pendurado em seu escritório no trabalho.)

James estava ao fundo em provavelmente metade das fotos, o cabelo caindo por cima do rosto enquanto ele servia e limpava as superfícies e em geral fazia todo o trabalho. Entre uma foto e outra, eu me abaixava atrás do balcão e enchia os porta-guardanapos, desesperada para evitar todas as pessoas que ficavam passando na frente da loja e olhando.

— Então, o que aconteceu? — James perguntou enquanto eu enfiava um bolo de guardanapos em um suporte.

— Com o quê?

— Do lado de fora da sala do diretor.

— Ah, isso.

— Você foi suspens... ah, droga — ele derrubou uma bola de Barril de Refrigerante no chão e eu lhe passei alguns guardanapos. — Valeu. Você foi suspensa?

— Não. Mas saca só. Preciso fazer todos os meus trabalhos na diretoria. Não tenho mais permissão para assistir às aulas.

— Sério? — James se ajoelhou e tentou enxugar a bagunça. — É tipo confinamento na solitária?

— Sei lá. Acho que sim. Estou perturbando o processo de aprendizado de todo mundo ou eles estão perturbando o meu. Tanto faz.

— Isso é bem idiota.

— Obrigada! — Só uma vez, alguém estava do meu lado. — Eles bem que podiam começar a bordar um *A* vermelho em todas as minhas camisas.

James sorriu. Seus olhos ficavam todos enrugados nos cantos quando ele sorria de verdade. Quando estava dando seu sorriso falso-para-o-cliente, só sua boca se mexia. Como eu disse, sou uma pessoa observadora.

— Ou *F* — ele disse.

— *F*?

— Você sabe. De "famosa"?

— Não sou famosa — falei, rápido demais para ser convincente.

Houve uma pausa por um minuto. Os guardanapos estavam frouxos na minha mão.

— Não sou famosa — eu disse de novo — Pelo menos... não quero ser.

Ele assentiu e limpou a garganta.

— Antes do trabalho, eu, hum, entrei online e vi aquele vídeo? O com você e, hum, aquele cara?

Por que eu me sentia como se tivesse pulado a cerca? James e eu nem estávamos namorando, mas era como se eu tivesse sido pega em flagrante.

— Você gosta dele? — James continuou.

— Quer dizer, do Simon?

— É. Do Simon.

Parecia que havia um fio de teia de aranha tremeluzente entre mim e James, como se um de nós dois dissesse a coisa errada ele fosse se romper e derreter. Meu coração estava ricocheteando contra as costelas e apertei minhas mãos contra o metal frio do porta-guardanapos.

— Naquele momento — respondi — eu achei que gostava. Mas ele foi...

James olhou para cima e seu olhar foi do tipo que faz com que você entenda como as órbitas são elípticas, como uma coisa pode puxá-la tão para perto que você não consegue se afastar. Minha respiração ficou curta.

— Eu não gosto dele — sussurrei. — Não o conhecia. Só aconteceu. Foi meio que um acidente.

— Ótimo — James não interrompeu o contato visual. — Porque eu realmente o odeio.

— É, eu também o odeio.

— Eu sei. Mas eu o odeio por tê-la beijado.

Ding-dong! A campainha automática da porta nos disse que tínhamos clientes.

Tanto James quanto eu nos levantamos tão rápido que fiquei meio tonta por causa do sangue na cabeça. As bochechas dele estavam pegando fogo e eu podia sentir o calor nas minhas também. Os guardanapos estavam úmidos por terem ficados tão apertados na minha mão e havia gotas de suor na minha nuca, quase como arrepios. Ou eu ia vomitar ou começaria a dançar — não tinha certeza qual dos dois.

O que eu precisava era parar o tempo para poder entender as coisas. O que James quis dizer com aquilo? Ele queria me beijar? Ele teria beijado? O nosso primeiro beijo teria sido cercado por sorvete derretendo e guardanapos de papel reciclado? Tínhamos sido salvos pelo gongo? O coração dele estava tão acelerado quanto o meu? Ele também queria parar o tempo?

— Oi, bem-vindos ao Scooper Dooper! — James gritou para nossos novos clientes, aquele sorriso falso voltando com a velocidade de um raio. Nunca o ouvi sendo tão impetuoso. — Aceitam uma amostra grátis?

Mas os clientes que haviam nos interrompido não eram clientes comuns. Eram o dono da nossa loja, Ron, e um cara de terno que estava rindo de orelha a orelha. Ron não costumava aparecer muito; ser proprietário dessa franquia do Scooper Dooper era só um lance de aposentadoria, uma forma de se manter ocupado e ganhar dinheiro, mas, desde que contratara James, o Funcionário Perfeito, ele realmente não tinha muito o que fazer. Ele tinha a aparência laranja brilhante de alguém que passava muito tempo em um barco e nunca havia ouvido falar de FPS.

— Audrey? — ele disse quando me viu. — Como você está? Nossa funcionária estrela!

— Oi, Ron — tentei respirar fundo algumas vezes para não hiperventilar. — E aí?

Ele parecia o avô orgulhoso de alguém.

— Audrey, este é o Sr. Farris. — Quando eu não disse nada, Ron continuou: — Ele é o gerente de vendas regionais do Scooper Dooper no país inteiro. Você sabe, *o Sr. Farris!*

Não sei quanto a vocês, mas se um dia eu me tornar gerente de vendas regionais para a franquia do Scooper Dooper, vou tentar descobrir exatamente em que ponto a minha vida deu tão errado. Sr. Farris, por outro lado, parecia não ter problemas com o fato de seus cartões de visita terem sorvetes de casquinha impressos.

— É um prazer conhecê-la — disse enquanto bombeava meu braço para cima e para baixo.

— E este é o James — Ron o apresentou da maneira como você pode apresentar o seu tio-avô maluco e desdentado para os seus amigos superdescolados.

O Sr. Farris mal prestou atenção no James antes de se voltar para mim.

— Audrey, temos ouvido falar muito de você ultimamente na sede da companhia.

— Ah? *Ah?*

— É, as vendas aumentaram nesta loja quase 15% nas últimas quatro semanas, e vou estar mentindo se disser que você não teve nada a ver com isso.

Encolhi os ombros.

— Bem, não sei sobre isso, mas...

Ele me interrompeu com um sorriso largo.

— *Nós* sabemos. É por isso que montamos uma nova campanha baseada em você! — ele puxou uma pasta brilhante e a abriu para me mostrar um kit de imprensa rosa-cheguei. — Está vendo isto? É só o começo. Temos planos para uma campanha publicitária nacional, do Maine ao Havaí! O que você acha de estrelar o seu próprio comercial? — Seus olhos faiscavam.

Os meus, no entanto, haviam se apagado.

— Prefiro nadar em ácido de bateria.

— Como disse?

James engasgou e começou a tossir, o que ofereceu ao Ron uma razão para se intrometer e sem dúvida salvar seu bônus de final de ano.

— Audrey! Tão brincalhona! Sempre fazendo piada!

Podia sentir meu cérebro se desenrolando como um novelo de lã e, para ser completamente sincera, era uma sensação boa, como subir para respirar depois de estar debaixo d'água.

— Com giletes — continuei. — Prefiro nadar em ácido de bateria *e* giletes *e* leite estragado...

Ding-dong! Clientes.

— Bem-vindos ao Scooper Dooper! — James praticamente berrou para nossos novos clientes do outro lado da loja. — Bem-vindos ao nosso belo estabelecimento! Gostariam de experimentar uma amostra grátis de qualquer coisa? Qualquer coisa que quiserem! É só pedir! Sério, nós não nos importamos! Peçam!

— Ah, eu *vou* — disse uma voz e eu tive que me controlar para não bater a cabeça contra o balcão.

Sharon Eggleston e Natasha aproximaram-se silenciosamente da vitrine de vidro.

— Aí está a estrela — Sharon disse quando me viu. Estava usando uma camiseta manchada do Scooper Dooper com a manga suja de sorvete de Chocolate Kiss e meu rosto ainda estava queimando por causa dos meus encontros tanto com James quanto com o Sr. Farris. Sharon estava vestindo (odeio dizer isso) uma camiseta roxa fofa e jeans perfeitos e maquiagem perfeita. Havia se vestido para o sacrifício, eu podia ver.

— Oi — falei para ela, mas só porque meus dois chefes estavam a dois metros de distância. Juro, se um dia eu tiver que nadar em ácido de bateria e giletes e leite estragado, a Sharon vai ser minha companheira de nado.

— Gostariam de experimentar uma amostra grátis? — James se inclinou por cima de mim, na direção da Sharon e da Natasha, a minúscula colherinha de plástico já em sua mão.

Sharon virou seu sorriso ofuscante para ele e eu queimei por dentro.

— Gostaríamos — ela falou. — É claro. Eu *adoraria* experimentar qualquer uma das suas amostras.

James só conseguiu se atrapalhar e provavelmente teria morrido de vergonha se o Sr. Farris não tivesse se intrometido.

— Audrey, por que não ajuda essas moças?

Um sorriso mau de Cruela Cruel puxou a boca da Sharon para cima.

— Audrey, este é o seu patrão?

Desenhei mentalmente um alvo na Sharon.

— É.

O Sr. Farris se iluminou de orgulho.

— Ela é nossa melhor funcionária!

Ela e Natasha trocaram sorrisos de cumplicidade.

— Ah, é mesmo? Que conveniente.

— Vocês... vocês querem uma amostra? — James ainda estava tentando ao máximo gaguejar uma frase inteira.

— Vocês dois podem me ajudar — ela anunciou, como se tivéssemos ganho um prêmio. — Mas simplesmente não sei o que quero — ela pressionou um dedo contra os lábios e fingiu pensar. — O que você sugere, Audrey? Você é especialista em fazer todo tipo de coisas, não é? Que tal tentar fazer uma sugestão de sorvete?

Pensei no grafite na parede do banheiro e não falei nada.

— Como é o de morango?

Todo mundo olhou para mim.

— É bom.

— Só bom?

— É ótimo.

— E o de Chocolate Kiss?

— Ótimo.

— Só ótimo?

— Mais do que ótimo.

— E o de creme holandês?

E assim por diante. Passamos por cada sabor individualmente e Sharon e Natasha (será que *algum dia* ela vai respirar pelo nariz?) provaram nove sabores cada uma. James pegou cada amostra para elas e então a Sharon comeu cada uma com uma cara supersexy que ninguém em sã consciência faria em público. "Humm", ela dizia, lançando olhares sedutores para James o tempo inteiro. E então "Hum... não, acho que não" e me devolvia sua colherinha usada nojenta. "Que tal...?"

E de novo. E de novo. E de novo.

Lá pelo sétimo sabor, alguns outros clientes haviam entrado, mas queriam que *eu* os atendesse, não James, e o Sr. Farris havia enfiado a pasta rosa brilhante debaixo do braço e estava de pé nos fundos olhando os lucros crescerem com a minha humilhação. James foi obrigado a pegar todas as amostras para Sharon e Natasha e não parava de derrubar as colherezinhas e ficar tentando pescá-las do chão, batendo os joelhos e os cotovelos e a bacia contra o balcão.

E é claro, depois disso tudo, Sharon pediu uma bola pequena de baunilha sem gordura primeiro em uma casquinha, depois em um copinho; aí ela decidiu que queria castanha em cima, e só depois que coloquei as amêndoas picadas ela disse:

— Ih, não, eu quis dizer nozes.

Servi a mesma coisa para Natasha sem nem perguntar e, quando ela começou a reclamar, eu o enfiei em sua mão com todo o controle que consegui reunir.

— É seu agora — falei por entre dentes cerrados. — Tente não se engasgar.

— Está ouvindo como ela está sendo grossa comigo, James? — Sharon falou naquela voz idiota de beicinho falso dela. — Como você aguenta fazer o trabalho pesado de outra pessoa quando ela é tão megera?

— Obrigado por terem vindo — James respondeu. — Cuidado com o degrau quando saírem pela porta. Não queremos que tropecem e quebrem o nariz.

Espere só um minutinho. Ele estava me defendendo?! Ele estava me defendendo! Meu coração deu um pulo, então afundou rapidamente quando Sharon percebeu que a maré havia mudado e que o garoto-alvo da sua última paixonite queria jogá-la de bunda no chão.

— Isso é só o começo — Sharon sibilou para mim enquanto empurrava seus óculos de sol mais para cima da cabeça. — Você está acabada na nossa escola.

— É, bela pose para uma foto de paparazzi — eu a encarei. — Você não parece *nem um pouco* desesperada, Sharon.

Ela olhou para James, que estava batendo a venda na registradora.

— Eu não o culpo por se contentar com ela, James — ela disse a ele. — Você parece o tipo do cara que compra *tudo* de segunda mão.

Os adultos na loja já estavam a uma distância da qual não podiam ouvir, então eu agarrei o troco dela da registradora e o enfiei em sua mão. E então, me inclinei para a frente e deixei meu cabelo cobrir o lado do meu rosto.

— Cai. Fora.

Sharon deu um sorriso largo para nós dois, mas algo havia mudado em seus olhos. Não havia flerte agora. Era guerra.

— Obrigada pelo sorvete, Audrey! — ela falou. — Volto amanhã! — Ela se virou e um passo atrás saiu Natasha e eu fechei a registradora com uma batida tão forte que ela se abriu de novo.

— Vou tirar a minha folga — falei para ninguém em particular, aí arranquei fora o meu chapéu e fui para o único lugar em que fazia silêncio: o freezer do estoque.

Só fiquei andando de um lado para o outro por um minuto, meu cérebro a mil. Eu queria ligar para a Victoria e lhe contar tudo. Queria ligar para meus pais e pedir para virem me pegar. Queria ligar para o Evan e dizer que me casaria com ele, cacete, se isso significasse que a música nunca ia existir e eu podia voltar a ter uma vida normal. Eu não me importava mais com passes VIP ou batons grátis ou presentes caseiros feitos por fãs. Só queria ser a Audrey normal e anônima.

O dia continuou quebrando em cima de mim como uma onda e eu me afundei em uma tina de Loucura de Geleia e finalmente, finalmente comecei a chorar.

A porta se abriu um minuto depois. Nem tive que olhar para cima para saber quem era.

— O que foi, alguém quer um autógrafo? — explodi para cima do James enquanto secava os olhos. — Uma foto? Um comercial? Ou só querem me atormentar e me ameaçar com a extinção social enquanto provam doze bilhões de sabores?

James deu vários passos lentos na minha direção e, quando não me estiquei para a frente e tentei matá-lo, ele se sentou ao meu lado e com muito, muito cuidado, passou o braço em torno dos meus ombros. Pareceu quase que só um sussurro de um toque, seu braço era tão magro e leve, mas quando eu comecei a chorar mais forte, ele chegou mais perto e seu braço ficou mais pesado, me puxando de volta para a Terra.

— Este foi o pior dia de todos os tempos — falei através das lágrimas. — Não posso mais fazer isso.

— Eu sei — James falou e, apesar dele na verdade não fazer a menor ideia, ainda foi uma coisa legal de se dizer. Ele não parava de tocar no meu cabelo, quase sem o acariciar e eu funguei na manga de sua camisa e tentei me acalmar. Ele também foi bem legal quanto a eu chorar em cima dele todo. Evan sempre ficava muito pouco à vontade ou dizia algo idiota como "Você quer que eu vá embora?" sempre que eu ficava chateada. Ele certamente não teria se sentado em uma tina de sorvete em um frigorífico enorme comigo, isso era garantido.

Mas James se sentaria. E sentou.

Depois de mais ou menos um minuto, eu finalmente me controlei e me sentei ereta, percebendo que eu não estava tendo o meu momento mais bonito.

— Desculpa por ter melecado você inteiro — falei enquanto enxugava o rosto com a minha manga. — Eu pago a lavanderia.

Ele riu e me deu um guardanapo que tirou do bolso.

— Não se preocupe com isso. — Ele tinha dentes lindos, não perfeitos demais e não tortos demais. Ele com certeza usa fio dental.

— E sinto muito pela Sharon ter sido escrota com você.

— Bem, ela é escrota. É o que elas fazem. Elas são escrotas. — Ele encolheu os ombros.

— Eu não gosto muito da Sharon, de qualquer maneira

E então o freezer ficou silencioso, o tipo de silêncio que faz todos os pensamentos na sua cabeça aumentarem dez vezes de volume. Estava tão frio que nós podíamos ver a nossa respiração; pequenas nuvenzinhas que saíam rapidamente.

— *Do que* você gosta? — perguntei. — Se não gosta da Sharon.

— De você — ele sussurrou.

Estava começando a ficar mais quente a cada segundo e os pelos na minha nuca se arrepiaram.

— Sério?

— É.

— Ah.

— Audrey?

— Sim? — Estávamos tão perto que nossos narizes estavam quase se tocando.

— Acha que talvez gostaria de sair uma hora dessas? Quer dizer, comigo?

— Pode ser — respondi tão rápido que nem tive tempo de pensar a respeito. — Pode ser.

— Está bem.

— Está bem.

— Audrey?

— Sim?

— Você... você tem uma boca bonita. — Eu podia vê-lo corando e fiquei imaginando se ele já tinha dito algo assim para uma garota antes. — Você tem. É só, tipo... é. É perfeita.

— James?

— Quê? — a voz dele estava bem baixa, como se ele estivesse tentando não respirar.

— Você quer...? Você quer me beijar? — Estávamos chegando cada vez mais perto e aí nossos narizes se tocaram uma vez, duas vezes, antes que nossos lábios se tocassem.

Eu tive a minha resposta.

Quando nos separamos, nós dois estávamos meio ofegantes.

— Uau — falei.

— Tem problema? — ele perguntou rapidamente. — Eu não pretendia...

— Não! — disse — Não peça desculpas, foi bom. Quer dizer, foi melhor do que bom, mas... é. Boa decisão executiva. Dois polegares para cima.

Ele sorriu, parecendo envergonhado.

— A gente provavelmente tem que voltar lá para fora antes que o Sr. Farris mande uma equipe de resgate atrás de você.

Eu havia me esquecido completamente que devia estar trabalhando.

— Ah, certo. — Tentei pentear o cabelo com as mãos e alisar a minha camisa enquanto nos levantávamos, e aí percebi que meus joelhos estavam meio bambos. James botou uma das mãos na porta do freezer e então, imediatamente antes de empurrá-la para abrir, inclinou-se para baixo e me beijou de novo, um impulso rápido de um toque.

— Está pronta? — falou.

Eu ainda estava cambaleante por causa do segundo beijo, mas consegui assentir antes de segui-lo para as luzes fluorescentes da sala dos fundos. Tive que apertar os olhos e aí fui para o minúsculo banheiro dos funcionários para passar água no rosto enquanto James voltava para lidar com clientes e patrões.

No espelho do banheiro, eu olhei para a minha boca. O James a achava perfeita. Talvez fosse. Eu sorri.

A garota no espelho sorriu de volta.

19

*"Don't let them tell you that there's a right way to fall in love..."**

— Voxtrot, "Biggest Fan"

ENTÃO, É CLARO que a única vez em que eu realmente tinha que contar algo para Victoria — beijos no freezer com o James, aimeudeus! — eu não conseguia encontrá-la. Ela tinha saído com Jonah aquela noite, portanto não sabia nada sobre mim e James ou sobre como eu agora seria obrigada a ficar sentada na secretaria do colégio todos os dias.

Porém, quando eu estava indo de carro para a escola, um telefonema me distraiu. Minha cabeça estava tão nas nuvens que eu atendi o telefone sem nem olhar o identificador de chamadas, só presumindo que era a Victoria porque quem mais ousaria me ligar às 7h45 da manhã?

Definitivamente não era a Victoria.

— Alô — uma voz disse. — É *a* Audrey?

— Hum, claro — respondi. — Por que não? — *Quem é esse maluco?*, pensei.

* Não deixe que eles te digam que há uma maneira certa de se apaixonar...

— Audrey! Aqui é o Jim Jenkster! Agente magnífico! Querida, nós vamos mudar a sua vida, começando hoje! Começando neste exato *minuto*!

— Jim Jenkster? — repeti. Jim Jenkster era a ferramenta que sempre esteve por trás das fotos de celebridades do nível C tiradas por paparazzi, um agente sórdido que tinha resolvido fora do tribunal alguns processos de assédio sexual. Um campeão. Mas também, qualquer pessoa chamada Jim Jenkster está meio que fadada a fracassar na vida.

Ainda assim, eu não acreditava que ele estava me ligando.

— Jonah, é você? — perguntei. — É cedo para cacete; eu nem achava que você estava acordado a essa hora. A Victoria fez você fazer isso? Porque, se ela estiver aí, eu preciso muito, muito, *muito* falar com...

— Ah, isso já é perfeito! Essa *voz*, a sua *energia*! Querida, quando isso tudo acabar, ninguém vai se lembrar dos Do-Gooders, mas todo mundo vai saber quem é Audrey!

Fiquei sentada no meu carro no sinal fechado e minha boca se escancarou. Esse não era Jonah.

— Você é de verdade? — perguntei.

— Tão de verdade quanto o sol no céu! Ou os raios UV na câmara de bronzeamento, hehe!

Comecei a rir. Não consegui me controlar.

— Por que está me ligando? — perguntei entre as risadas. — Porque, sério, cara, eu não preciso de empresário. Valeu, mas vá vender o seu peixe para alguém que esteja comprando.

— Adorei isso! Ah, querida, eu amei! Você é tão Audrey, Audrey!

— Não, sou só Audrey.

— Não, você é a Audrey! Audrey com A maiúsculo! Deixe-me lhe dizer no que estou pensando. Temos que começar a levá-las a pré-estreias, querida. Isso é a primeira coisa. O tapete vermelho mais você é igual a explosividade.

— Essa palavra existe?

— Em seguida, eu tenho uma lista de caras aqui. Uns caras gatos. Gostosos. Todos eles vão lançar pilotos na primavera. Grandes programas de TV. Enormes. Temos que fazer com que você seja vista com eles.

Respirei fundo. Esse cara estava totalmente louco. Todo aquele clareamento de dentes deve ter subido para a cabeça.

— Olhe — falei para ele. — Não estou interessada em namorar atores de TV. Ou astros do rock. Ou qualquer um que tenha um assessor de imprensa ou frequente tapetes vermelhos. Está bem? Tchau, bacalhau.

Aí eu desliguei na cara do Jim Jenkster. Empresário magnífico.

E fui me sentar na secretaria.

Sozinha.

Suspiro.

Quando Victoria passou pela porta entre o primeiro e o segundo tempo, ela deu uma parada brusca no corredor.

— O que você está fazendo aqui? — guinchou, enquanto três outros alunos trombavam com ela. — Por que não está indo para a aula?

— Porque meus pais foram chamados para uma reunião com o diretor ontem e eles decidiram que seria menos distração para os outros alunos se eu estudasse sozinha na secretaria. — Tendo em vista os beijos em James e o louco do Jenkster, essa notícia parecia muito menos emocionante. — Mas, olhe, Victoria, eu tenho que lhe contar...

— Eles *o quê*?

— É, eu sei, é um saco, mas escute...

— Eles estão falando sério? O que você é, o panda que veio da China que é posto para exibição no zoológico local? Isso é tão injusto!

— É, eu sei, exibições de panda são injustas, mas...

— Mas você é muito mais bonita do que um panda. E os pandas são uma graça.

— É claro. Mas ouça...

— Que se fodam os pandas. Você quer que eu ligue para a minha mãe? — Victoria torceu o pescoço para ver se o vice-diretor estava na sala dele. — Porque eu posso ligar para *a minha mãe, a advogada*, e descobrir que tipo de justificativa eles têm para violar *ostensivamente* o seu direito à *educação pública e gratuita* e...

Eu a agarrei pela cordinha do capuz.

— Victoria — sibilei. — Nós nos beijamos.

Isso a deteve imediatamente.

— Quem se beijou?

— Nós nos beijamos.

— *Nós* nos beijamos?

— Não! James e eu, no freezer no trabalho ontem à noite! Deus, por que você não estava atendendo o telefone ontem à noite? Tenho um milhão de coisas para contar! Você está tão por fora!

— Volte só um segundo. Você e James se beijaram? Você? Beijou o *James*?

Agora eu estava começando a corar.

— Fale baixo! — pedi. — As pessoas podem estar ouvindo.

Victoria assentiu compreensivamente.

— Você está certa. As revistas provavelmente estão pagando muito dinheiro por informações sobre você.

Bem. Essa era uma ideia nova da qual eu não precisava. Mas Victoria me interrompeu antes que eu pudesse pensar sobre isso.

— Espere, então você o beijou? Ou ele a beijou? Isso é muito importante.

— Ele me beijou. — Olhei em volta, subitamente com medo de espiões disfarçados. — E ele me convidou para sair. E disse que eu tenho uma boca bonita.

Victoria guinchou de prazer.

— Eu sabia! Eu sabia! Ah, posso fazer a dancinha do eu-disse? Por favor! Eu faço tão bem!

— Pode esperar até o almoço?

— Difícil! — Ela estava se retorcendo toda. — Eu sabia! Ah, meu Deus, foi bom?

— Muito.

— E vocês estavam no freezer?

Assenti.

— Entrei lá porque Sharon Eggleston me deixou chateada...

— Sharon Eggleston estava no freezer com vocês?

— Não, só... está bem, sabe de uma coisa? Precisamos conversar durante o almoço. Em algum lugar privativo — acrescentei enquanto um grupo de alunos passava e basicamente me encarava o caminho todo.

— Está bem, está bem, mas eu quero *muchos* detalhes. Tipo, todos. Quero saber como estava o cabelo dele quando ele a beijou e tudo o mais.

Não pude deixar de sorrir.

— É muito vermelho. Cai por cima dos seus olhos.

Ela deu um soco no meu braço.

— Audrey está a fi-im. De novooo.

— Sshh!

— Foi mal. Calando a boca agora.

— Está bem, mas escute só isso — eu disse a ela. — Tem mais. Adivinhe quem me ligou hoje de manhã?

— Jim Jenkster — ela respondeu sem a menor hesitação. Eu quase caí com o choque.

— Como é que sabia disso? — engasguei. — Você é sensitiva? Ai, meu Deus, se você for sensitiva, nós vamos comandar o mundo.

Victoria só deu de ombros.

— Ele conseguiu o meu telefone com uma menina do segundo ano para quem eu dei aula particular de Álgebra há um bilhão de anos, então eu lhe dei o seu número — ela deu um sorriso largo. — Jenkster é demais, não é?

— Você deu o meu número? — repeti — Por quê? Ele é louco! Ele me fez sentir repugnante e nós só estávamos falando pelo telefone!

— Ah, qual é, Aud. Diga que não foi divertido falar com ele. O cara é a insanidade em carne e osso. Pensei que você ia achar engraçado.

Está bem, ela tinha razão. Era meio engraçado.

— Se ele vazar o meu telefone, eu estou morta. Você sabe disso, não é?

— E, se você estiver morta, não vai mais ficar presa na secretaria. Quanto tempo vai ter que ficar aqui?

— Sei lá. Acho que até tudo se acalmar?

— Que saco.

— É, valeu pela informação.

— Quer que eu e Jonah tentemos tirar você daí? Ele é muito bom em criar distrações.

— Por favor, não. — Eu podia imaginar qual era o conceito de distração para Jonah. Provavelmente algo envolvendo fogos de artifício, camundongos e uma pistola d'água. — Já tenho distrações suficientes.

— Está bem, mas é só dizer e a gente inventa alguma coisa.

— Só pense em tudo o que você já viu no meu armário e me diga o que devo usar quando eu e James sairmos pela primeira vez.

— Entendido. — Os olhos da Victoria já estavam ficando sonhadores, repassando a minha roupa literalmente suja. — Vou pensar em alguma coisa, não se preocupe.

— Nada de braçadeiras.

— Deus, eu *sei*. Todo mundo as está usando agora. A irmã caçula de Jonah fez as dela com as meias dele. Ele ficou arrasado.

O sinal tocou e ela olhou para o teto. (Por que todo mundo faz isso quando o sinal toca? Já perceberam? É como se a gente esperasse que o teto fosse cair em cima da nossa cabeça.)

— Está bem, eu vou indo, mas eba! Eba para você e para Jam... quer dizer, você-sabe-quem.

Depois que ela foi embora, fiquei tão sozinha que doía. Ficar na secretaria o dia inteiro, percebi logo, era dolorosamente chato. Dolorosamente. Chato. Mas aprendi uma coisa. Sem professores ou amigos na sala, eu podia fazer meus deveres muito mais rápido. No começo da tarde (e depois de ter contado para Victoria cada detalhe durante nosso almoço de sopa e café), eu tinha acabado todos os meus trabalho escolares. Leitura, dever de casa, tudo. Até fiz algumas perguntas de um simulado do vestibular de um livro de estudos que a minha mãe comprou para mim. *Esse* era o tamanho do meu desespero por entretenimento.

Estava ficando medonho.

Entre o quinto e o sexto tempo, ouvi um assovio por cima do meu ombro e olhei para cima para ver o James de pé ao lado da parede baixa que separa a secretaria do corredor. E sei que é importante bancar a indiferente e tudo o mais, mas me iluminei quando o vi. Podia sentir no meu rosto. Não dava para evitar. Mas tudo bem, porque ele também se iluminou.

Deus, nós somos tão bobos.

— Oi! — falei. — Qual é a boa?

— Nada demais — ele olhou em volta. — Como está a solitária?

— Muito chata. Estou prestes a roer meu próprio braço.

— Você não devia estar, tipo, estudando?

— Já fiz tudo. Ligue para a Associação de superdotados, eu obviamente sou um gênio.

— Eles podem realmente fazê-la ficar sentada aqui o dia inteiro, todos os dias?

— Se eles podem me fazer usar shorts de ginástica, podem me obrigar a fazer quase tudo.

— Eu que o diga. Estou acostumado a admirá-la de longe.

James era espirituoso! Quem diria? Está bem, quer dizer, além da Victoria. E admirando de longe? Comecei a pensar em todas as coisas não atraentes que eu já tinha feito na frente dele, tipo assoprar o nariz e espirrar durante um ataque de alergia.

— Bem, talvez você possa arrumar uns binóculos ou mandar alguns espiões — eu disse a ele. — Faça tipo um filme russo maneiro.

Ele deu um sorriso largo e olhou em volta para ver se alguém estava escutando.

— Mas você está bem, então, sério?

— Estou ótima. Sharon apareceu?

— Não, mas achei que não gostávamos dela. *Achei* que tínhamos estabelecido isso ontem.

Rapaz, e como nós estabelecemos isso. Mas só o que eu disse foi:

— Também achei que você havia me prometido um encontro.

— Ah, hum, é. Isso.

Meu coração afundou como uma pedra até os meus dedos dos pés. Por que os garotos fazem isso? *Por quê?* Você acha que eles vão virar à direita e bum! Eles viram à esquerda.

— O que foi?

— Não, é só quê...

— Você não quer mais sair?

— Não, mas eu estava pensando...

— Porque se você não quer sair, nós não devíamos sair.
— Só vou passar todo o meu tempo livre na secretaria planejando formas de arruinar a sua vida, idiota.

James parou e respirou fundo.

— Você interrompe muito, sabia?

Encolhi os ombros.

— Sou amiga da Victoria. A nossa amizade seria um grande monólogo se eu não interrompesse.

— Tem razão.

— Então você não quer sair?

— Não, eu quero, mas... — Ele respirou mais uma vez. — Eu só não queria que você dissesse sim porque acha que tem que dizer. Tipo quando estávamos no freezer e tudo o mais.

— James?

— Sim?

Olhei em volta para me assegurar de que não havia ninguém olhando, aí botei meu dedo indicador no braço dele.

— Eu já estou tentando descobrir o que vestir quando nós sairmos. Essa resposta é boa o bastante?

Os olhos dele se arregalaram.

— Então isso é um sim?

— Ah, meu Deus! — eu disse finalmente. — É! *Si! Oui!* Em que língua você quer que eu fale?

O James começou a rir.

— Você fala swahili?

— Não, mas tenho tempo para aprender.

Estávamos chegando cada vez mais perto um do outro e eu tive aquela sensação gostosa de *tontura* de novo. "Você está encantada" Victoria tinha dito no almoço. "Vai andar no meio dos carros se pensar demais nele."

Acho que ela pode estar certa.

— *Aham*.

James e eu nos sobressaltamos e olhamos para Connie, a secretária cuja filha era minha fã. Ela estava digitando no computador e não estava olhando para nós, mas tinha um daqueles sorrisos maliciosos de "seus adolescentes malucos" no rosto.

— James? Não acha que vai se atrasar?

James ficou vermelho como uma beterraba e ajustou a mochila no ombro. Vi um broche do Sisters of Mercy na alça. Calma, coração.

— Está bem, posso, hum, ligar para você mais tarde? — ele falou rapidamente. — Não tenho o seu telefone.

Rabisquei um pedaço de papel e o pressionei em sua mão.

— Ligue. Ou mande mensagem de texto. Ou Messenger.

— O que você acha de pombos-correio?

Estremeci.

— O equivalente a ratos voadores.

— Então esqueça os pombos.

Connie estava começando a limpar a garganta novamente e, se há algo que eu não aguento é catarro, de mentira ou não.

— Está bem, nos falamos mais tarde?

— É.

— E mais uma vez, sim.

— Está bem — disse e deu um sorriso largo e então começou a se afastar da parede. Infelizmente, tropeçou no seu cadarço e quase caiu de cara no linóleo, mas se recuperou bem, e eu o vi se afastar de mim. De novo.

Connie ainda estava sorrindo maliciosamente quando eu me sentei de novo.

— Hum, Connie?

— Sim? — *Digitadigitadigitadigita.*

— Acha que podia talvez, hum, não contar para ninguém? Sobre isso? Ou qualquer outra coisa que você me veja fazendo aqui? — era estranho dizer a um adulto o que fazer, mas, entre Sharon Eggleston, nossa rede de fofocas já animada da escola e os jornalistas dos tabloides, achei que devia me proteger.

— Querida, confie em mim. Vejo de tudo aqui. Eu nunca digo nada.

— Nem mesmo se alguém, tipo, um repórter, oferecer 100 dólares?

Ela olhou para mim por cima dos óculos.

— Tenho cara de quem está à venda?

— Hum, não.

— É claro que não — ela voltou a digitar. — E ele é um bom garoto.

Não falei nada enquanto voltava para o meu livro do vestibular, mas eu sabia que nós duas estávamos sorrindo.

20 "When what you want is what you're getting..."*

— Cartel, "A"

LEVOU ALGUM TEMPO até James e eu podermos sair oficialmente juntos, em grande parte porque meus pais haviam me trancafiado e eu não tinha certeza de como ia fazê-los me deixar sair de casa.

— O que quer que você faça — Victoria aconselhou —, não use o papo de "eu sou uma filha perfeita". Eles vão saber que tem alguma coisa por trás.

— Eu já sou a filha perfeita — falei para ela. Eu estava de pé no banheiro, equilibrada em uma perna enquanto tentava fazer sozinha as unhas dos pés. Victoria e eu havíamos tentando fazer a mão e o pé mais cedo na semana, mas foi um desastre. Estava lotado e tivemos que esperar e todas as garotas e mulheres lá ou ficaram olhando para mim ou estavam lendo uma revista que tinha a minha foto e eu durei exatos cinco minutos antes de agarrar o cotovelo da

* Quando o que você quer é o que está conseguindo...

Victoria, pegarmos nossas cutículas esfarrapadas e darmos o fora dali.

— Além do mais — acrescentei enquanto lutava para manter o equilíbrio —, isso não é uma punição nem nada. Não estou de castigo. Eles só estão apavorados com tudo. Você sabe como os pais são.

— Eles são tão protetores. Talvez se você convidasse o James para a sua casa para eles poderem conhecê-lo?

— Bem, é. Eles não vão me deixar ir sem conhecerem o cara — enfiei o telefone entre a orelha e o ombro para poder abrir o vidro de esmalte, um vermelho vivo que comprei só por causa do nome: Morte na Disco. Vocês não amaram?

Eu podia ouvir Victoria digitando ao fundo.

— O que você está fazendo?

— Ah, só mandando um e-mail — ela continuou a digitar. — Se eu fosse você, tentaria pegar seus pais quando eles estão desanimados, tipo no fim do dia ou algo assim.

— Quando eles estão cansados demais para discutir?

— Exatamente — *cliclicliclic.*

— Que tipo de manifesto você está digitando, por falar nisso?

— Se der certo, eu conto.

Olhei para cima.

— Não. Conte-me agora.

— Depois.

— Agora. Melhores amigas não têm segredos.

— Depois. E isso não é um segredo, é uma surpresa!

Queria continuar discutindo, mas estava ocupada demais me abanando e protestando e essa é uma combinação ruim quando você está tentando pintar a unha do mindinho. Perdi o equilíbrio e caí direto no chão.

— Aaaaaaiiiiii, ah, puta merda! — falei. Morte na Disco havia caído pelas minhas pernas nuas. — Morte na Disco está em todo lugar! — gritei.

— Audrey? O que acabou de acontecer? — podia ouvir a vozinha da Victoria saindo do fone, que havia rolado para longe e ficado preso embaixo da porta. — Disco o quê? Você está bem?

Gemi e fiquei imaginando se havia luxado ou quebrado ou torcido alguma coisa. Se fosse forçada a engessar algo, eu ia morrer. A última coisa que eu precisava era de um pedaço de gesso de 5 quilos preso aos meus membros. Mas talvez eu pudesse fazer uma colagem nele, sei lá, ou talvez eu e James pudéssemos fazê-la, tipo, o nosso projeto. Ou talvez aí meus pais sentissem pena de mim e não pensassem duas vezes quando eu pedisse para sair com James. Hum. Agora que havia pensado sobre isso, esse negócio de gesso estava ficando cada vez melhor.

— Audrey! — podia ouvir meus pais correndo escada acima. — Você está bem? Onde você está?

— Aqui! — gritei, aí tentei me colocar numa posição que desse mais pena possível. — Estou mortalmente ferida.

— Pessoas mortalmente feridas não são sarcásticas — o estraga-prazeres do meu pai disse enquanto eles entravam no meu banheiro. — O que diabos você fez?

— Isso é sangue? — Minha mãe empalideceu ligeiramente. Ela não é muito boa com sangue. Lembram-se do dramático e pitoresco Incidente De Perda Maciça de Sangue no Dia das Bruxas Há Três Anos do meu pai? Minha mãe quase o transformou no dramático e pitoresco Incidente do Vômito Maciço no Dia das Bruxas Há Três Anos.

Olhei para eles do meu lugar no chão.

— Uau. Vocês dois são muito altos vistos daqui. E não é sangue, é esmalte.

Meu pai se abaixou e pegou o vidro.

— Morte na Disco — leu. — Bem, isso não é irônico?

— Você não acha? — falei antes de poder me conter. *Maldita Alanis Morissette.*

Agora minha mãe estava apertando meus braços e minhas pernas. Essas aulas de ioga haviam realmente criado músculos nela.

— Tem alguma coisa quebrada? — ela disse. — Você bateu a cabeça?

— Não, mas... — respirei fundo — Sabem aquele cara James com quem eu trabalho no Scooper Dooper? Bem, eu costumava achar que ele era o maior nerd, mas ele não é! Bem, quer dizer, ele meio que é, mas também é superdoce e tãããããooo legal e quando eu comecei a chorar ele nem ligou de eu encher ele de meleca e agora ele quer sair comigo e isso é tão legal porque vocês iam gostar muito dele e eu quero ir e ele também é inteligente e engraçado. Ah, é, e vai para a faculdade também. — Nem tinha certeza sobre essa última, mas achei que, falando estatisticamente, provavelmente era verdade.

Meus pais olharam para mim, aturdidos. Pisquei duas vezes e aí sorri.

— Por favor?

Houve silêncio no banheiro por alguns segundos, e então a voz estática de telefone da Victoria o cortou.

— Sutil, Audrey. *Muito* sutil.

Meu pai começou a balançar a cabeça.

— Audrey, algum dia você vai ser uma adolescente normal? Algum dia?

Pensei sobre isso durante vários segundos.

— Tomara que não. É essa a resposta certa?

Quando eu finalmente desliguei com a Victoria, me levantei do chão só com alguns hematomas e o orgulho ferido e usei meio vidro de acetona para limpar o banheiro ("Parece que alguém encenou uma revolução aqui dentro", minha mãe disse quando me trouxe mais algodão), estávamos prontos para tratar "da situação James". Palavras do meu pai, não minhas. No que me dizia respeito, eu havia tratado "da situação James" semana passada no freezer e em todos os dias de trabalho desde então.

Mas meus pais tinham outras ideias.

— Você pode sair sob três condições — minha mãe falou depois que manquei para o andar de baixo. — Um: seu pai e eu temos que conhecê-lo primeiro.

— Vocês vão amá-lo! — guinchei — Ele é tão... tão... bem, ele é meio nerd, mas daquele jeito superfofo do Rivers-Cuomo-do-Weezer.

— Ah, totalmente, eu sei — meu pai disse. — Foi exatamente o que eu pensei quando conheci a sua mãe.

— Estão zombando de mim? — minha mãe e eu perguntamos ao mesmo tempo.

— Número dois — ele continuou como se não tivéssemos dito nada —: você vai ter um encontro normal. Nada de shows de rock no telhado em Los Angeles, nenhuma daquelas raves em San Diego ou sei lá como as chamam.

Eu até cheguei para trás no meu assento.

— Você acha que eu vou a raves? — falei, incrédula. — Eu *pareço* uma raver trincada?

— Querida, eu não faço ideia — meu pai replicou.

— O que quer dizer "trincada"? — minha mãe perguntou.

Opa. Grande erro tático. Nunca deixem seus pais saberem que você sabe mais sobre drogas do que eles. Só vai terminar mal, possivelmente com vocês sendo forçadas a entrar para um colégio católico particular e usar uniforme xadrez, o que só é atraente quando usado de forma irônica.

— Não sou uma raver trincada — expliquei a eles. — Então não se preocupem com isso.

— Ótimo, bom saber, mas de qualquer jeito, neste encontro você vai fazer o que adolescentes normais fazem. Cinema e hambúrgueres...

— Hambúrgueres vegetarianos, você quer dizer.

— Hambúrgueres vegetarianos. Milkshakes. Tanto faz. Nada de se jogar em cima da plateia.

Suspirei.

— Se jogar em cima da multidão é péssimo, pai. Você só é chutado na cabeça.

— Terceira regra — minha mãe continuou. — Tem que nos ligar a cada meia hora enquanto não está aqui. Sem exceção. Se a sua bateria acabar, você implora, pega emprestado ou rouba o de outra pessoa ou encontra um telefone público ou volta para casa para nos dizer que está bem.

— Mamão.

— O quê?

— Tipo "mamão com açúcar". Considere feito. — Eu estava pulando para cima e para baixo no meu assento, entusiasmada demais para ficar parada. — Posso ligar para o James agora e contar para ele? Ou talvez eu devesse ligar primeiro para Victoria e contar para ela?

Meu pai riu, balançou a cabeça e tirou os óculos para poder esfregar os olhos.

— Audrey, minha adorada filha única — ele suspirou —, você ainda vai me matar.

21

*"It takes more than a heartbeat to get me..."**

— The Sounds, "Much Too Long"

NAQUELE DIA, MAIS TARDE, eu liguei para o James.

— Ei — falei. — Adivinha?

Houve uma pausa.

— Eu tenho que adivinhar de verdade?

— Não, vai demorar demais. — Olhei para baixo para minhas unhas do pé nuas, que pareciam ser a única parte do corpo que havia escapado do fiasco do esmalte. — Meus pais disseram que eu posso sair com você!

— Isso é sensacional! Vão fazê-la levar um guarda-costas?

No andar de baixo, a campainha tocou. Minha mãe estava fora e meu pai estava numa conferência telefônica em seu escritório, então pulei para fora da cama e desci para atender.

— Sem guarda-costas — falei para o James. — Só um dobermann raivoso.

* É preciso mais do que uma batida do coração para me pegar...

James riu, o que foi bom porque, quando as pessoas não entendem o meu senso de humor, as coisas podem ser desviadas de um modo errado.

— Bem, vai ser legal ter companhia, caso as coisas fiquem chatas.

— Espere um segundo — eu disse a James, e aí destranquei a porta da frente. Na nossa varanda havia dois caras magricelos, ambos parecendo entusiasmados e ansiosos.

— Oi? — falei. Essa era nova, eu tinha que admitir. Caçadores de autógrafos ainda não haviam batido à minha porta, mas, graças ao Google Maps, era inevitável.

— Oi — o primeiro cara disse e aí, quando eu vi, ele estava vindo me beijar enquanto seu amigo tirava uma foto.

— Com licença — cuspi, empurrando-o para longe com a minha mão livre. Por sorte eu havia conseguido me virar, então ele só conseguiu acertar a ponta do meu cabelo e não a minha boca nem nenhuma parte do meu corpo ligada ao rosto — Qual é o seu problema, cara? — gritei. — Meu pai e uma gata extremamente louca estão no andar de cima e eles vão foder com você, eu juro por Deus. Principalmente a gata. Ela é fiel.

— Não, tudo bem. Sou o Milo, sou o vocalista de uma banda chamada Frequency e acabamos de assinar com uma gravadora e estamos tentando lançar nosso primeiro single e achamos que, se você nos beijasse...

Eu só balancei a cabeça.

— Vocês devem ser feitos de 100% idiotice. Apague essa foto — botei o telefone de volta na orelha. — Ei, James? Pode esperar só mais um segundo? Estou com um problema.

— Posso, claro. Você está bem?

— Está tudo certo. Eu só estou... — como explicar essa situação? Decidi dizer a verdade. — Uns aspirantes a astros do rock querem que eu os beije para poderem ficar famosos. — Aí lancei o meu olhar mais escroto para os dois caras, que estavam apagando relutantemente a foto e olhando fixo para mim.

— Isso é uma coisa diária para você?

— Ainda não. Tomara que nunca seja.

— Você os beijou? — ele perguntou.

— É claro que não!

— Maneiro, gosto da sua integridade.

— É, eu também gosto. Também gostei do fato de você ter acabado de usar "integridade" corretamente em uma frase — aí, eu me virei para os garotos. — Agora caiam fora, seus fracassados. E da próxima vez que beijarem uma garota, perguntem primeiro. Elas não são todas tão legais quanto eu.

Quando finalmente bati a porta e voltei para o telefone, James estava rindo.

— Você os mandou *cair fora?* — ele riu.

— É — admiti.

— Essa provavelmente é a coisa mais nerd que já ouvi — ele ainda estava rindo.

Subi de novo, batendo os pés, ainda irritada pelo meu encontro com os ladrões de beijos.

— Eles estão numa banda chamada Frequency. Nunca compre o CD deles.

— Eu não tinha planos de fazer isso.

— Legal. Pela cara deles, devem ter um som igual ao do Phish, de qualquer modo.

— Então, onde a gente estava antes de tudo isso?

— Hum. — Pensei por um instante e aí ri. — Bem, você estava feliz por eu levar um dobermann no nosso encontro para as coisas não ficarem chatas. Pode não acreditar nisso, James, mas eu gostaria de um encontro chato.

— Posso imaginar.

— Ah, é. Mas meus pais têm algumas regras.

— Ótimo, eu adoro regras.

— Sério?

— Especialmente as dos pais da garota com quem quero sair. Essas são as melhores.

Eu ri. *Ele é engraçado*! Novidades como essa têm que ser divididas, então comecei a entrar no Messenger, para falar com Victoria. Meus pais ficam malucos a minha capacidade de fazer isso tudo ao mesmo tempo, falar ao telefone, mandar e-mail e conversar pelo Messenger. Eu só falo, tipo, como vocês podem *não* fazer? Não entendo como eles conseguem fazer as coisas durante o dia.

— Então, quais são as regras?

— Bem, primeiro eles têm que conhecê-lo — digitei meu login e olhei enquanto a tela aparecia. — Mas não se preocupe, isso é fácil. Eles só querem se assegurar de que você não é medonho ou tarado.

James deu um risinho nervoso.

— Ótimo. Mal posso esperar.

— Acredite, se você pode sobreviver à Sharon Egglesston, pode sobreviver aos meus pais. Segunda regra, não podemos ir a nenhum show ou a nada em cima de um telhado, pelo visto.

— Você costuma ir a telhados?

— Não, meu pai só está tentando se garantir. Ele é paranoico. Também não temos permissão para nos jogarmos em cima da multidão durante o nosso encontro.

— Odeio gente que faz isso. Eles só o chutam na cabeça.

— Eu sei, não é? Tentei dizer isso ao meu pai, mas ele não estava entendendo.

— Tenho que lhe dizer, até agora essas regras parecem bem fáceis. Acho que vou me dar bem.

— Bem, também tenho que ligar para eles a cada meia hora, só para saberem que eu não fui morta por um estouro da boiada de fãs ou algo assim.

Enquanto eu falava com James, encontrei o nome de usuário da Victoria e mandei uma mensagem para ela.

BlondeOnBlonde: oioioioioi adivinha
GodSavetheQueen: hola chica
GodSavetheQueen: o que foi
BlondeOnBlonde: James = engraçado!
GodSavetheQueen: haha engraçado
GodSavetheQueen: ou
GodSavetheQueen: engraçado esquisito
BlondeOnBlonde: Haha engraçado
BlondeOnBlonde: Obvio >:0
GodSavetheQueen: hehehe
GodSavetheQueen: agora quem eh engraçada? rs
BlondeOnBlonde: Naum vc

Foi aí que meu Messenger explodiu.

De repente, comecei a receber mensagens de todos os cantos e novas janelas do Messenger estavam se abrindo pela minha tela toda.

— Opa! — falei. — O que diabos é isso?

— O quê?

— Eu estava no Messenger com a Victoria e agora... — fiquei olhando enquanto as janelas enchiam rapidamente a minha tela. — Puta merda, James, tem tipo uns cem pedidos de resposta entrando. Eu nem consigo mais conversar com a Victoria.

— Acha que alguém espalhou seu nome no Messenger?

— Talvez...? — Meu computador agora havia congelado. — Meu computador travou totalmente. Não consigo nem mover o cursor — apertei alguns botões. Como se eu soubesse o que estava fazendo. — Merda!

— Qual é o seu nick no Messenger? Vou procurar no Google.

— BlondeOnBlonde. Sem espaços.

— É bonitinho — ele falou. Eu podia dizer só pela forma como sua voz ficava mais aguda que ele estava sorrindo. — Gostei.

— Qual é o seu?

— BoysDontCry. Sem espaço. Ou apóstrofos.

Senti meu coração se agitando como uma borboleta.

— É a sua música favorita do The Cure?

— É claro.

— O que você acha do *Disintegration*? — Isso podia ser o que terminaria nosso relacionamento antes mesmo dele começar oficialmente.

— Bem, eu acho... Nossa. Uau.

— O que foi?

— Joguei o seu nome mais "BlondeOnBlonde" no Google e fui parar num fórum de discussão.

Suspirei.

— É o fórum dos Do-Gooders?

— Não, parece um site de fãs.

Eu me encolhi. Na grande história de momentos constrangedores, ter sua atual paixonite no site da banda do seu ex-namorado tem que estar lá em cima.

— Hum, eles estão falando sobre mim?

— Acho que a página toda é sobre você. Espere, preciso entrar no grupo. — Podia ouvi-lo clicando. — É, alguém vazou o seu nome no Messenger. E o seu endereço de e-mail também.

— O meu e-mail? — gritei.

Podia ouvir James clicando em várias coisas.

— Essas pessoas sabem muita coisa sobre você. Eu devia entrar aqui e fazer uma pesquisa antes do nosso primeiro encontro.

Gemi.

— Mentira. É tudo mentira.

— Audrey! — James assumiu um tom fingindo que era um apresentador de game show. — É verdade que a sua comida preferida é macarrão com queijo?

— Hum. Eu nunca pensei realmente sobre isso. Mas... está bem, claro. Por que não? Um viva para macarrão com queijo.

— *Devia* ser o seu favorito. Macarrão com queijo é sensacional — ele continuou a trovejar com aquela voz de mentira. — Audrey, sua cor favorita é lilás?

— Difícil. Tons pastéis me deixam enjoada.

— A mim também. Onde eles arrumam todas essas informações?

Suspirei.

— Provavelmente pessoas na escola. Ouvi dizer que os tabloides estão pagando as pessoas por informações sobre mim, tipo onde eu como e tal. — Sabia disso por ter passado a semana toda sentada na secretaria onde, se eu ficasse quieta o suficiente, podia ouvir pedaços de conversas de todas as secretárias e pais voluntários. — Acho que a tabela atual é mil dólares em dinheiro se alguém conseguir uma foto minha com Evan.

— Isso é loucura.

— Bem-vindo à minha vida, James. — Apertei mais algumas teclas no meu teclado, mas o meu computador estava totalmente travado.

— Droga, eu gostava muito do meu nick no Messenger. Vou levar um tempão para pensar em um novo.

— Eeiii... Você ainda tem alguma foto sua com o Evan?

— Hum... — Essa conversa estava se tornando uma série de momentos constrangedores. Qual era a resposta certa para essa pergunta? Senti como se fosse dizer a coisa errada de qualquer maneira.

— Por quê?

— Porque aí podíamos pedir à Victoria para vendê-la e aí podíamos pegar o dinheiro para o nosso encontro e fazer uma festa.

Eu ri.

— O quê, vinho caro em algum lugar? Caviar?

— Na verdade, eu estava pensando em comprar uns discos na RPM.

— Adoro quando você fala assim. Mas acho que a maioria das fotos foi queimada.

— Como?

— Botei fogo nelas na pia do banheiro.

— Ah.

— Foi mal. Mas ainda podemos ir à RPM, certo?

— Bem, eu ainda tenho que conhecer os seus pais.

— E não deixar que eu me jogue em cima da multidão, e provavelmente nada de pular do palco também.

— Sabe — James observou —, o seu pai não falou nada sobre saltar de paraquedas. Ou mergulhar no fundo do mar. Então ainda temos muitas opções.

Ai, Deus. Eu gosto *tanto* ele.

22

*"You are everything I want 'cause you are everything I'm not..."**

— Taking Back Sunday, "MakeDamnSure"

PRIMEIROS ENCONTROS NUNCA SÃO FÁCEIS. Quer dizer, essa é uma verdade universal. Mas eles podem ficar um pouco mais complicados quando a música do seu ex-namorado chega ao Top 10 da Billboard no mesmo dia do seu encontro com o Garoto Novo.

Foi o que aconteceu comigo. Porque, vocês sabem, a vida é maravilhosa desse jeito.

Mesmo antes, meus nervos já estavam um caco. Acho que é o que acontece quando você passa dia após dia sozinha na secretaria do colégio, fingindo se importar com impérios romanos e geometria e sei lá mais o quê com que eu tinha que me importar durante o dia.

De qualquer modo, na tarde de terça-feira antes do meu encontro com o James, a última lista dos 100 Melhores Singles da Billboard foi lançada. "Audrey, espere!" havia che-

* Você é tudo o que eu quero porque você é tudo o que eu não sou...

gado ao número dez. Foi a música que subiu mais rápido na história da lista. A nova música dos Lolitas, "Inferno na Terra"", também havia subido, mas na Inglaterra estava em nono lugar, enquanto os Do-Gooders estava em oitavo.

Joguem confetes.

Sei disso tudo porque eu estava assistindo à MTV2 com o som desligado enquanto secava o cabelo naquela noite de terça e um resumo de notícias apareceu. Vi uma foto do rosto do Evan justaposto ao lado de uma foto do rosto do Simon Lolita, com a minha foto do anuário entre eles.

Se vão aprender alguma coisa comigo, aprendam isso: assegurem-se de tirar a melhor foto que puderem para o anuário. Nunca se sabe onde ela pode parar.

Quando desliguei o secador de cabelo e liguei o som da TV, consegui pegar as entrevistas com meus dois ex. Isso é que é uma experiência surreal.

— Acho que devíamos ligar para a Audrey e agradecer a ela — Simon disse com uma piscadinha para a câmera. Ele estava ladeado por dois de seus colegas de banda, ambos os quais estavam fumando e concordando com a cabeça. Tinha aquele sorrisinho malicioso no rosto que eu havia achado sexy, mas olhando para ele agora, parecia mais um músculo facial paralisado e nem de perto tão atraente. Além disso, ele tinha dentes péssimos. Deus, como eu pude não perceber isso?! Devia estar mais escuro na coxia do que imaginei.

— Ela é uma garota especial — Simon continuou, acendendo seu próprio cigarro. Aí, quando a chama do isqueiro iluminou seu rosto disse: — Muito especial. Devíamos lhe pagar uns royalties, sei lá. Talvez escrever uma música para ela no nosso próximo disco. — Aí ele compartilhou um sorriso secreto com os telespectadores.

— Fodam-se os seus royalties e morram — falei para a televisão enquanto meu cabelo molhado pingava pelo chão todo. Eu ainda nem havia me maquiado e estava usando shorts de ginástica velhos e uma camiseta que comprei em uma venda de garagem e que dizia NEW HAMPSHIRE É PARA AMANTES. — Espero que você tenha intoxicação alimentar por causa do seu serviço de bufê — acrescentei.

Aí, eles cortaram para Evan e os Do-Gooders. O resto da banda parecia um animal assustado com as luzes, mas Evan havia praticado muitos meses para esse tipo de entrevista. Juro por Deus, ele costumava gravar a MTV só para poder ver as bandas serem entrevistadas e aprender o que *não* fazer. Na época, achei tão sexy ele estar interessado em sua carreira enquanto a maioria dos outros caras estava ficando chapado e jogando rodadas intermináveis no Xbox.

Mas agora? As palavras *controlador* e *maníaco egoísta* me vieram à mente.

— Audrey inspirou a música, mas acho que todos concordamos que fomos nós que escrevemos — Evan estava dizendo. — Ou pelo menos *eu* escrevi. Ela botou a bola em campo, mas esta é a *nossa* banda e a *nossa* carreira e tomara que depois de algum tempo os nossos fãs pensem em nós sem pensar nela.

Por algum motivo, isso me deixou ainda mais irritada do que os comentários do Simon.

— Você ainda estaria sentado naquele dormitório de fracassados na UCLA se não fosse por mim! — gritei. — Você devia comprar caixas de som novas para o meu carro! Ou um iPod novo!

Mas aí o Evan deu aquele sorriso tímido que sempre significava que um comentário sarcástico estava a caminho.

Mesmo em casa, percebi isso chegando e me encolhi. E, pode apostar, ele deu um sorriso largo e disse:

— E eu acho que algumas outras bandas deviam encontrar suas próprias garotas.

Ah, Deus do Céu.

Então é claro que o telefone de casa pegou fogo. A esta altura, minha família inteira havia parado de atender por causa de todas as ligações da imprensa. Até as ligações de meus fãs, de Simon e de Evan estava saindo de controle. Se o presidente dos Estados Unidos por acaso ligasse para a nossa casa só para dizer oi, duvido que alguém tivesse atendido por medo de que ele fosse começar a fazer perguntas sobre mim. Minha mãe e meu pai falaram sobre mudar o número, mas nós o tínhamos há anos e meu pai temia que a vovó não conseguisse se lembrar do novo. Lembrei-os que a vovó só nos ligava no Natal e no Dia de Ação de Graças, mas não fez diferença.

Eu tinha até desligado o meu celular, o que vinha fazendo cada vez mais ultimamente. O número ainda não havia vazado oficialmente, mas bastante gente o tinha, então eu estava recebendo cada vez mais mensagens de texto misteriosas. Houve uma há duas noites que dizia só "PIRANHAPIRANHAPIRANHAPIRANHA" e fiquei sentada ali por um minuto e olhei tanto tempo para aquilo que começou a parecer "PICANHAPICANHAPICANHAPICANHA". Aí, deletei, desliguei o telefone e desci para ver se nós tínhamos alguma coisa para comer.

Eu não ia contar nada disso para meus pais. Eles nem sabiam que meu e-mail e meu endereço no Messenger haviam sido invadidos. Entrei no meu e-mail logo depois que James e eu descobrimos que o endereço havia vazado online e, como esperado, eu tinha 84 novas mensagens. Subiu para

337 na manhã seguinte. Li algumas e elas eram bastante gentis, a maioria de garotas querendo saber como Evan era, mas era uma relação desigual, como uma gangorra. Elas sabiam tanto sobre mim e eu não sabia nada sobre elas. Por que responder suas perguntas e desequilibrar ainda mais?

Então agora meu ex-namorado e meu casinho de três horas estavam em uma guerra de palavras na MTV e guerra de músicas nas paradas e meu *novo* namorado estava a caminho para me levar para o nosso primeiro encontro oficial.

E eu estava ficando atrasada.

Obaaa.

Estava jogando roupas para o alto despreocupadamente quando minha mãe entrou no quarto.

— Não pude deixar de perceber — ela falou — que o nosso telefone está bombando.

Parei no meio do arremesso.

— Está o quê?

— Bombando. Não é isso que vocês dizem?

— Mãe, por favor... — suspirei e tentei parecer paciente. — Você não pode dizer essas coisas. Soa estranho. Ofende meus jovens ouvidos.

— Está bem, está bem, está tocando sem parar.

— Obrigada.

— De qualquer modo, normalmente quando o nosso telefone começa a tocar desse jeito, é porque... — ela deixou a voz sumir um pouco — ... algo... aconteceu...?

Voltei a fuçar dentro da minha cesta de roupa suja.

— A música de Evan chegou ao número dez nas paradas hoje e ele e Simon estão falando mal um do outro na MTV.

— Ah. É claro.

Olhei em volta para a bagunça no chão.

— Você viu minha blusa branca?

— Qual delas?

— Você sabe, a camisa branca. A que faz... — Mas me contive bem a tempo de não dizer *a que faz meus peitos parecerem maiores*. — A que me faz parecer mais alta — concluí.

— A de gola redonda de mangas curtas?

— Gola em V com mangas três-quartos.

— Pendurada na lavanderia lá embaixo.

Passei correndo por ela, encontrei a blusa e a arranquei do cabide. Eu não estava acostumada a lavar muita roupa. Era simplesmente natural presumir que tudo o que queria vestir estava sujo. Mas agora eu estava sendo difamada na imprensa e online por usar braçadeiras na noite em que conheci o Simon. "Tããão fora de moda!", uma revista gritou para mim, me dando seu prêmio "O que eles estavam pensando?" e, já que tenho orgulho de pelo menos ter alguma noção de moda, decidi que isso não aconteceria de novo. Apesar disso, as fotos de mim usando braçadeiras estavam em todos os lugares, então agora todo mundo as odiava, só por princípio. "Isso é tudo culpa da Audrey", um participante de um fórum reclamou. "Ela as estragou totalmente e precisa sumir."

Tudo isso por causa de *braçadeiras*. Quer dizer, fala sério.

— Então, quando você diz falando mal... — minha mãe continuou enquanto me seguia. — Eles estavam falando de você?

— Não muito — menti. — Só um do outro. Sabe se o papai tem alguma meia de estampa escocesa?

— Provavelmente. Vai usá-las nos braços?

Estão vendo o que eu estou dizendo?

— Braçadeiras estão tão por fora, mãe.

— É claro. — Ela piscou para mim e encostou-se no vão da porta. — Então, como você está?

Está brincando comigo? Eu queria gritar. *Você quer fazer o lance de mãe-e-filha agora? AGORA?!*

— Eu estou bem. Estou atrasada. — Atravessei o corredor, vasculhei a gaveta de meias do meu pai, achei as escocesas e as enfiei nos pés. De novo, minha mãe me seguiu.

— Porque seu pai e eu estávamos pensando que talvez você deva pegar mais leve. Talvez você devesse pedir demissão do Scooper Dooper.

Isso chamou minha atenção bem rápido.

— Agora vocês querem que eu saia do Scooper Dooper? — gritei.

— Não pedir demissão, mas talvez tirar uma licença?

Meus pais haviam vetado imediatamente o contrato de endosso, para meu imenso prazer, mas isso ia além.

— Como vou pagar a gasolina? Ou comprar caixas de som novas?

— Bem, talvez seu pai e eu possamos...

Fomos interrompidas quando a campainha tocou.

— Merda! — gritei. — Desculpe, mãe. Droga! É ele! Ele chegou cedo! Estou atrasada! Ainda nem passei nenhum delineador! Ele nem vai conseguir ver os meus olhos se eu não estiver usando delineador!

— Relaxe, o seu pai vai mantê-lo ocupado.

Gelei.

— Mãe, ele *não pode* ficar sozinho com o papai. Eu vou morrer. Nem vou chegar a sair com o James porque estarei morta e você vai ter que me botar em um caixão sem delineador nenhum porque já estarei tão morta que nem vou ligar.

Minha mãe abriu a boca para dizer alguma coisa, mas a voz da Victoria flutuou para cima enquanto meu pai abria a porta.

— Ela está em casa? — eu a ouvi perguntar.

— Ah, graças a Deus — suspirei. — Estou aqui em cima! Por favor, venha me salvar!

Ela correu escada acima de dois em dois degraus e entrou explodindo no meu quarto.

— Adivinhe o quê! Ótimas notícias! Oi, Sra. Cuttler!

— Oi, Victoria — minha mãe disse e deu um sorriso largo. — Vou ficar lá embaixo, Audrey, caso você precise ser ressuscitada.

Victoria esperou até minha mãe descer a escada.

— Notícias! Fantasticamente! Sensacionais! Qual é a melhor coisa que podia acontecer?

— Se, depois que eu morrer, reencarnasse como Meg White?

— Está bem, a segunda melhor coisa.

— Se meus pais agissem totalmente normais na frente do James e não me humilhassem e me fizessem sair correndo aos gritos?

— Audrey! Coopere, está bem?

Comecei a procurar na minha caixa de joias pelo meu colar com pingente de faca.

— Está bem, foi mal. A melhor notícia de todos os tempos! Pode mandar!

Ela respirou fundo.

— Está bem, agora, não fique zangada.

Olhei para cima.

— A melhor notícia do mundo geralmente não começa com não fique zangada.

— Eu sei, eu sei, mas... está bem, sabe como todo mundo está sempre querendo conseguir informações sobre você com todas as outras pessoas na escola?

— Ha! — ergui o colar, triunfante. — Pode botar isso em mim?

Ela deu a volta enquanto eu levantava meu cabelo e olhava no espelho.

— Então, na semana passada... — ela começou, mas eu a interrompi.

— Victoria, sinto muito, mas não tenho tempo, está bem? James vai estar aqui em tipo 30 segundos e eu ainda não fiz a maquiagem nem nada.

— Você já está linda.

Eu a olhei pelo espelho enquanto ela prendia o fecho no lugar.

— Não faça isso.

— Fazer o quê?

— Ser toda boazinha para eu ouvir o que quer dizer. Não vai funcionar. Mããäeeee! Onde estão os meus sapatos?

— Não sou a fada dos sapatos! — ela gritou de volta.

— Mas, se você fosse?

— Perto da porta da garagem!

Dei uma olhada no relógio ao lado da cama.

— Merda! São 17h53!

— Qual é o grande problema? — Victoria disse. — Você ainda tem sete minutos. Posso lhe contar tanta coisa em sete minutos!

— Não duvido.

Ela me seguiu até o banheiro enquanto eu começava a passar delineador.

— Mas, sério, você precisa ouvir isso.

— Sabe o que eu já ouvi? — tentei manter meu rosto superparado enquanto fazia o traço. — Evan e Simon se estapeando verbalmente na MTV hoje.

— É, notícia velha. Recebi uma mensagem de texto me alertando.

— De quem?

— Da MTV. Estou em todos os alertas agora. A qualquer hora em que o seu nome for mencionado na imprensa, fico sabendo.

Suspirei.

— Ótimo. Me passa o curvador de cílios?

Ela passou.

— Está bem, sabe como a sua família não está falando com nenhum empresário, assessor de imprensa nem nada?

— Sei muito bem, obrigada. — Era difícil conversar sem piscar.

— Bem, no outro dia, recebi um e-mail de um produtor e ele falou, tipo, "Nós sabemos que você é a melhor amiga da Audrey" e eu fiquei toda "E daí?" e ele ficou todo "Queremos conversar com ela". Então eu comecei a conversar com eles — Victoria respirou fundo e encostou-se no vão da porta. — Estou falando com muitos deles. É como aquela história do gloss, sabe? Há muito mais do que só gloss lá fora, Aud. Gloss é tipo a ponta do iceberg e está tudo lá à disposição. E assim você não precisa se envolver.

— Que benevolente — falei, deixando a irritação aparecer na minha voz. — E quando você fala com esses sanguessugas, sobre o que vocês falam?

— Vender a sua alma. O mercado está bom para vendas, Aud. Devíamos fazer isso agora.

— Não é engraçado. — Soltei meus cílios, aí olhei no relógio da Victoria. — Merda. Posso ouvir sobre o seu grupinho de discussões depois? Por favor?

— Bem, quando? Porque estou com um prazo meio apertado agora.

Voei de volta para o meu quarto, joguei tudo dentro da minha bolsa de couro vermelho superfofa e então voltei para acrescentar uma segunda camada de rímel.

— Eu também. James vai estar aqui em cinco minutos.

— Acho que isso é mais importante.

Quase furei o olho com o pincel do rímel.

— Isso vindo da garota que vem tentando me fazer sair com James nos últimos três meses? E você trouxe aquele gloss?

— Trouxe.

— Pode me emprestar?

— Você tem uma caixa inteira de gloss só esperando por você! E foi de graça!

— É, mas o seu é melhor. Qual é, eu vou te amar para sempre.

— Vai me amar ainda mais quando eu lhe contar a boa notícia — ela começou a vasculhar dentro da bolsa e encontrou o gloss. — Não o perca. É o meu favorito e não tenho dinheiro para comprar mais.

— Não se preocupe.

Victoria olhou pela janela do quarto.

— James dirige um Toyota preto?

Meu coração acelerou.

— Dirige! Ele está aqui? Ah, Deus, por favor não diga que sim!

Ela ficou estranhamente quieta.

— Victoria! É ele?

— Você disse para não dizer que era!

— Este não é um bom momento para bancar a literal para cima de mim! — Espalhei o gloss, peguei a minha bolsa e voei escada abaixo, Victoria logo atrás de mim.

— Mãe! Acho que ele chegou!

— Vamos começar a tortura! — meu pai gritou de volta

— Pai!

— Audrey!

— Olhe, Aud, tudo bem, eu só vou dizer! — Victoria simplesmente não pode ser detida, nem sei por que me dou o trabalho de tentar. — Isso é importante!

Passei correndo pela porta da garagem e não vi os meus sapatos.

— Mãe! Eles não estão aqui!

— O que não está onde?

— Meus sapatos! Perto da porta da garagem!

— Que sapatos?

Eu estava prestes a arrancar todos os meus cabelos.

— Lembra-se daquele e-mail que eu estava mandando na semana passada? — Victoria continuou falando. — O que eu estava escrevendo quando você me deixou plantada enquanto pintava as unhas dos pés?

— É uma memória dolorosa em tantos níveis diferentes, mas sim, lembro. Onde está a porcaria do meu sapato?!

— Está bem, foi só para confirmar as duas próximas palavras! — Victoria disse enquanto eu corria para o armário do corredor. — Reality! Show!

A campainha tocou e eu abri a porta do armário com um puxão e achei meus All-Star pretos surrados, nos quais a Victoria tinha desenhado corações prateados durante uma aula de Inglês particularmente chata.

— Quem os botou no armário? — gritei.

E aí as palavras *reality show* finalmente se registraram na minha mente.

— Espere um minuto! — eu me virei para a Victoria. — Que reality show? Não vou fazer um reality show! — gritei enquanto abria ainda mais a porta do armário.

Aí houve um som abafado de *flump*! Seguido por um "Miaaaauuuuu!!!!"

Gelei.

— Bendomolena? — Espiei lentamente em volta e vi minha gata parada ali, com cara de que tinha sido atingida no rosto pela porta do armário. O que, é claro, tinha acabado de acontecer. — Ah, Bendy! Ah, o seu rostinho lindo! Sinto muito!

— Miaaaauuuuu!!! — acho que a minha gata herdou o meu gene para o drama, porque ela realmente estava tirando tudo o que podia disso. É claro, eu *havia* acabado de bater nela.

Larguei os sapatos e me abaixei para pegá-la.

— Dobre os joelhos — tanto Victoria quanto meu pai me advertiram ao mesmo tempo, e então trocaram sorrisos.

— Acho que o seu acompanhante chegou, Audrey — meu pai falou. — Vou abrir a porta para ele.

Uh-oh. Eu o cortei, e segurei a Bendomolena na sua frente enquanto minha mãe passava na sua frente, sempre a salvadora da pátria.

— Olhe o nariz dela! — gritei. — Parece mais vermelho do que o normal? Acha que eu o quebrei?

Meu pai ergueu uma sobrancelha.

— Ela é uma gata, Audrey. Seu nariz já é vermelho.

— Não, normalmente é rosa! Acho que eu a machuquei!

— Oi, James, entre — minha mãe estava dizendo e eu olhei para além do meu pai e da Victoria para vê-lo de pé no nosso hall. Ele era mais alto do que os meus pais, mas também nenhum dos dois era nenhum gigante.

— Entre, James — meu pai falou. — Bem-vindo ao circo.

James me deu um aceno nervoso.

— Oi, Audrey. Oi, Sr. Cuttler.

Ele apertou a mão do meu pai como se estivesse puxando o pino de uma granada.

— Oi — eu disse a ele. — Acho que acabei de quebrar o rosto da minha gata.

— Isso é um gato?

Victoria abriu um sorriso largo.

— Eu digo isso há anos.

— Então — meu pai falou para James. — Você trabalha na sorveteria com a Audrey. Como estão as coisas?

— Hum, bem, senhor.

Acho que a minha mãe podia ver meus globos oculares começarem a ficar salientes, porque ela interrompeu habilmente e disse:

— Audrey fala muito bem de você, James.

E aí eu acho que Victoria viu meus globos oculares praticamente caírem da minha cabeça com a ideia que minha mãe fazia de conversação, porque *ela* se meteu para criar seu próprio tipo de interferência.

— Não é o maior gato que você já viu? Acho que ela daria um recorde mundial.

— Como ela se chama?

— Bendomolena — respondi. — O rosto dela parece quebrado?

— Hum, não. Só meio enfezado, talvez?

— Acabei de bater com a porta no rosto dela. Sem querer, eu juro.

James acariciou cautelosamente a cabeça dela.

— Ainda bem que ela tem enchimento extra.

Depois que tudo se acalmou e eles todos me convenceram de que Bendy não tinha uma concussão ou danos cerebrais, Victoria foi embora ("Audrey! Amanhã nós conversamos sobre... aquele *negócio*! Sobre o qual falamos hoje!", ela gritou antes de sair pela porta) e éramos só eu, minha mãe e James.

E meu pai, que nunca deixa de decepcionar.

— Então — ele disse para o James enquanto estávamos no hall. — Você planeja escrever uma música sobre a minha filha?

— Ah, meu Deus, pai — suspirei. — Ele não é músico.

Meu pai olhou para o James para confirmar.

— Não sei tocar nenhum instrumento — ele concordou. — Não sei nem estalar os dedos.

— E planeja fazer qualquer coisa que a deixe ainda mais famosa?

— Hum, não? Quer dizer... — James parou para limpar a garganta — Não, senhor. De jeito nenhum.

— Não vai vender fotos dela para os tabloides?

James corou e eu sabia que ele estava pensando sobre como nós tínhamos brincado exatamente sobre isso mais cedo.

— Não, senhor. Nunca.

— Não é amigo dos paparazzi?

James estava ficando tão corado que suas orelhas estavam vermelhas.

— Não, senhor.

— Muito bem. Pai? Você o conheceu. Mãe, você o conheceu — precisava me intrometer antes que a cabeça do James explodisse de vergonha. — E, James, você conheceu os meus pais. Podemos ir agora? Por favor? Antes que o papai tente conseguir uma amostra de DNA?

Minha mãe sorriu.

— Em casa à meia-noite.

— Eu sei, eu sei — eu meio guiei, meio empurrei o James na direção da porta. — E ligo a cada meia hora — acrescentei antes que ela pudesse me lembrar.

— Você tem dinheiro? — meu pai perguntou ao James.

— Sim, senhor.

— Não precisa pegar nenhum emprestado com a minha filha? — Evan sempre pegava entre dez e vinte dólares emprestados comigo, o que deixava meu pai maluco. Pensando bem, me deixava maluca também.

— Não, senhor, de jeito nenhum.

— Tchau, mãe. Tchau, pai. — Lancei um olhar para os dois. — Nós temos que ir agora.

— Tchau, divirtam-se! — minha mãe acenou. E aí, porque ela não conseguia resistir. — Tente não chamar muita atenção!

Quando finalmente estávamos dentro do carro do James, eu estava exausta.

— Desculpa — falei para ele. — Sério. Eles só estão superprotetores no momento.

— Não, tudo bem — ele estava prendendo o cinto de segurança e parecendo aliviado. — Como você acha que eu me saí?

— Bem, estou no seu carro, então eu diria que bem — sorri enquanto ele ficava tentando tirar o cabelo do rosto. — Apesar de eu ter perdido a conta de quantas vezes você chamou meu pai de "senhor".

James começou a rir.

— Ele é o seu pai! O que eu deveria fazer? Eu estava tentando deixar uma boa impressão!

Eu nunca escutara realmente a risada do James antes. Era bem diferente, do tipo que você ouve e dá vontade de rir também, mesmo que não saiba o que é tão engraçado.

— Não, foi fofo — falei para ele. — Só estou provocando você. Mais ou menos.

— É, eu meio que adivinhei — ele estava olhando estranho para mim. — Ei! Você não está usando aqueles negócios nos braços.

Prendi meu cinto de segurança.

— Qual é, cara, aquilo está tão por fora. E eu ganhei o prêmio de mais malvestida por usá-los, então, é, não espere me ver usando aquilo de novo.

— Está bem. Está com fome?

— Morrendo.

— Então, vamos.

Então nós fomos.

23

*"Reoccurring episodes with each and every kiss..."**

— New Found Glory, "All Downhill From Here"

TIRANDO AQUELA SITUAÇÃO TODA de conhecer-os-pais-e-Victoria-e-a-gata-com-o-rosto-destruído, meu primeiro encontro com o James estava definitivamente se tornando um dos 5 Melhores Momentos da Minha Vida Inteira. James segurou minha mão o caminho todo, do carro até o restaurante. Alguns caras simplesmente têm jeito para segurar mãos, já perceberam? Não têm a mão mole ou com as palmas suadas e não parece que eles a estão levando como uma criancinha.

Fomos a essa lanchonete 24 horas perto da praia, e o ar estava fresco e salgado, como se eu pudesse pôr a língua para fora e sentir o gosto. E aí descobri que o restaurante que ele havia escolhido tinha uma jukebox, e o quesito "maneiro" do James subiu cinco mil pontos. Três músicas por um dólar? Uma pechincha pelo dobro do preço.

* Episódios recorrentes com cada beijo...

— Então, se você tiver o seu próprio programa de TV — James refletiu enquanto comíamos hambúrgueres vegetarianos e batatas fritas — eu podia ser um astro convidado?

— É melhor que você seja — falei enquanto mergulhava uma batata no ketchup. — Você pode ser o vizinho maluco que mora na casa ao lado. Todo programa tem um.

— Audrey, que parte de mim parece maluca para você?

— Bem, não importa, porque eu não vou fazer isso de jeito nenhum. O que eles filmariam? Eu, sentada na secretaria, respondendo perguntas do vestibular? Ah, tão cintilante. Saia da frente, *Real World*! Audrey chegou!

Na verdade, tudo estava indo tão bem que achei que não havia problema em perguntar ao James algo que vinha me incomodando há algum tempo.

— Então — falei enquanto mordia uma batata frita deliciosamente molenga. — Posso lhe fazer uma pergunta?

— Uh-oh.

— Não, não é ruim! Prometo!

— Eu decido se isso é verdade — ele deu um golinho na sua Coca e ergueu as sobrancelhas como que para dizer "Vá em frente".

Então eu fui.

— Por que você demorou tanto?

Ele engasgou no meio do gole e acabou cuspindo.

— O quê?

Eu lhe dei um guardanapo.

— Quer dizer, quando eu comecei a trabalhar no Scooper Dooper você nem falava comigo. Lembra-se de quando eu perguntei de que música você gostava?

James me deu um sorrisinho enquanto enxugava a boca.

— Sorvete de nozes — ele murmurou.

— Exatamente! — gritei, batendo no tampo da mesa para dar ênfase. — Foi só o que você disse. "Acho que precisamos de mais sorvete de nozes". O que foi *aquilo*?

James suspirou.

— Eu me repreendi durante dias depois daquilo.

— E você também nunca falava comigo, a não ser que fosse sobre casquinhas de açúcar ou pedidos de estoque. Por quê?

— Bem, hum, Audrey, você é meio... intimidante? Mais ou menos.

Recuei.

— Intimidante?

— Não, não de um jeito ruim, só tipo... ele botou o guardanapo na mesa e se inclinou para mais perto. Eu podia ver que estava escolhendo cuidadosamente as palavras. — É que você tem toda essa, tipo, luz em volta de você. Está sempre falando ou dançando ou mudando a estação de rádio. E também fala muito rápido. E eu não sou assim e não sabia o que fazer. Então eu só parecia idiota toda vez que abria a boca — ele deu mais um gole na Coca. — E aí havia o fato de você ter um namorado bacana, músico.

Eu sorri.

— Ah, é. Ele.

— É. Ele.

Não pude resistir.

— Isso é tão fofo.

— Ai, caramba — ele amassou o guardanapo e abaixou a cabeça para que eu não o visse corar.

— Não se esconda! É fofo você ter sentido ciúmes! Então, quando você soube que gostava de mim?

James se endireitou e pensou por um minuto.

— Eu conto se você contar.

— É justo.

— No seu primeiro dia, logo depois que eu disse que não tínhamos permissão para mudar a estação de rádio, lembra? Você a mudou cinco minutos depois e sabia todas as letras de todas as músicas durante todo o turno. E aí você fazia aquela dancinha toda vez que tocava uma música da qual você gostava. Foi bem bonitinho.

— É a dança feliz — eu disse a ele. — Eu faço muito isso — ele gostava de mim há tanto tempo assim? Pensei em todas as vezes que eu havia saído cedo do trabalho para encontrar Evan, ou para ir a um de seus shows, deixando James para fechar a loja sozinho. Me deixava meio enjoada pensar nisso, como se eu tivesse feito algo errado sem nem saber.

— Está bem, então, quando você gostou de mim? — James perguntou.

Eu nem tinha que pensar a respeito.

— Quando a música tocou no rádio pela primeira vez e eu quebrei a concha de sorvete e você disse: "Sirva agora, pense depois."

Os olhos do James se arregalaram.

— *Isso*? Foi isso o que funcionou para você? Achei que seria o CD compilado!

— Ah, esse foi o segundo momento — assegurei a ele.

— Levei, tipo, uns dois dias para gravá-lo. Era como um pedaço da minha alma que eu entregaria a você e, se não gostasse de uma música, você ia me odiar.

Assenti.

— Já passei por isso. Fico obcecada com compilações o tempo inteiro. Se houver uma música ruim no meio, mata o negócio inteiro.

— Então, você gostou?

— Amei. Eu ouvia o tempo todo. Ainda ouço.

— Sério?

— Juro.

Teríamos continuado a sorrir um para o outro como dois idiotas completos se eu não tivesse percebido a hora.

— Ah, já passou meia hora — falei. — Tenho que me apresentar aos generais.

— É, faça isso. Não quero que o seu pai venha atrás da gente.

Afastei a ideia com um gesto enquanto ligava para casa.

— Ele só vai deixá-lo neurótico.

— Ah, que reconfortante. Obrigado, Audrey.

— Disponha.

— Alô?

— Oi, mãe, sou eu. Estou viva e sóbria. Mas ainda dá tempo de as coisas ficarem animadas.

— Sei. Está se divertindo?

— Hum, estou — revirei os olhos para o James. — Posso ir, por favor? Agora que provei que estou inteira?

— Está bem. Obrigada por cumprir o nosso trato, querida.

— Sem problema, Jurema — desliguei o mais rápido que podia. — Me desculpe por isso.

Eu estava prestes a dizer mais, mas aí "Audrey, espere!" saiu aos berros da jukebox no volume máximo e, por alguma razão, tanto James quanto eu nos afastamos um do outro.

— Foi mal — falei para ele de novo. — Me desculpe, são só três minutos e 49 segundos. Já vai acabar.

James encolheu os ombros.

— Não me importo. Volto já. — Aí ele se levantou e abriu caminho pela multidão até a jukebox, pescando uma nota amassada de um dólar em seu jeans superjusto. Eu o observei andar e vi um reservado com pessoas da nossa escola, rindo e olhando para mim. Eram eles que tinham escolhido a música, eu sabia. Então examinei meu cabelo para achar pontas duplas e fiquei brincando com meu hambúrguer vegetariano e esperando James voltar.

James voltou logo antes de a música acabar.

— Muito bem, só tinha que equilibrar a seleção musical — ele disse. Tirou um cacho de cabelo vermelho da frente dos olhos. — Espero que você goste.

— Se não é A Música, então eu vou adorar — garanti a ele. — Acredite em mim.

A música finalmente terminou e a seguinte começou. Algumas notas dissonantes e familiares de guitarra foram tocadas e então, *"I need someone, a person to talk. Someone who'd care to love, could it be you?"*

Violent Femmes. "Kiss Off". Perfeito. A mais pura e absoluta perfeição.

— Sério, James — comecei a dizer, mas eu estava sorrindo demais para falar. Além disso, a minha garganta estava coçando um pouco, como quando você é tomada pela emoção e não consegue falar.

"You can all just kiss off into the air! Behind my back I can see that stare!"

James estava cantarolando sem som, balançando a cabeça no ritmo. Quando ele me viu ficar toda emocionada, deu um sorriso largo e se inclinou para a frente.

— Só para você saber, vai tocar três vezes seguidas.

Retrospectivamente, foi absolutamente a pior coisa que poderíamos ter feito, atrair a atenção para nós, dois aficionados por música cantando junto com a canção para o restaurante inteiro ver. Mas era tão divertido e eu estava sentada com esse cara sensacional que ficava obcecado com compilações que fazia para mim e escolhia a música perfeita na hora perfeita. E ele não se importava com nenhuma das outras porcarias, tipo a MTV ou as revistas ou garotos aleatórios tentando me beijar ou o fato de que enquanto estávamos em nosso primeiro encontro, ouvimos uma música escrita sobre mim pelo meu ex-namorado. Eu gostava do James e James gostava de mim e nós dois sabíamos disso e, se vocês pensarem a respeito, isso é como um milagre. Um verdadeiro milagre. Todo mundo diz que bebês são um milagre, e não me entendam mal. Adoro bebezinhos fofos e gordinhos, mas, se pensarem bem, eu ter um bebê agora não seria um milagre. *De jeito nenhum.* Mas encontrar alguém que me entende? Isso é que é trabalho. É aí que estão os milagres.

E foi o que tornou todo o resto menos importante.

— Quer ir à RPM? — James perguntou depois que a música tocou pela segunda vez. — É a "terça-feira da música nova", sabe.

— Ah, acredite, eu sei. Claro, vamos.

Estávamos no meio do caminho para a loja de discos e eu estava investigando o MP3 player do James, tocando partes de músicas antes de achar uma de que eu gostasse mais, quando ele de repente virou à esquerda.

— Aonde você está indo? — perguntei. — Tem que ir em frente. (Eu sou meio que um pesadelo como motorista de carona. Jonah pode lhes contar histórias sobre mim que vão fazer vocês chorarem.)

— É, eu sei, mas — ele não parava de olhar pelo retrovisor e, quando chegou no cruzamento seguinte, virou à esquerda de novo. — Eles dizem... que você tem que...

Agora eu estava tentando olhar pelo retrovisor também.

— O que está acontecendo lá atrás?

— Acho... que estamos sendo seguidos?

— Por quem? Se for Sharon Eggleston, juro que vou arrancar sua garganta e entregá-la de volta para ela. Você pode ajudar, se quiser.

— Não acho que seja a Sharon — ele começou a fazer a terceira volta para a esquerda. — Se você acha que está sendo seguido por um carro, tem que virar quatro vezes à esquerda.

Eu olhei para ele.

— Como é que você sabe isso?

— Eu li num romance cafona de espionagem uma vez.

De repente eu imaginei James como um espião supergatinho, o que me distraiu do problema atual.

— É bem legal você saber disso — falei para ele.

— Eu também acho que é verdade. Quer dizer, a parte das quatro-viradas-à-esquerda.

Agora eu estava tentando ver pelo retrovisor externo.

— É só um carro?

— Hum, não.

— Quantos? — eu mal conseguia ver alguma coisa.

— Acho que... três? Talvez só dois? E eles podem ter câmeras?

Eu olhei para ele. Ele olhou para mim.

James falou primeiro.

— Então — disse casualmente enquanto entrava à esquerda pela quarta vez. — Você já deu um perdido nos paparazzi antes?

24

*"You can't be close enough unless I'm feeling your hearbeat..."**

— Hellogoodbye, "All of Your Love"

JAMES CONSEGUIU CHEGAR ao estacionamento da RPM Discos e lentamente estacionou o carro em uma vaga perto da entrada.

— Muito bem — falei. — Já vi isso na TV um monte de vezes. Não podemos correr, porque senão eles vão nos perseguir.

— Certo — James disse. Estávamos a dez segundos de deixá-los nos encurralar dentro do carro com suas câmeras e nós dois estávamos arrancando desajeitadamente os cintos de segurança e procurando a maçaneta da porta.

— E não dê uma de Naomi Campbell e tente bater neles — continuei. — Eles vão processá-lo e você vai ter que trabalhar o resto da sua vida no Scooper Dooper para pagar as custas do processo.

— Você fala como se já tivesse feito isso antes.

* Você não pode estar perto o suficiente a não ser que eu esteja sentindo seu coração bater...

— Não, só vi na TV. — Agarrei minha bolsa e comecei a abrir a porta. — Se todo o resto falhar — falei para o James —, deite-se no chão e se finja de morto.

— Não correr, não bater neles, me fingir de morto. Entendi. Vamos.

James e eu devemos ter parecido dois atletas malucos enquanto atravessávamos o estacionamento, sem correr, mas andando o mais rápido que nossas pernas conseguiam. Ainda assim, isso não impediu que os fotógrafos tentassem atrair a nossa atenção.

— Audrey, quem é o cara novo?

— Já ficou com ele, Audrey?

— Qual é o nome da banda dele?

— Audrey, aqui!

— É o seu primeiro encontro?

— Audrey, você já falou com Evan?

— O que você acha do sucesso de Evan, Audrey?

— Algum comentário a respeito dos Do-Gooders e dos Lolitas, Audrey?

Quando James e eu finalmente chegamos à porta da frente da RPM Discos, eu mal conseguia enxergar. Os flashes das câmeras estouravam e estouravam, até parecer que o mundo era cheio de estrelas que explodiam e, se James não tivesse meio que me empurrado para dentro da loja, acho que eu não conseguiria ver a porta da frente.

Depois que a minha visão clareou, percebi que a loja inteira estava olhando para nós. Bem, para nós ou para os fotógrafos, que ainda estavam tirando fotos pela vitrine. Até os funcionários superdescolados pareciam meio surpresos.

— Uau — um deles disse. Ele estava usando óculos emo de armação preta e quadrada e os empurrou de volta para cima do nariz. — Audrey. *Maneiro.*

Agora, eu compro na RPM desde que adquiri meu primeiro disco dos Strokes, mas nunca nenhum funcionário soube o meu nome, disse olá ou mostrou qualquer sinal de reconhecimento. Então, numa noite de primeiras experiências, essa era mais uma para acrescentar à lista.

— Oi — eu disse. — Há meio que um problema no seu estacionamento.

Acabou que o gerente da noite teve que descer e, como James disse, "regular aqueles putos dos paparazzi". Sei que o James falou isso para me fazer sorrir, e me fez, mas era muito difícil relaxar quando todo mundo na loja ficava me lançando olhares furtivos. Fomos para a seção de importados e comecei a verificar os *As*, mas podia ouvir o sonzinho de *clickclickclick* de câmeras de celulares sendo acionadas. Sempre que eu olhava para cima, porém, não havia sinal delas. E então, o sr. Óculos de Emo se aproximou e disse "Você está conseguindo encontrar o que deseja?" e ouvi o *clickclickclick* de novo e sabia que era só questão de tempo até que fotos minhas com ele acabassem na internet. Talvez ele já soubesse disso.

Enquanto isso, independentemente de quanto o gerente regulasse aqueles putos dos paparazzi, ele não podia impedir que mais deles esperassem na frente da loja. Eu podia vê-los do outro lado da porta, câmeras na mão, esperando que eu e James saíssemos de novo.

— Estou bem — disse ao Sr. Óculos de Emo, aí andei pelo corredor até onde James estava pesquisando os *Ls*. — Ei — falei. — Encontrou alguma coisa?

— Na verdade, não. — Ele largou a pilha de CDs, então eles caíram de volta no lugar, e aí olhou para mim. — Mas não estou prestando muita atenção.

— É. Nem eu — expliquei e fiz uma pausa. A deixa para a conversa constrangedora. — Você sabe que a sua foto vai estar em todos os lugares amanhã de manhã, não é?

James ficou roxo.

— A *minha* foto?

— Bem, é. É por isso que eles estão surtando. Sabem que estamos em um encontro.

— Ah. Ah, uau. Hum... — James olhou por cima da minha cabeça para a histeria do lado de fora da porta. — Isso é, hum... esquisito. Definitivamente esquisito.

— Ainda quer ser meu vizinho maluco no reality show?

— Bem, basta, por esse tipo de inconveniência eu quero aumento de salário e ser promovido a "interesse romântico". Que barulho de clique é esse?

— A câmera do celular de alguém.

— Ótimo.

— Vamos subir e olhar as promoções — eu disse a ele. — Nunca tem ninguém lá, são só CDs horríveis que não conseguem vender nem por um dólar.

Então, corremos para o andar de cima, onde eu estava certa — estava vazio a não ser por um funcionário lendo uma revista atrás do balcão de informações. Obviamente, ninguém o havia informado do bochicho no andar de baixo, porque ele não parecia minimamente interessado em mim ou em James. (Nota: a palavra bochicho não é sensacional? Decidi usá-la mais daqui por diante.)

— Melhor — James suspirou quando conseguimos fugir. — Muito, muito melhor.

Percorremos juntos os corredores, de mãos dadas enquanto ele pesquisava de um lado e eu pesquisava do outro. Mas aí começou a ficar mais e mais populoso e, quando estávamos na metade da seção, estava tão lotado no andar de cima quanto estivera no de baixo. O funcionário anteriormente indiferente agora parecia irritado.

— Eu acho — sussurrei para James — que se entrássemos no banheiro, de repente 50 pessoas iam ter que fazer xixi.

Quando finalmente acabamos de fazer nossas compras, James havia encontrado um velho CD importado dos Smashing Pumpkins e eu tinha o último CD do Qwery, essa nova banda louca que consistia de três irmãos canadenses e nenhum baterista.

— Sem baterista, certo? — James falou quando viu o meu CD.

— Já ouviu falar deles?

— Meu irmão os viu abrir para o Doomsday Scenario no ano passado.

— Seu irmão viu o Doomsday Scenario? — eu estava fora de mim. — Por que você não foi? E por que não *me* levou?

James suspirou profundamente.

— Era um show para maiores de 18 anos.

— Odeio quando isso acontece! Sabe quantos shows bons eu já perdi por causa disso?

— Provavelmente tantos quanto eu. Mas meu irmão disse que Qwery foi melhor do que Doomsday.

— Não é *possível*.

— Ele jura por Deus.

Estávamos descendo enquanto conversávamos, e provavelmente por causa disso não percebemos logo a comoção, mas, quando chegamos à base da escada, uma explosão de gritos veio do lado de fora.

Tipo, *gritos*.

Os flashes das fotos dos paparazzi anteriores não eram nada comparados a agora. Devia haver pelo menos 30 deles e as estrelas explodindo de antes haviam se tornado uma supernova gigante de *flash! click!* Eu também podia ver garotas do lado de fora e algumas delas estavam usando camisetas É TUDO DE BOM! e EQUIPE AUDREY. (O que, sendo a garota que nunca, *jamais* ia ser capitã de alguma coisa relacionada a esportes, foi meio que gratificante por um minuto.)

— Opa — James falou sussurrando e largou minha mão, que pareceu pesada e frouxa contra a minha perna. Nós dois estávamos só olhando, e aí olhamos um para o outro, porque era dolorosamente óbvio que não havia jeito no mundo de conseguirmos passar por aquelas portas e voltar para o carro dele. Não se não quiséssemos ser desfeitos em pedaços como perus no Dia de Ação de Graças.

Todo mundo estava gritando meu nome, as vozes mal abafadas pelas portas de vidro, e o segurança da loja estava de pé diante das portas com os braços cruzados. O gerente estava ao lado dele e, quando viu James e eu, veio correndo até nós e começou a nos empurrar de volta para o andar de cima.

— Saiam de perto da vitrine! Aqui, entrem no escritório! — falou enquanto nós dois nos virávamos e subíamos correndo as escadas junto com ele. — Não se preocupem; a polícia está vindo para tirá-los daqui em segurança.

— A polícia? — guinchei — Sério?

— Sério — ele disse. — Não se preocupem, isso aconteceu conosco quando fizemos uma sessão de autógrafos com aqueles garotos do *High School Musical*. Somos bem treinados em controle de multidões.

— O seu pai — James falou baixinho — vai me matar.

— Não vai, não — prometi. — Isso não é culpa sua.

— Muito bem, entrem aqui — o gerente falou, enfiando nós dois numa sala desguarnecida e sem janelas que tinha pilhas e pilhas de CDs e material promocional e pôsteres enrolados por todos os cantos. A vida de um gerente de loja de discos estava parecendo cada vez melhor, tenho que admitir. CDs gratuitos sendo enviados para você todos os dias? Bandas aparecendo para assinar autógrafos e se apresentar na loja? Poder ouvir música no trabalho? Podem me contratar, por favor.

Mas, naquela hora, só foi superaterrorizante. Eu estava tentando não surtar e podia ver que James estava tentando fazer a mesma coisa, apesar de suas bochechas estarem vermelhas e de não parar de enfiar o cabelo atrás da orelha.

— Audrey, posso trazer alguma coisa para você? — o gerente perguntou. Quando eu balancei a cabeça, ele se virou para o James. — James?

— Não, obrigad... espere. Como é que você sabe o meu nome?

— A imprensa lá fora parecia saber quem você era.

— Como é que *eles* sabem meu nome? — Agora James estava começando a parecer alarmado.

— Quem quer que tenha nos visto no restaurante e ligado para eles, contou — suspirei. Era muito fácil juntar as peças.

— Ah, cara — James sentou de volta na cadeira, as pernas abertas. — Ah, cara. Merda.

Era a deixa para o meu complexo de culpa.

— Eu sinto tanto — eu não parava de dizer a ele depois que o gerente voltou para baixo. — Eu sinto tanto. Eu sinto tanto, tanto.

— Não, espere, por que está pedindo desculpas? — James rolou sua cadeira até a minha para podermos ficar sentados um ao lado do outro.

— Porque eu fiz isso com você e agora todo mundo vai começar a ligar para a sua casa e a sua foto vai estar em todos os lugares e...

— Mas a culpa não é sua, certo? Quer dizer, você não fez nada disso, fez?

Olhei para as minhas mãos no colo.

— Eu não devia ter saído com você agora. Isso não é certo. Não é justo com você ou com a sua família ou só...

James passou uma das mãos pelo cabelo e suspirou fundo.

— Está bem, Audrey, olhe...

— Eu gosto, por falar nisso.

— Gosta do quê?

— Quando você diz o meu nome. Porque às vezes as pessoas só dizem "Aud", que soa estranho.

— Bem, "estranho" é uma boa palavra para você, eu tenho que admitir. Mas, sério, Audrey — nós dois sorrimos quando ele falou o meu nome de novo —, isso não é culpa sua. E eu prefiro estar saindo com você e sendo perseguido pelos paparazzi do que o contrário.

— Sério?

— Juro por Deus.

— Porque provavelmente isso vai acontecer muito. Pelo menos por enquanto.

— Ainda vou poder dirigir igual ao James Bond? Porque aquilo foi bem legal.

— Aquilo *foi* legal — eu dei um sorriso largo. — Você e o seu negócio de virar quatro vezes à esquerda.

— Obrigado, eu tento.

— E também foi sexy, você fingindo ser tipo, todo espião.

— Sério?

— Sério. Se não fosse botar nossas vidas em perigo, eu teria dado uns amassos em você bem ali.

James corou até as orelhas.

— Ah, é? — sua voz soava um pouco mais aguda do que o normal.

— É — rolei minha cadeira de rodinhas para mais perto da dele. — Quer refazer essa cena?

Se beijar Simon tinha sido como um incêndio na floresta, beijar o James era algo menor e mais forte. Eram velas de aniversário, feitas de bons pensamentos e fortes esperanças e desejos e promessas. Eu precisava de um pouco dessas coisas agora.

— Sabe — James falou depois que nos separamos. — Estou realmente ansioso pelo dia em que não vamos estar nos beijando em frigoríficos ou escritórios esquisitos.

— Pelo visto — eu disse a ele — esses dias estão muito, muito longe.

25 *"Swallowing panic in the face of its force..."**

— Joanna Newsom, "Peach, Plum, Pear"

O SEGUNDO TELEFONEMA que dei para os meus pais naquela noite foi um pouco mais memorável do que o primeiro.

— Hum, mãe? — eu disse e acho que a minha voz soou engraçada, porque ela entendeu.

— Uh-oh.

— Hum, é. Os paparazzi. Eles seguiram James e eu do restaurante. E agora estamos meio que encurralados na loja de discos.

— Encurralados?

— Pelos paparazzi. E alguns fãs. Mas está tudo bem, porque a polícia está a caminho...

— A polícia?

— A polícia! — meu pai piou de repente ao fundo.

— Audrey, já estamos indo — minha mãe falou e desligou antes que eu pudesse lhe dizer para deixar o papai em casa. E não que eu quisesse que meus pais aparecessem no

* Engolindo o pânico frente à sua força...

meu primeiro encontro com James, mas foi meio um alívio pensar que pessoas que eram muito boas em estar no comando iam aparecer logo.

Depois que minha mãe e meu pai chegaram lá e perceberam que James e eu estávamos bem e não estávamos traumatizados nem nada, meu pai perdeu a cabeça.

— Está querendo me dizer — ele estava gritando para um policial qualquer do lado de fora do escritório — que a minha filha de 16 anos não pode nem sair num simples encontro sem ser atormentada dessa maneira?

Eu olhei para o James.

Ele olhou para mim.

Minha mãe olhou para mim.

James olhou para minha mãe.

Minha mãe olhou para o James.

Eu olhei para a minha mãe.

— Eu pago impostos! — meu pai continuou. Eu havia ouvido essas palavras tantas vezes antes, mas normalmente elas estavam sendo resmungadas para a TV ou um jornal, não gritadas para a polícia. — E espero que a minha filha tenha os mesmos direitos que qualquer outro adolescente nesta cidade e...

— Senhor, eu entendo a sua frustração, mas, neste momento, a sua filha não é uma adolescente normal e...

— Não sou normal? — perguntei.

— Não é normal? — meu pai berrou. — Ela é tão normal quanto o resto!

— Bem, quando você coloca desse modo... — falei, pensando em todas as pessoas na nossa escola com quem eu nunca ia querer parecer.

— Agora não, Aud — minha mãe estava esfregando a cabeça daquele jeito de dor de cabeça.

— Me desculpe, mas, mãe, pode por favor fazer o papai parar? Antes que alguém bata na cabeça dele com um porrete?

Acabou sendo o pior conselho que eu podia dar a ela, porque ela saiu para acalmar meu pai, mas aí foi sugada para dentro da discussão e logo virou a polícia *versus* meus pais. Eu podia ouvir o policial tentando apaziguá-los, mas sabia que era inútil.

— Ele está fazendo tudo errado — eu disse a James.

— Acredite, quando eles estão jogando em equipe, não se pode detê-los.

— Eles parecem bem irritados — James falou. Ele havia empalidecido consideravelmente quando meu pai começou a gritar e mais ainda quando minha mãe se juntou a ele.

— Eles se conheceram num comício em Berkeley — suspirei. — Justiça social é meio que a parada deles.

— Ah.

— Ainda quer ficar comigo?

— Ainda acha que o seu pai não vai me matar?

— Acho.

— Então, quero — James ficou em silêncio por um minuto. — Tem certeza de que ele não vai me matar?

— *Justiça* social, lembra?

Mas aí a gritaria começou novamente e tanto James quanto eu suspiramos e caímos de volta nas cadeiras.

— Eu estou morto — ele gemeu.

Acabou que os policiais tiveram que sair e dizer para todo mundo para chegar "PARA TRÁS! PARA TRÁS, POR FAVOR!" antes que pudéssemos sair da loja. Quando saímos, os flashes explodiram mais uma vez e minha mãe ficou tentando segurar seu suéter por cima da minha cabeça, mas só conseguiu me sufocar com fibras sintéticas e me fazer pisar na parte de trás dos tênis Vans do James, que prontamente saíram do pé. Eu queria muito segurar a mão dele, só para poder saber que ele estava ali e para ele saber que eu estava ali, mas não podíamos fazer isso de jeito nenhum, não com todas as câmeras. E, além do mais, havia alguns caçadores de autógrafos, empurrando capas de revisas da semana passada na minha direção, tentando me fazer assinar a matéria sobre mim e Simon. Passei por todos eles e por suas canetas Sharpie e segui todo mundo até o estacionamento.

— Cabeça baixa, pés para a frente — um dos policiais disse enquanto atravessávamos o pátio.

Foi o melhor conselho que ouvi naquela noite.

26

*"By protecting my heart truly, I got lost in the sounds..."**

— Regina Spektor, "Fidelity"

A MANHÃ SEGUINTE só trouxe mau humor e raiva mal direcionada, que não são os melhores sentimentos para se ter depois de um primeiro encontro. Dormi supermal naquela noite, com paparazzi e flashes de câmeras se escondendo na minha cabeça, estourando todas as vezes que eu fechava os olhos. A julgar pela aparência dos meus pais na manhã seguinte, eles dormiram tanto quanto eu.

— Quer comer alguma coisa? — minha mãe me perguntou. — Talvez ovos, sei lá? — eu podia ver que ela se sentia mal por mim, já que a nossa família sempre teve uma postura independente em relação ao café da manhã. Eu botava sozinha o cereal na tigela desde que tinha 3 anos e descobri como escalar as prateleiras da despensa. Ovos poderiam muito bem ser um costume estrangeiro, no que dizia respeito a comê-los no café da manhã.

---

* Ao proteger o meu coração verdadeiramente, eu me perdi nos sons...

— Eu como a caminho do colégio — falei para ela. O tempo do lado de fora estava cinza e nublado, um clima totalmente lastimável e eu peguei a caixa inteira de cereais e uma banana. — Procure amanhã no jornal fotos minhas comendo direto da caixa — eu lhe disse. — Tenho certeza de que vão ser superlindas.

— Querida, não pode deixar que isso...

— Mãe — parei no meio do caminho e me virei. — Eu não. Quero falar. Sobre isso.

Ela respirou fundo e eu podia ver que estava decidindo se devia ou não forçar o assunto.

— Está bem — ela finalmente falou. — Tenha um bom dia na escola.

— Que parte? A parte em que eu fico presa na secretaria sem ninguém com quem conversar o dia inteiro? Tenho certeza de que isso vai ser especialmente supimpa. Ou talvez quando todo mundo começar a perguntar sobre mim e James e tentar conseguir informações para dar para os repórteres. Isso pode ser um belo ponto alto.

E saí antes de poder ver que a havia magoado.

Tenho certeza de que eu parecia meio louca, entrando na escola com passos pesados e segurando uma caixa de cereais enfiada debaixo do braço, meu cabelo voando para todos os lados e bolsas inchadas debaixo dos olhos. Havia uma nova faixa estendida pelo teto do corredor principal, bem na direção do meu armário, e eu torci o pescoço para ler. AUDREY, ESPERE! ESTÁ EM 10º!, dizia. VAMOS LEVÁ-LA PARA O 1º! PARA A FRENTE, DO-GOODERS!

— Ei, superstar — alguém disse para mim e eu mostrei o dedo médio sem nem olhar para ver quem havia falado.

— Ei, Aud, eu estou brincando. Espere aí, eu estava brincando!

Olhei por cima do ombro e vi Jonah correndo para me alcançar.

— Eu juro, só estava brincando — ele disse de novo, assim que estava perto o suficiente. — Não me mate.

— Ah, meu Deus, me desculpe — suspirei. — Só estou no pior dos humores, Jonah.

— É, eu soube do seu encontro ontem à noite.

— Quem contou?

— Victoria. Quem mais?

— Mas eu ainda nem falei com ela sobre isso!

— Ela viu as fotos online.

— Ela está aqui?

— Está, ela está em algum lugar — Jonah olhou pelo corredor. — Vai encontrar você, tenho certeza. Está toda entusiasmada com algum negócio de reality show? Eu realmente não sei do que ela está falando.

— Considere-se com sorte.

— Você vai participar de um reality show?

— Você assistiria, se eu participasse?

— Eu gravaria essa merda no TiVo, com certeza — ele cutucou o meu ombro. — Então, cadê o seu novo namorado?

— Provavelmente se escondendo em algum lugar para me evitar — apesar de todas as afirmativas de James na noite anterior, eu ainda achava que nosso primeiro encontro havia sido dickensoniano demais com o seu drama "foi o melhor dos tempos, foi o pior dos tempos". E, para ser sincera, não era esse tipo de animação que eu estava procurando. Eu estava esperando animação de freezer de sorvete, se é que vocês me entendem. Ou até mesmo só uma conversa onde não fôssemos interrompidos por uma câmera.

— Bem, se algum cara se esconder para evitá-la, você só precisa me dizer e eu dou um jeito no idiota — Jonah bateu com o punho em sua palma aberta e então deu um sorriso largo. Quando Jonah sorri assim, você não consegue não sorrir de volta, principalmente porque nós dois sabíamos que ele nunca bateria em ninguém. Ele nem mata aranhas. (Diferente da Victoria, que as trucida com uma revista enrolada.)

— Valeu, Jonah — eu disse a ele. — Você é um amigão.

— Não esquenta.

— Quer um pouco de cereais? — E lhe ofereci a caixa.

Ele deu uma espiada para dentro.

— Cadê os marshmallows?

— Nada de marshmallows. Só fibras e boa saúde e o gosto que as crianças adoram — sacudi a caixa na frente dele.

Jonah franziu o nariz.

— Cara, as crianças adoram o gosto dos marshmallows.

Eu dei de ombros.

— Então sobra mais pra mim.

Logo antes do primeiro sinal tocar, eu recebi uma mensagem de texto da Victoria. "Banheiro, 9h30", ela escreveu e eu mandei um "OK" de volta. Isso havia se tornado nosso método furtivo preferido para conversar no colégio, já que não tínhamos nenhuma aula juntas e de jeito nenhum íamos esperar até depois das aulas. Tanta coisa podia acontecer entre 8h15 e 14h! Queriam mesmo que eu esperasse tanto para falar com ela?

Levei a caixa de cereais comigo para a nossa reunião.

— Hum, belo café da manhã — ela disse. Estava na frente do espelho do banheiro, passando produtos nas micropontinhas dos cabelos.

— Só por causa disso, você não vai poder comer — falei enquanto abria as portas de cada cabine, verificando se alguma delas estava ocupada. — Você viu aquela faixa ridícula?

— É, eu sei. Há uma equipe fazendo, tipo, maratonas de telefonemas para pedir a música nas rádios pelo país inteiro. Os Do-Gooders são a coisa mais famosa que já saiu desta escola, além de você.

— Que ótimo.

Ela se virou para ficar de frente para mim. Suas bochechas estavam rosa brilhante de tanta animação.

— Mudando de assunto, Aud. Isso. É. *Incrível*.

Não era a reação que eu estava esperando.

— Como disse?

— Você foi inundada de mídia na RPM Discos! Eles lhe deram alguma coisa de graça? Ou uma farra de compras? Ou um vale-presente? Pode pelo menos ter desconto? Os seus amigos podem ter desconto?

— Do que está falando?

— Você lhes deu tanta publicidade! — ela guinchou. — Diga que pelo menos eles lhe deram algum material promocional.

Eu podia sentir o início de uma dor de cabeça enorme.

— Não, eu só queria dar o fora de lá.

— Bem, talvez quando eles fizerem o reality show, possam filmar algumas cenas...

— Eu não vou fazer um reality show, Victoria. Para começar, você nem ganha nenhum dinheiro fazendo isso — eu estava prestes a continuar com a minha lista de por que não quando olhei no espelho e vi os círculos embaixo dos meus olhos. — Você tem creme? — perguntei para a Victoria — Eu estou com olheiras.

Ela pegou um potinho de creme e o entregou para mim.

— Você não ganha dinheiro com o programa diretamente, mas aí todo mundo vai ver você e aí os anunciantes, digamos, a RPM Discos...

— Está bem! — interrompi. — Sabe de uma coisa? Podemos simplesmente não falar sobre isso agora? Podemos talvez falar sobre algo mais importante, como o fato do meu primeiro encontro com o James ter sido interrompido por um milhão de fotógrafos, cinco policiais, dois funcionários da RPM entusiasmados *demais* e não vamos nos esquecer dos meus pais, que entraram num bate-boca com os cinco policiais? Acha que *talvez* a gente possa discutir isso! Porque eu gostaria, se não tiver problema para você!

Victoria pareceu um pouco surpresa. Não sou de gritar, mas, quando atinjo o meu limite, eu atinjo a porra do meu limite.

— Está bem — ela disse depois de alguns segundos. — Vamos conversar. Não se segure.

Eu ignorei seu papo sarcástico de analista.

— James me odeia! — choraminguei.

— Ele realmente disse isso?

— Não, mas...

— Ah, então, por favor, para com isso. Ele não fez absolutamente nada para provar ser confiável ou leal a você.

Agora foi a minha vez de ficar em silêncio por alguns segundos.

— Eu sei — finalmente admiti enquanto passava um pouco de creme para os olhos, e aí devolvi o pote para ela.

— Quer um pouco de cereal? O seu namorado odiou.

— É, eu sei. Ele só come cereais com marshmallows. Mesmo assim, ele só vasculha e separa os marshmallows. É nojento — ela enfiou a mão na caixa e puxou um punhado. — Então, quando você vai ver o James de novo?

— Vamos nos encontrar na biblioteca na hora do almoço.

— Aah, que escolha mais sexy de local. Os livros empoeirados, todo o desejo escondido, as lombadas intactas...

Eu lhe dei um olhar estranho.

— O fato de que ninguém nunca vai lá.

— É, também tem isso — ela olhou para o relógio. — É melhor você voltar para a sua sala de aula.

De repente, eu não queria deixá-la. Apesar de ser mais mandona e ter mais opinião do que um juiz da Suprema Corte, ela era minha amiga. Ela era familiar. Ela era a Victoria.

— Não pode fingir que está doente, sei lá, e ir me visitar? — falei, tentando parecer solitária e lamentável.

— E foder com a minha média? Já sacrifiquei o prêmio de Presença Perfeita.

— Não sei se catapora conta como "sacrificar".

— Ainda assim — ela arrumou o cabelo uma última vez e então deu uns tapinhas no meu ombro. — Vamos lá. Aguente firme. Há vinte mil garotas que dariam o olho esquerdo para ser você neste momento. Podia ser pior.

— Ah, então agora eu não sou grata o suficiente por ter tido a minha vida interrompida? — aquela raiva efervescente estava começando a subir de novo.

Victoria suspirou e segurou a porta aberta.

— Venha — ela disse. — Vamos voltar para a sua vida louca. Não esqueça a caixa de cereal.

Quando finalmente encontrei com James na seção de Animais & Vida Selvagem da biblioteca da nossa escola, eu havia consumido metade da caixa e sentia como se estivesse usando um grande cereal em volta da cintura. Acho que, *tecnicamente*, não era permitido comer durante o horário das aulas, mas Connie, a secretária, não estava falando nada. Ela provavelmente sabia sobre o meu encontro com o James na noite anterior, graças à sua filha e, além disso, ela e eu havíamos formado uma espécie de sociedade silenciosa. Ela me deixava comer cereal direto da caixa e desaparecer no banheiro por vários minutos e eu não falava nada quando ela fingia estar com dor de cabeça e dava uma escapada para fazer o cabelo.

— Aqui — falei quando vi o James na biblioteca. — Por favor, pegue. Vou explodir.

Ele sorriu e pegou a caixa.

— Então meu irmão começou a me chamar de Rei dos Garanhões — ele respondeu. — Acho que não é um elogio.

— Posso pedir desculpas mais uma vez?

— Claro, vamos fechar em um milhão redondo — ele retrucou.

Eu estava prestes a dizer mais, mas aí ele me beijou e, por um breve instante, tudo ficou bem.

— Oi — ele disse baixinho quando nos separamos.

— Oi — eu suspirei. — Senti sua falta.

— O Rei dos Garanhões também sentiu sua falta — eu podia ver que ele estava curtindo seu novo apelido.

— Hum, esse negócio de terceira pessoa não vai funcionar para mim, Rei dos Garanhões — eu disse a ele. — E nem a parte do "Rei dos Garanhões".

— Está bem, tudo bem, já parei — ele segurou os meus cotovelos e deu um passo para trás. — Uau. Você parece exausta.

— É, bem, essa iluminação fluorescente não é exatamente a melhor amiga de uma garota.

— Conseguiu dormir alguma coisa ontem à noite?

— Não. Você conseguiu?

— Não. Eu meio que estava ligado com a adrenalina.

— Sei o que quer dizer.

— Achei que saberia — ele afastou o cabelo do meu rosto e eu deixei. — Seus pais ainda estão tendo ataques cardíacos?

— Não, eles estão calmos. Pelo menos por enquanto. Mas, quem sabe? Mais uma revista, mais um telefonema da *US Weekly*? Eles podem surtar. Não vai ser bonito — olhei em volta nas duas direções antes de puxá-lo mais para dentro do corredor. — Mas, sério. Eles podem me fazer parar de trabalhar no Scooper Dooper.

— Sério? — James parecia arrasado.

— Sério. Acho que ontem à noite foi a gota d'água. Pelo menos para mim. Tenho sorte se vir a luz do sol novamente antes do Ano-Novo — eu ainda o estava puxando mais para dentro do recesso do corredor. — Olhe só para mim, já estou tão paranoica. Daqui a duas semanas, provavelmente vou estar botando cadeados de combinação na geladeira. Só espere.

— O trabalho vai ser tão chato se você não estiver lá — ele meio que parecia um cachorrinho rejeitado, todo indefeso e triste. Era terrível.

— Bem, eles não disseram que tenho que sair já — observei. — Talvez não me obriguem a sair.

Mas aí nenhum de nós dois disse nada e tanto James quanto eu sabíamos que era só uma questão de tempo antes que eu estivesse oficialmente desempregada. Não éramos idiotas. Nós dois estávamos lá quando nosso primeiro encontro terminou com uma escolta da polícia.

— Que droga — ele finalmente suspirou. — Que droga, que droga, que droga.

— Quer passar lá em casa depois da aula? — perguntei depois de um minuto, tentando pensar em maneiras de fazer com que nós dois nos sentíssemos melhor. — Você devia aproveitar a oferta antes que eu seja trancada na garagem, sabe.

Ele deu um sorriso largo.

— Vai me mostrar sua colagem na parede?

— Talveeeez. Vai alugar uns filmes antes de ir para lá?

— Talveeeez. O que você quer?

— Algo violento e cheio de sangue, com emoções e arrepios de cair o queixo — esperei até o rosto dele mostrar o nível apropriado de choque. — Rá! Estou brincando! Você escolhe.

James ergueu uma sobrancelha.

— Está bem, na minha limitada experiência de namoro — ele falou — e estamos falando de *limitada* experiência de namoro, as garotas dizem para você escolher o filme, mas não querem dizer isso. Elas só o estão testando.

— Esse é o tipo de coisa que garotas como Sharon Eggleston fazem — eu disse a ele e aí vi enquanto o sorriso deixava seu rosto. — O que foi? Ela está atrás de mim com um facão ou algo assim?

— Não, mas... — ele suspirou profundamente. — Está bem, você tem que prometer que não vai enlouquecer nem nada.

— Não vou enlouquecer — mas na verdade estava cruzando os dedos atrás das costas. — O que foi?

— Ouvi essa garota falando hoje na minha aula de História. Sabe a que está sempre com a Sharon e que estava no Scooper Dooper naquele dia?

— Natasha — eu disse a ele. — A que respira pela boca.

— É, essa. Continuando, ela estava falando para umas outras meninas que foi a Sharon quem ligou para os paparazzi e lhes contou que nós estávamos na lanchonete ontem à noite. E que eles lhe pagaram 250 dólares, em dinheiro, pela informação. E você prometeu — ele acrescentou rapidamente — que não ia enlouquecer.

— Enlouquecer é uma reação muito suave! — gritei, e aí me lembrei que estávamos em uma biblioteca. — Ela é mais suja do que o fundo de um lago. Ela é, Deus, eu nem consigo pensar em nada tão nojento quanto a Sharon! Não só ela arruinou o nosso encontro, como ganhou dinheiro fazendo isso! Ah!

James se inclinou um pouco para a frente.

— Está bem, respire — ele pediu — E ela realmente o arruinou? Porque foi meio divertido. Pelo menos até os seus pais aparecerem.

Respirei fundo e percebi que ele tinha razão. Enquanto Sharon tinha ficado em casa e dado telefonemas secretos com Natasha, eu estava em um encontro. Eu preferia isso a 250 dólares a qualquer hora.

— *Foi* divertido — admiti. — Mas eu ainda a odeio.

— Legal — ele sorriu e esperou até eu sorrir de volta. — Então, que filmes eu vou levar?

— Qualquer filme. Estou falando sério, estou aberta a qualquer coisa.

— E se tiver coelhinhos animados?

— *Adoro* coelhinhos animados!

Ele deu um sorriso malicioso.

— De algum modo, você não me parece do tipo de coelhinhos animados.

— E o que faz você presumir isso? — passei meus braços em volta da cintura dele e coloquei o meu queixo bem em cima do seu esterno, virando o rosto para olhar para ele.

— Humm?

— Acho que pode ter sido aquele pingente de faca no seu colar ontem à noite.

Algo dentro de mim se acendeu quando ele disse isso. Um monte de pessoas havia me visto ontem à noite, mas só uma havia percebido os detalhezinhos. Só uma pessoa estivera perto o suficiente para ver o que realmente importava. E essa pessoa estava comigo agora.

27

*"Ten days of perfect tunes, the colors red and blue..."**

— The Knife, "Heartbeats"

NAQUELA TARDE, depois que James veio à minha casa e consumimos um saco de doces vermelhos e DVDs de *O estranho mundo de Jack* e *Diário de uma paixão* ("Dois polegares para cima pela escolha", eu disse quando ele ergueu os filmes e esperou para ver a minha reação. "Viu, nenhum julgamentozinho!"), nós subimos para ver minha parede de colagem. Minha mãe estava no andar de baixo, então tivemos que deixar a porta aberta, mas eu estava perfeitamente feliz em só deitar com ele na minha cama, mais nada. Com Evan, estávamos sempre falando sobre ele. Mesmo quando estávamos abraçadinhos, ele ficava falando sem parar sobre a banda, suas músicas, quem não estava falando com quem e assim por diante. Uma vez, eu até adormeci no meio do falatório, cansada demais para ligar para mudanças de acordes ou pontes. Nunca havia um momento para ficar em silêncio.

---

* Dez dias de músicas perfeitas, as cores vermelho e azul...

Com James, porém, de jeito nenhum eu ia cair no sono. Parecia que cada terminação nervosa estava vibrando de felicidade e, apesar de estar toda aconchegada e satisfeita, eu estava queimando de adrenalina. Ou podia ser o açúcar dos doces, mas isso não é muito romântico.

— Sua vez — ele me falou, me entregando um centavo do meu vidro de moedas. Tínhamos inventado nosso próprio jogo, que envolvia jogar moedas na minha parede de colagem. Depois que ela batia em uma foto, nós ouvíamos uma música daquela banda. Até agora, havíamos ouvido o single novo do Doomsday Scenario; Scenic Panic, uma banda local que havia conseguido uma matéria de uma página numa revista do Reino Unido duas semanas antes; e duas músicas do AFI, já que o pôster deles era um dos maiores na minha parede.

Tomei o centavo dele e o arremessei direto na testa da Björk.

— E isso é por ter usado um vestido de cisne — falei enquanto varria suas músicas antes de clicar em "All is full of love". — Prepare-se para algo meloso e brega — eu disse a James.

— Ela vestiu um cisne?

— Para a entrega do Oscar. É uma longa história — me enrolei de volta nele e observei enquanto Bendomolena entrava silenciosamente no quarto, balançava a cauda duas vezes e saía do quarto de novo. — Viu isso? Ela está marcando território. Está com ciúmes de você.

— E devia sentir mesmo. Com este corpão, este cabelo... — ele esticou a mão para cima e puxou uma mecha rebelde de cabelo ruivo. — É muita coisa para invejar.

Dei um sorriso largo e pressionei meu rosto contra o zíper do capuz dele.

— Ai! — e voltei à realidade.

— Você acabou de marcar seu próprio rosto como uma grelha?

— Não é da sua conta. E acontece que eu gosto do seu cabelo.

— E do meu corpão?

Ergui a cabeça só tempo suficiente para olhar para ele.

— Não posso chamar de seu "corpão" — falei para ele. — Não sem rir tanto a ponto de fazer xixi nas calças.

— Nada de Rei dos Garanhões, nada de "corpão" — ele suspirou audivelmente. — Você não me deixou nada. Sou um homem vazio.

— Não, você tem a mim — eu disse, acomodando novamente minha cabeça em seu peito.

Ficamos ambos em silêncio enquanto sua mão se emaranhava no meu cabelo, enquanto eu ouvia as batidas do seu coração no meu ouvido.

— Posso ouvir seu coração batendo — falei depois de um minuto. — Boas notícias. Você está vivo.

— Audrey?

— Hum?

— Eu gosto muito de você.

— Eu sei. Também gosto de você.

— Não, eu sei que você sabe. E sei que você também gosta de mim. Eu só...

Ele fez uma pausa por um minuto e então alisou o meu cabelo, que ele havia acabado de emaranhar.

— Só quero que você saiba disso, está bem? Não quero que tenha medo de que eu não possa lidar com isso. Quer dizer, você sabe, o que quer que *isso* seja — ele fez um gesto com a mão para indicar a insanidade geral que havia tomado conta da minha vida.

Seu coração estava batendo ainda mais forte agora e eu fechei os olhos e tentei baixar minha pulsação para ficar no ritmo da dele.

— Não tenho medo disso — murmurei, e não tinha. — Isso não me assusta.

— O *que* a assusta?

Pensei por um minuto, batendo com o dedo indicador no meu lábio superior.

— Fantoches feitos com meias.

— Como disse?

— Eles são aterrorizantes.

Eu podia ouvir sua respiração ficar presa nas costelas.

— Audrey, são só meias.

— É, eu sei. *Mas elas falam.*

Mais uma pausa.

— Você sabe que fantoches de meias não são de verdade, não é?

— Não, mas pense a respeito — eu me sentei um pouco para poder ver o rosto dele. — Não é aterrorizante um cara ter pego uma meia velha... *e lhe dado olhos?* Na verdade, todos os fantoches são assustadores. E bonecos de ventríloquo. Ah, Deus, bonecos de ventríloquo — estremeci. — Posso mudar minha resposta para bonecos de ventríloquo?

James piscou.

— Você é louca.

— Não, só tenho consciência de mim mesma.

— Então, nada de teatrinho de fantoches na sua próxima festa de aniversário. Entendido.

— Nada de animais de balões também. Também são esquisitos. Principalmente quando estouram.

James revirou os olhos.

— Você é a pessoa mais autoconsciente que eu já conheci.

Nós dois estávamos fazendo força para não sorrir, mas fraquejei primeiro e caí na gargalhada. (Deve ser observado que eu não sou de cair na gargalhada. A minha risada é bem grossa. Acho que "pato zangado" foi a forma como Victoria a descreveu uma vez, logo antes de eu tentar estripá-la.)

— Tem certeza de que está pronto para o que quer que aconteça? — perguntei a ele depois que me recuperei. — De verdade, para valer?

— Manda ver.

— É — concordei enquanto deitava minha cabeça de volta no peito dele. — Manda ver.

28 *"This fame thing, I don't get it..."**

— R.E.M, "E-Bow the Letter"

É CLARO QUE, quando você diz "Manda ver", parece maneiro e forte na hora. (Também deve ser observado que *As apimentadas* é um filme sensacional e me fez querer ser líder de torcida durante uns cinco segundos, antes de eu perceber que eu + acrobacias = morte.) Mas as pessoas definitivamente mandaram ver. Deus do Céu, como mandaram.

A imprensa, é claro, havia se tocado do fato de que o cara ruivo com quem eu tivera um encontro era o mesmo cara que trabalhava comigo e agora fotos do James no trabalho estavam em quase todos os websites, tiradas por 20 milhões de câmeras de celulares. (Se querem saber como é ser famoso, faça com que mil pessoas apontem as câmeras de seus celulares para você e comecem a clicar. É fama instantânea). E Sharon Eggleston, que provavelmente comeria terra e insetos ao vivo na TV só pela chance de ser famosa,

* Esse negócio de fama, eu não entendo...

descobriu isso e decidiu começar a andar pelo Scooper Dooper para sair nas fotos.

Não que alguém desse a mínima para ela.

Em vez disso, a última fofoca era quem ia ser escalado para fazer o vídeo. Quando os Do-Gooders foram filmar seu trabalho acústico para a AOL (aquele que teve um zilhão de visitas quando foi postado online, tenho certeza de que viram), deram uma entrevista onde falaram sobre quem estava sendo escalado para o próximo vídeo. (Está bem, eu assisti à entrevista online como todo mundo. Eu admito.)

— Ainda não sabemos — Evan disse. Ele estava bebendo chá, o que me surpreendeu. O Evan odeia chá, diz que tem gosto de mijo. — Talvez a gente chame a própria Audrey, quem sabe?

— De jeito nenhum — foi a minha resposta.

Mas, para a imprensa, essa espécie de resposta em aberto lhes deu tudo de que precisavam para começarem a especular sobre quem iria fazer o vídeo. "Novatas brigam por 'Audrey, espere!'", uma revista berrou. James e eu folheamos a revista juntos, lendo nossas partes favoritas em voz alta. Lá pelo quarto parágrafo, eu estava chocada.

— De acordo com uma fonte, "Todas as garotas querem esse papel" — li em voz alta para James enquanto ele vasculhava a caixa de biscoitos para encontrar um inteiro. — A gravadora mantém segredo, mas estão se espalhando boatos de que Ashlee, Lindsay e várias outras estrelas *teen* estão na disputa. Até a própria Audrey pediu para estrelá-lo.

— Quem é a fonte deles? — James riu. — Sharon Eggleston? É essa a fonte deles?

— Ah, meu Deus — engasguei. — Eles acham que sou igual a *essas* meninas! Acham que ando por aí e bato com o carro e esqueço de usar calcinha — eu me afundei na cadeira da cozinha e fiquei olhando para James. — Estou tendo uma crise existencial. Passe os biscoitos.

Ele me entregou a caixa.

— Só sobraram umas migalhas no fundo da caixa — ele falou. — É um massacre.

— Você vai me trocar pela Paris se ela for escalada para o vídeo?

— Vou — ele falou seriamente. — Que bom que finalmente podemos falar sobre isso. Ela é o tipo de garota pela qual esperei a minha vida inteira.

— Acha que ela topa?

— Claro que ela topa — ele jogou mais algumas migalhas na boca. — Estou namorando uma celebridade, você não soube? Estou bem no nível dela.

Fazer compras de Natal passou a ser algo totalmente fora de questão. Pensei em tentar ir a algumas lojas fora do caminho, a duas cidades de distância, e tentar me misturar aos consumidores, mas alguns paparazzi correram pelo meio de um cruzamento movimentado quando me viram entrar na Winkin' and Blinkin', uma loja muito legal de eletrônicos. Infelizmente, quando eles correram pelo dito cruzamento, estavam contra a luz e acabaram causando muitas buzinadas e xingamentos, assim como duas brigas.

Enquanto tudo isso estava acontecendo, o dono da Winkin' and Blinkin' ficava me pedindo para assinar alguma coisa — "qualquer coisa!" — que ele pudesse botar na vitrine, como se eu fosse uma celebridade de verdade.

— Não, tudo bem, tudo bem — eu ficava repetindo com esse sorriso idiota de constrangimento colado no meu rosto enquanto assistia à carnificina que se desenrolava do lado de fora. Quando finalmente consegui sair da loja, tive que enfiar o presente do meu pai dentro da bolsa para que ninguém tirasse fotos e estragasse a surpresa, mas aí ele caiu para fora logo antes de eu entrar no carro e, pode apostar, os fotógrafos viram o que era; uma agência de notícias idiota soube e publicou a matéria em algum guia de compras de Natal. E, de repente, todos no mundo ocidental *tinham* que ter esse controle remoto universal e *tinham* que comprá-lo na Winkin' and Blinkin'.

Victoria acrescentou a loja à sua lista de Lugares Onde Podemos Ganhar Coisas de Graça.

Em 20 minutos, eu havia indiretamente causado dois acidentes de carro e criado o presente de Natal para adultos mais popular de todos. Eu era como um duende do inferno. Um antiduende. Mas a pior parte foi que tive que dar o presente do meu pai antes, já que todo mundo sabia o que era. Ele também meio que partiu meu coração, porque ficou tentando parecer surpreso enquanto o desembrulhava, apesar de nós dois sabermos que não estava.

Aí, alguns sábados antes da escola fechar para as férias de Natal, eu estava toda preparada para embrulhar presentes no shopping como voluntária, como parte das minhas responsabilidades como secretária do Key Club. (Não se deixem enganar pelo título pomposo.) Era um dia longo, mas Victoria sempre se oferecia como voluntária também e Jonah se vestia de Papai Noel e normalmente todo mundo acabava supercafeinado e hiperativo e estava rolando no chão de tanto rir quando o dia finalmente acabava. Mas os planos mudaram quando a Sra. Marchette, a professora encarregada de organizar os empacotadores voluntários, veio me procurar na secretaria e disse:

— Audrey, acho que talvez seja melhor você me ajudar a organizar os voluntários este ano — em outras palavras, "Não apareça para embrulhar presentes, porque você vai causar um estouro da boiada e a fita adesiva vai voar".

— Fui banida do trabalho voluntário! — gemi para James ao telefone. Ele, Victoria e meus pais eram os únicos que tinham o número do meu celular, porque alguém — e, se você está lendo isso, eu vou encontrar você, ah, vou sim — invadiu o meu telefone e conseguiu o número e o postou online, então tive que mudá-lo uma terceira vez. Beleza.

— Você não foi *banida* — James começou a dizer, mas eu não estava a fim de ser consolada.

— Banida do trabalho voluntário! Sabe o quanto isso é ruim? Tipo, se você fizer algo ilegal e eles o sentenciarem a fazer serviço comunitário, você pode se oferecer como voluntário! Criminosos são melhores do que eu.

— Nem todos — ele falou.

— Nem tente me fazer rir.

— Está bem.

Mas no sábado do trabalho voluntário, James apareceu na minha porta. Ele e seu irmão, Pierce, haviam inventado um sistema para ele vir à minha casa onde James se abaixava no banco de trás do carro do Pierce; aí, Pierce o levava até minha casa e o depositava o mais perto possível da porta da frente. Os paparazzi ainda não haviam descoberto, mas só porque a Patrulha Comunitária local havia começado a ligar para a polícia toda vez que viam um fotógrafo na nossa rua. (Meus pais mandaram garrafas de champanhe para todos os vizinhos em agradecimento.)

— Oi — James falou depois que minha mãe o deixou entrar. Eu havia escutado a campainha, mas abrir a porta era mais uma coisa na minha lista de "Não Posso Fazer".

Havíamos sido surpreendidos por demasiados fãs meus e do Evan. Mas agora James estava no vão da porta do meu quarto, carregado de presentes, papel de embrulho, tesouras e fitas enroladas. Minha mãe estava de pé atrás dele, fazendo "Eu gosto dele!" com a boca.

— Preciso de uma voluntária — James explicou. — Sou péssimo embrulhador — ele cruzou os braços e fez o sinal do Westside, só que fez de cabeça para baixo, então ficou parecendo um *M* em vez de um *W*. — E, pensando bem foi algo meio rapper também.

Pode-se levar muito tempo embrulhando presentes quando você tem que beijar seu namorado a cada cinco segundos por ele ser tão maravilhoso.

Nem venha me falar de quantos shows eu estava perdendo. No início, Victoria e eu começamos a fazer uma lista, só por diversão, mas deixou de ser engraçado quando perdi o terceiro show beneficente anual "Salve um Peru" do Scenic Panic no Dia de Ação de Graças. Eu amava aquele show, amava aquela banda e sabia que todo mundo ia estar lá. James foi com Victoria e Jonah e eles me ligaram e seguraram os celulares no alto para eu poder ouvir, mas que se dane. Não era a mesma coisa. Eu também queria dançar e salvar um peru.

Quando a estação de rádio de L.A., que agora estava tocando "Audrey, espere!" em alta rotatividade, anunciou os participantes de seu show de Natal, eu fiquei desolada. O Doomsday Scenario ia tocar, entre muitas, muitas outras bandas que eu ou não tinha visto ao vivo ou adorava ver ao vivo. Eu meio que estava pensando em ir, mas aí eles anunciaram seus convidados especiais.

Os Do-Gooders.

— Você vai — Victoria falou. — Você e eu. Nós vamos de qualquer jeito.

— Você está chapada? — perguntei a ela, aí dei um golinho na cidra quente de maçã que ela havia me trazido da Starbucks. — Não vou a isso.

— Tarde demais. Já arrumei os ingressos.

— Você o quê? Eles ainda nem começaram a vender.

— Acontece que eu conheço umas pessoas que conhecem umas pessoas.

— Quem você conhece?

— Você, sua pateta! — ela deu um soco no meu ombro. — Simplesmente mandei um e-mail para a produção e disse a eles que a Audrey, de "Audrey, espere!" queria ir ao show e pronto.

— Você o quê? — de repente, eu me sentia meio tonta.

— Sério, Audrey, o que você quer? Sapatos, chapéus, bolsas, jeans Earl? Só precisamos dar um telefonema — ela riu, encantada. — Não é ridículo? Quer dizer, se você tem que lidar com Sharon Eggleston, os paparazzi e aquela maluca da Tizzy, então é melhor ganhar umas coisas maneiras também. Você bem que merece um refresco, sabe?

Estava perplexa. Bem, não de verdade, mas vocês entendem o que quero dizer.

— Victoria! — eu gritei — Isso é loucura!

Ela riu.

— Eu sei, não é mesmo?

— Não, eu quero dizer; esquece. Eu não vou. Lembra-se do que aconteceu da última vez em que fui a um show onde as pessoas sabiam quem eu era? Deixe-me refrescar sua memória. Eu acabei estrelando o terceiro vídeo mais popular no YouTube!

— Olhe, desta vez não fique com nenhum músico e vai dar tudo certo.

Suspirei profundamente.

— Todo mundo vai me reconhecer e aí vão perceber que Evan e eu estamos no mesmo prédio e aí vão tirar *fotos* e mexer no *Photoshop* e...

— Não seja tão dramática. Olhe, não é agora, então só respire, acalme-se. Peça algumas dicas de ioga com o seu pai, sei lá — ela deu risadinhas abafadas.

— Evan. Vai. Estar lá!

— Relaxe, você provavelmente nem vai vê-lo — ela rodopiou o resto de cidra em seu copo. — Então, o que vai vestir?

— Um saco de papel em cima da cabeça.

— Provavelmente vai começar uma nova moda se fizer isso.

— Eu não vou.

— Vai, sim — ela deu uns tapinhas no meu joelho. — Posso ser muito convincente.

Suspirei. Não queria brigar com a minha melhor amiga. Principalmente não agora, quando eu precisava dela mais do que nunca. Então, em vez disso, só a cutuquei no ombro.

— Traidora.

Ela deu um sorriso largo.

— Cara, Doomsday Scenario. Eles vão destruir o lugar.

— *Grande* traidora.

Ela me olhou cuidadosamente.

— O que podemos fazer para alegrá-la, Maria Melancolia?

— Para começar, não me chame de Maria Melancolia.

— Podíamos ir experimentar sapatos caríssimos e deixar os vendedores superzangados com a gente?

— Não. Isso é deprimente. Eu sempre quero os sapatos quando acabamos.

— É, eu sei — ela deu outro golinho. — Podíamos ir à loja da MAC e olhar para todos os caras gostosos usando delineador e pedir dicas de como aplicar o produto.

— Hum, talvez você ainda não tenha conhecido o meu namorado.

— Ah, como se eu fosse solteira? Pense nisso como apreciação artística. Eles provavelmente até vão lhe dar toda a edição limitada de maquiagem para o Natal de graça, só porque você é a Audrey.

Suspirei.

— Acho que talvez eu mude de nome.

— Resolução de Ano-Novo?

— Instinto de sobrevivência — dei um gole na cidra e enchi a boca de creme chantilly morno. — Obrigada pela cidra, Victoria.

Ela estava prestes a responder, mas a campainha tocou, seguido por um coro alto e desafinado de "Jingle Bells" que vinha do lado de fora.

— Ah, pelo amor de Jesus Cristinho! — ouvi meu pai gritar. Victoria torceu o pescoço para ver do meu quarto na direção da porta da frente.

— O que está acontecendo?

— Corais natalinos — eu disse a ela. — Não dá para arremessar nem um gato morto sem atingir um deles. Têm chegado aos montes.

— Isso aconteceu com vocês no ano passado?

— Não — revirei os olhos. — Chocante, eu sei.

Victoria só sacudiu a cabeça e abriu a boca para comentar quando a cantoria de Natal de repente ficou toda errada.

— *Você disse o que quis e agora eu também vou dizer! Eu tive você e você me fez morreeeeeeeerrrrr!*

Olhamos uma para a outra.

— Estão cantando em harmonia? — Victoria finalmente perguntou. — Não está tão ruim.

— Só faça com que vão embora — eu gemi.

Victoria deu um tapinha no meu joelho.

— Encare desse jeito. Eles estão fazendo uma serenata para você.

— Droga de Natal.

Ela sorriu.

— Esse é o espírito!

29

*"Then we'll turn it up and we'll play a little faster!"**

— The Academy Is..., "Slow Down"

VICTORIA E EU tivemos a mesma conversa pelo resto da semana que antecedeu ao show. Era mais ou menos assim:

— A que horas vamos sair para o show?

— Eu não vou.

— O trânsito provavelmente não vai estar tão ruim, já que é sábado. Digamos às 17 horas?

— Eu não vou.

— Tem razão, 16 horas é melhor.

— Eu não vou.

— Então vamos sair às 16 horas!

Estão vendo o que eu tenho que aguentar?

No dia do show, Victoria estava buzinando do lado de fora às 15h55. Isso me pareceu estranho por dois motivos:

1. Victoria normalmente se atrasa.
2. Ela não tem carro.

---

* Aí, vamos aumentar o som e tocar um pouco mais rápido!

Então fui imediatamente para fora para ver quem estava buzinando e encontrei minha melhor amiga sentada dentro de um conversível BMW zerinho. Ela estava usando óculos escuros em formato de coração que combinavam com o exterior vermelho-cereja do carro e uma cara que dizia *Eu obviamente sou tão mais maneira do que você.*

— O que você fez? — gritei.

Ela olhou para os meus jeans surrados e capuz puído.

— Vai usar isso?

— Vamos nos concentrar no carro neste momento — falei. — Onde arrumou isso? A sua mãe ganhou na loteria?

Ela sorriu.

— Lembra-se daquele reality show?

Eu imediatamente comecei a procurar câmeras escondidos nas árvores.

— Se eles estão filmando agora, Victoria, eu juro por Deus...

— Relaxe, Capitã Paranoia. Ninguém está filmando. Mas eu disse a eles que você ainda estava pensando em fazer ou não o programa e eles acharam que precisava ser um pouco persuadida — ela deu um tapinha no interior cor de creme do carro. — Bela persuasão, não é? Devíamos estar usando o carro para "procurar locações", mas que se dane.

— Eles mandaram uma BMW?

— Estou lhe dizendo, Audrey, você não *acredita* nas coisas que eles mandam para as celebridades.

— Isso é chantagem.

— Não, são os Estados Unidos. Deixe a liberdade soar. Agora, vá se trocar ou vamos perder as primeiras bandas.

— Eu não vou, já lhe disse.

Victoria ergueu seu MP3 player.

— Gostaria de ouvir o sistema de som do carro?

Mordi o lábio.

— Gostaria, mas não.

Ela imediatamente botou uma música e eu ouvi algumas das minhas notas preferidas de guitarra. *"Your lipstick, his collar, don't bother, angel! I know exactly what goes on!"* Victoria sabia que eu adorava Taking Back Sunday e que tinha ouvido "Cute Without the E (Cut from the Team)" repetidas vezes durante três dias direto no verão passado.

— Isso não é justo — falei. — Você está usando uma das minhas músicas favoritas contra mim. Está roubando.

Victoria só sorriu e aumentou o som.

"When everything you'll get is everything you wanted, Princess!"

Ah, meu Deus, o sistema de som do carro era divino. Eu podia sentir minha determinação enfraquecendo com cada nota.

— Cinco minutos — Victoria disse. — Vá vestir alguma coisa decente. Sacos de papel não são permitidos.

Meus pais só iam voltar tarde, então não havia necessidade de um debate com eles. Só levei quatro minutos para vestir um jeans decente, uma camiseta branca e um cardigã verde escuro tão gasto nos punhos que eu podia enfiar meus dedos pelos buracos.

— Muito Kurt Cobain no Acústico MTV — Victoria falou enquanto eu entrava no carro. — Gostei.

— Menos papo, mais música — repliquei. — Não acredito que estou fazendo isso.

— Menos papo, mais música — ela repetiu para mim. — Aumente o som.

30 *"The center of the earth is the end the world..."**

— Green Day, "Jesus of Suburbia"

FIQUEI TÃO BOBA COM O carro que tive uma perda momentânea de memória e esqueci que estávamos indo para um show onde eu sabia que seria notada. Mas aí a Victoria seguiu as placas saindo da autoestrada 101 em direção ao estádio e ao estacionamento e, quando saímos do carro, meus joelhos estavam literalmente tremendo.

— Victoria? — eu disse, mas ela estava ocupada demais tentando descobrir onde ficava a bilheteria para pegarmos os convites, então eu simplesmente a segui, porque não queria ficar sozinha.

Eu não estava sozinha, porém — estava cercada por um monte de pessoas que ficavam todas olhando furtivamente para mim. Victoria pegou nossos crachás para o camarim e eu pendurei o meu no pescoço e o fiquei puxando nervosamente.

* O centro da terra é o fim do mundo...

— Venha — ela disse, puxando o meu braço. — Vamos ver se eles têm comida.

— Se eu comer, vou vomitar — falei para ela.

— Pare de ser tão dramática — ela respondeu. — Você já esteve em camarins antes. É uma profissional.

A coxia parecia muito quente, lotada e pequena, apesar de ser enorme. Devia haver um bilhão de pessoas lá e eu não parava de ver pessoas que reconhecia, pessoas cujas fotos estavam coladas na parede do meu quarto. Victoria estava tentando bancar a indiferente, eu podia ver, mas de vez em quando ela se virava para mim e dava um sorriso largo.

— Isso não é incrível? — sussurrou em um determinado momento.

— Acha que Evan já está aqui?

— Sei lá. Isso é tão melhor do que o camarim dos Lolitas.

Meu estômago se revirou. Admito, naquele show eu meio que firmei minha notoriedade, mas pelo menos havíamos dançado e Jonah estava lá e tudo era novo e emocionante. Aqui, todo mundo estava cansado. Ninguém parecia estar se divertindo e eu fiquei imaginando quantas pessoas estavam ali para ver o show e quantas pessoas estavam ali só para serem vistas.

E fiquei imaginando em que categoria eu estava.

— Vou pegar uma Coca Diet — Victoria falou e, antes que eu pudesse pedir baixinho para ela não ir, ela desapareceu pelo corredor. Respirei fundo e apoiei as costas contra a parede fria de blocos de concreto, tentando ficar invisível.

— Ei, você é aquela garota!

Olhei para cima, rezando que quem quer que fosse estivesse falando sobre outra garota e vi o guitarrista do Doomsday Scenario olhando direto para mim e sorrindo.

Eu estava tão prestes a vomitar que nem era engraçado.

— Você é a Audrey!

— Não, eu... — comecei a dizer, mas aí ele estava do meu lado e juro por Deus, acho que eu era uns 30 centímetros mais alta do que ele. E eu não sou tão alta. — Oi — guinchei. — Gosto da sua banda.

— Grande música — ele estava dizendo. — Sensacional — ele estava olhando de baixo para mim e eu me senti como um enorme gigante desengonçado. — Foi você que a escreveu?

— Hum, não, não, eu só...

— Deu para o vocalista. É, bem-vinda à indústria — ele sorriu. — Então. Tem namorado? Estamos compondo nosso segundo disco em Burbank e no momento só há um bando de caras no estúdio. Precisamos de *inspiração*.

Percebi que ele e eu tínhamos definições diferentes para "inspiração".

— Com licença — falei, e aí me afastei dele e saí tropeçando pelo corredor. Ouvi outra pessoa gritar meu nome e ignorei antes de perceber que era Victoria.

— Ei — ela disse entusiasmadamente. — Você estava falando com o cara do Doomsday Scenario?!

— Mais ou menos — respondi. — Ele é nojento.

— Sério? — ela olhou para ele por cima do meu ombro. — Ele é um velho tarado?

— É — eu podia sentir meu estômago se revirando de novo. — Victoria, quer dizer, eu sei que isso devia ser divertido, mas...

— Você não está se divertindo — ela suspirou.

Balancei a cabeça.

— Todo mundo está olhando para mim e eu não quero ver o Evan ou os Do-Gooders e só quero ir embora.

Ela olhou para mim por um longo minuto.

— Quer mesmo ir embora?

— Mais do que tudo no mundo.

Victoria suspirou e ficou brincando com o crachá em volta do pescoço. Eu me senti a pior amiga do mundo, mas não podia mais me sentir assim. Se continuasse, ficaria tão traumatizada que nunca mais conseguiria ir a nenhum show — Vou recompensá-la depois, eu juro — eu disse a ela. — Mas não é... não é divertido como foi da última vez.

Ela deu uma olhada em volta e viu que, realmente, toda a população do corredor estava nos observando conversar pelo canto dos olhos.

— Está bem — ela suspirou. — Vamos nessa.

Não falamos nada durante todo o caminho para casa.

O som estava tão alto que provavelmente não teríamos ouvido uma à outra, de qualquer maneira.

31

*"Oh, I think I smell a rat!"**

— The White Stripes, "I Think I Smell a Rat"

UM DOS POUCOS BENEFÍCIOS de passar todo o meu tempo na secretaria do colégio era não ter que lidar com Sharon Eggleston todos os minutos de todas as aulas. Na verdade, eu não andava a vendo muito, o que me deixava nervosa. É importante sempre ter seu inimigo à vista. Quem sabe o que pode estar acontecendo pelas suas costas?

Descobri no último dia de aula antes das férias de Natal.

Eu estava atravessando o campus depois do almoço, voltando do departamento de Espanhol, onde tive que entregar minha última prova. Como não podia assistir às aulas normais, todos os meus professores entregaram minhas provas finais na secretaria e Connie, a secretária (eu realmente devia aprender seu sobrenome), me vigiava enquanto eu as fazia. E, pelo menos uma vez na minha vida, não foi ruim. Eu não tinha nada para fazer além de estudar na escola e

---

* Ah, acho que sinto cheiro de rato!

estudar em casa, então o irônico é que a minha média foi a mais alta que eu já tinha tido. Meus pais ficaram absolutamente felizes.

— A sua alienação social foi a melhor coisa que já aconteceu a você! — minha mãe exultou.

É bom saber em que lado eles estão.

Eu esperava que talvez me deixassem sair da secretaria tempo suficiente para ir a uma das festas de Natal movidas a açúcar que todas as minhas turmas iam dar. Ouvi dizer que iam assistir a *Como o Grinch roubou o Natal* na aula de Geometria. Eu costumava fazer minha mãe me chamar de Cindy Lou Quem quando eu era pequena porque eu gostava tanto daquele desenho, então realmente queria assisti-lo com todo mundo.

Até parece.

Em vez disso, fiquei presa jogando paciência no computador da Connie e lendo cópias da *Vogue* que ela escondia na gaveta debaixo da sua mesa. Totalmente deprimente.

Mas ficou pior depois do almoço.

Como disse, eu havia acabado de entregar minha prova final de Espanhol surpreendentemente fácil e estava andando em direção à secretaria quando vi ela e ele.

Por ela, eu quero dizer Sharon Eggleston.

E, por ele, eu quero dizer James.

Estavam perto do armário dele e ela estava perto demais dele, quase como se fosse seu casaco. Estava perto *assim*. Ela estava falando alguma coisa e rindo e James estava dando aquele sorriso nervoso que costumava dar para mim antes de saber que nós gostávamos um do outro.

Nã-ã. Nem vem. Não debaixo do meu nariz.

Marchei para a frente tão rápido que estava sem fôlego quando cheguei lá. James me viu chegando e começou a acenar freneticamente com um grande sorriso no rosto. "Audrey", eu podia vê-lo dizer para a Sharon e ela olhou para mim por cima do ombro antes de se afastar do meu namorado.

— Oi! — James falou enquanto se afastava da Sharon e começava a passar um braço em torno dos meus ombros. Mas, conforme ele se afastou dela, eu me afastei dele.

— Que merda é essa? — falei. — Que merda é essa? Que merda é essa? Que merda é essa?

Sharon arrumou calmamente seu suéter.

— Aud, relaxe. O ciúme é tão pouco atraente.

— Assim como roubar namorados!

— Roubar *namorados*? — James repetiu. Seus olhos se arregalaram. — Audrey, não. Nã-ã. De jeito *nenhum*.

Eu me aproximei da Sharon o máximo que podia sem pegar qualquer que fosse a nojenta doença sexualmente transmissível que ela provavelmente tinha.

— Você? Não fale com ele. Nunca mais. Você é uma porra de uma sanguessuga!

— Audrey... — James estava puxando o meu ombro, mas eu fiquei me afastando, irada demais.

— Você não conseguiu o Evan — gritei para ela — e com certeza não vai pegar o James também! Só fique longe! Arrume sua própria vida amorosa!

Sharon só sorriu serenamente para mim, como se fosse a porra da Mona Lisa.

— Audrey — falou com a mesma voz que as pessoas usam quando falam com crianças pequenas —, por que está tão na defensiva? Hein?

— Não estou na defensiva! — gritei, o que é claro, soou *completamente* na defensiva. O que posso dizer? Eu estava furiosa e cansada e havia devorado bengalas de açúcar demais naquele dia para ser racional. — Você está delirando! Ele é meu namorado, não seu!

— Então como é que você nunca sai com ele? — ela deu um sorrisinho fino e horrível. — Se você o ama tanto, como é que ninguém sabe disso?

Eu teria continuado a ameaçar a vida dela e tal, mas James passou um braço em torno da minha cintura e começou a me carregar para longe da cena.

— Me põe no chão! — me debati, mas ele esperou até termos saído do corredor e estarmos longe da Sharon antes de me botar de pé de novo. — O que você está *fazendo*? — bufei enquanto empurrava o cabelo para longe dos olhos. — Que merda foi essa?

— Eu podia lhe fazer a mesma pergunta! — ele rebateu de volta. Era a primeira vez que ele explodia comigo e nós dois ficamos parados olhando um para o outro, ambos ofegantes e corados.

— Você estava conversando com Sharon Eggleston! — eu finalmente disse a ele.

— Então você automaticamente vai concluir que eu estou te traindo? Com *a porra da Sharon Eggleston*?!

Fiz uma pausa.

— Não, é só... ela é... ela é uma pessoa muito má, está bem? Ela tentou roubar o Evan há muito tempo, quando começamos a namorar.

— Bem, eu não sou ele — o maxilar de James estava flexionando e se contraindo e eu podia ver a mágoa em seus olhos. — Caso você não tenha percebido as 30 mil diferenças entre mim e Evan, deixe-me lhe dizer mais uma: eu não namoraria Sharon Eggleston.

— Então por que ela estava toda se pressionando contra você? E por que você estava dando aquele sorriso nervoso?

— eu ainda não tinha acabado de ficar irritada com essa parte.

— Porque ela me deixa nervoso! — ele gritou. — E eu estava na frente do meu armário e me virei e ela estava bem ali! Eu não sabia o que fazer! Ela é uma garota; não posso simplesmente ameaçar lhe dar um tapa como *você* pode, sabe?

É difícil ter uma discussão olho no olho com alguém que é quase 30 centímetros mais alto do que você.

— Eu não ameacei dar um tapa nela! — eu disse a ele. — Você me deteve antes que eu pudesse!

— É, fique à vontade para me agradecer por isso a qualquer momento, por falar nisso! Deus, vocês garotas e a porra dos seus dramas! — James apertou a correia de sua bolsa e a puxou pelo peito, depois passou a mão pelo cabelo emaranhado. Estava sempre emaranhado. Eu adorava isso nele. Sharon Eggleston só ia fazê-lo pentear o cabelo. Esse é o tipo de garota que ela era.

— Olhe — ele disse. — Eu tenho que ir. Já estou atrasado para a aula de Cálculo. Podemos resolver isso depois?

Concordei.

— Podemos. Vá. Tudo bem.

— Eu ligo para você.

— Está bem.

— É, está bem.

Eu o observei se afastar pelo corredor, sua bolsa de carteiro batendo contra a perna a cada passo. Ainda podia sentir o cheiro do perfume de Sharon Eggleston no ar, apesar de estar totalmente sozinha.

De volta à secretaria, fui direto para a recepção e remexi na cesta de doces de Natal, tirando mais três bengalas de açúcar antes de voltar para a mesa da Connie para me sentar e me preocupar. Fiquei pensando se James estava certo, se Sharon estava correndo por aí tentando botar notícias da briga na próxima edição de qualquer revista que lhe pagasse mais. Eu já sabia que James estava certo sobre uma coisa: eu havia entrado no drama que ela planejara, mordido a isca direitinho.

A árvore de Natal da secretaria ficava ao lado da mesa da Connie e fiquei olhando para ela o resto da tarde, meus olhos ficando cheios d'água várias vezes. Me senti como um dos enfeites, transparente e frágil, pendurada na beirada, só com um fio prateado fininho para me impedir de me esfacelar pelo chão todo.

32

*"There are angels in your angles..."**

— The Decemberists, "Of Angels and Angles"

LIGUEI PARA O JAMES quando cheguei em casa.

— Pode vir para cá? — falei depois que ele atendeu. Considerei um bom sinal ele ainda atender depois de ver o identificador de chamadas. — Por favor?

— Acho que o Pierce está trabalhando — a voz do James não estava totalmente indiferente, mas também não era a voz de alguém superansioso para me ver.

— Bem, a que horas ele chega em casa?

— Acho que às 17 horas? Vou mandar uma mensagem de texto para ele e ligo para você de volta.

Acabou que o Pierce saía às 16h30 e James estava na minha casa às 17 horas. Eu teria ido à casa dele num piscar de olhos, mas estava paranoica demais que os paparazzi aparecessem e infestassem seu beco sem saída.

As fotos dele comigo depois do nosso primeiro encontro haviam sido publicadas na *People* da semana passada

* Há anjos em seus ângulos...

acompanhadas de uma sinopse que dizia: "Quem está de braços dados com a sereia favorita do rock? Audrey Cuttler sai da RPM Discos com seu novo namorado não identificado, que os boatos dizem ser músico." O que era totalmente mentira, é claro. Tanto James quanto eu estávamos de cabeça abaixada na foto e ele estava bem atrás de mim.

— Dá para ver o meu sapato! — minha mãe disse quando viu a foto e, com certeza, seu tênis branco sujo estava no canto. A mãe do James aparentemente havia mandado uma cópia para os avós dele no Oregon.

— Ela costumava mandar cópias dos boletins e, tipo, fotos da Liga Mirim de beisebol. — James suspirou quando descobriu.

Mas nada disso estava na minha cabeça agora. Eu só queria pedir desculpas a ele e resolver tudo, fazer voltar a ser como era antes.

Então é claro que atendi a porta usando um anel feito de papel laminado em volta da cabeça.

— O que é isso? — James falou depois de ter corrido para dentro e Pierce saiu cantando pneu da entrada da nossa garagem. Ele bateu de leve com um dedo no meu projeto de trabalhos manuais. — Está tentando atrair alienígenas?

— Não, eles provavelmente já ouviram falar de mim. Mas isso — acrescentei com um gesto em direção à minha cabeça — é a minha auréola.

— A sua o quê?

— A minha auréola. Deve ter percebido que ela estava faltando mais cedo. Mas boas notícias! Eu a encontrei! E estava bem ao lado de um grande pedido de desculpas para você.

Eu podia ver que ele estava tentando não rir, o que era exatamente o que eu queria que ele fizesse.

— Um grande pedido de desculpas? — ele perguntou. — Ou um enorme?

— Gigantesco. Elefantino.

— Elefan... o quê?

— Palavra de pré-vestibular. Mas não me interrompa! — eu me aproximei silenciosamente dele e passei os braços em volta da sua cintura, pressionando meu rosto contra o jeans frio da sua jaqueta. — Me desculpe — falei para ele. — Eu estava maluca. Fui a Garota do Drama.

Depois de um segundo, os braços dele me envolveram.

— É, você foi bem agressiva.

— Bem, odeio Sharon Eggleston, mas também comi sete bengalas de açúcar hoje — falei como explicação.

— Guardou alguma para mim?

Enfiei a mão no bolso e puxei uma minibengala de açúcar, uma que eu realmente estava guardando só para ele.

— Tome — falei e a enfiei no topo do casaco, de forma que ela ficava saindo por cima do zíper. Ele prontamente a puxou para fora, rasgou o invólucro e a jogou dentro da boca. — Devia haver mais — eu disse a ele — mas fiquei com fome.

— Tudo bem. Esta aqui já está bom.

Ficamos juntos por um minuto, respirando de forma que nossos tórax subiam e desciam ao mesmo tempo.

— Audrey — ele disse finalmente —, não deixe a Sharon criar isso tudo, está bem? Só... não compre a provocação. Por favor.

— Eu sei. Mencionei que sinto muito?

— É, mencionou. E eu também sinto. Não devia tê-la carregado pelo corredor daquele jeito.

— Não, provavelmente você devia. Eu estava prestes a arrancar os olhos da Sharon fora. E foi muito Rei dos Garanhões da sua parte.

— Sério? — eu sabia que ele estava sorrindo. — Posso contar ao Pierce que você disse isso?

— Não, porque aí ele vai contar a alguém e aí eles vão contar a alguém e vai estar online e nas colunas de fofocas na noite de Natal.

— Está bem. E juro que não me sinto de forma nenhuma atraído pela Sharon Eggleston. Nem um pouco. Nunca. Ela é muito... só muito. Muito *muito*. E ela provavelmente não coleciona canhotos de ingressos de shows.

— Ou pulseirinhas de esperar na fila para entrar na pista dos shows — concordei. — E ela provavelmente tem todos os CDs do Creed.

Eu podia ouvir o estrondo da risada do James contra meu ouvido e apertei meus braços em volta da cintura dele.

— Me desculpe — falei para ele de novo.

Ele deu uns tapinhas na minha auréola, tirou-a da minha cabeça e a colocou na sua.

— O que acha? Demais? Está destoando da minha roupa?

— Acho que combina perfeitamente com jeans sujos.

Ele sorriu e se inclinou para baixo para me beijar, um perfeito momento hortelã.

— Eu te amo com ou sem auréola, Audrey.

Espereumminuto.

Ele me ama? Ele me *ama*? Ele? *Me* ama?

ELE ME AMA! O JAMES DISSE QUE ME AMA!

Isso precisava de confirmação.

— Hum, não quero fazer com que isso seja constrangedor ou deixá-lo muito, muito sem graça, mas você disse que me ama? — retorci as mãos na bainha do suéter dele, nossos lábios a uns cinco centímetros de distância.

— Bem, é, quer dizer... é, eu amo. Eu meio que sempre *amei*.

— Eu também te amo — falei para ele e me senti como se estivesse a mil por hora e parada no lugar ao mesmo tempo. — Eu te amo. Você é incrível. Fico tão feliz por ter começado a trabalhar no Scooper Dooper, porque valeu tanto a pena.

— Mesmo depois que tivemos aquela falta de luz no verão passado?

— Mesmo — fiquei na ponta dos pés para beijá-lo novamente.

— Podemos nunca mais brigar?

— Feito — ele mal interrompeu o beijo tempo suficiente para falar e foi assim que a Bendomolena nos encontrou, de pé no hall de entrada às escuras, compartilhando uma auréola de papel laminado que juntava nossos corações.

33

*"Sometimes I think that I'm bigger than the sound..."**

— Yeah Yeah Yeahs, "Cheated Hearts"

DEPOIS DO NATAL, meus pais finalmente acabaram com o meu emprego no Scooper Dooper. Se alguém tivesse me dito há três meses que eu ficaria chateada em sair do Scooper Dooper, eu os teria mandado examinar suas cabeças. Mas agora isso significava horas extras longe do James (e do freezer nos fundos).

— Você vê o James o tempo inteiro — minha mãe observou quando eu protestei. — Vai fazer vestibular logo.

— Ainda faltam cinco meses!

— Precisa se concentrar mais nos seus estudos.

— Mãe, as minhas notas são maravilhosas. E, por mais triste que seja de acreditar, o trabalho é a única hora em que eu posso sair de casa! Como vou ganhar dinheiro?

— Seu pai e eu vamos lhe dar uma mesada — ela estava ocupada no escritório, pagando contas ou alguma outra coi-

---

* Às vezes eu acho que sou maior do que o som...

sa assustadora de adulto e não estava olhando para mim. Se a minha mãe não olha para mim enquanto eu estou tentando negociar, esqueça. Não vou ganhar de jeito nenhum.

Mas sempre havia o meu pai.

— E também não vá pedir ao papai — ela acrescentou. Minha mãe, a leitora de mentes. — Nós dois concordamos que é a coisa certa. Há pessoas fazendo fila no shopping para tirar fotos de você através da porta de vidro, Aud. Eles tiveram que contratar mais seguranças. Não é seguro.

— Mãe, tem assistido ao noticiário ultimamente? Os colégios também não são tão seguros.

— Isso não é uma discussão.

No dia depois desse desastre, "Audrey, espere!" chegou ao primeiro lugar na lista das 100 Melhores da Billboard.

— Pu. Ta. Merda — Victoria soube da notícia enquanto estávamos indo para a aula de História (para ela) e Geometria (para mim). Ela passou furiosamente pela lista de mensagens em seu telefone com um meio-sorriso esquisito no rosto. — Aud. *Aud* — ela puxou o meu braço. — A música está em primeiro lugar.

— Nossa, que ótimo. Espere um minuto, deixe-me botar a minha cara de animada.

— Ah, meu Deus, isso é incrível. Isso é importante. Você percebe o quanto isso é *importante*?

Olhei para ela enquanto vibrávamos o corredor, onde o pessoal do grêmio estava trocando freneticamente a faixa de contagem regressiva de "Audrey, espere!". "AUDREY, ESPERE!" ESTÁ EM # 1!, dizia agora.

— Estão brincando comigo? — perguntei para ninguém em particular. — Estão brincando comigo, fato.

Victoria nem se deu o trabalho de responder.

— Os Lolitas nem chegaram ao Top 5 — ela informou. — Tome isso, Simon.

— Ah, Deus. Por favor, não vamos falar sobre ele, está bem?

— Só estou dizendo...

Mas eu a desliguei. O entusiasmo dela era tão irritante que eu queria sufocá-la com uma almofada do sofá. (Está bem, não era realmente assim, mas vocês sabem o que eu quero dizer, certo?) De que lado ela estava? Era como se tudo isso fosse sensacional e ela estivesse tão feliz e me dava vontade de vomitar. Victoria Entusiasmada e Audrey Eremita não eram exatamente manteiga de amendoim e geleia. A coisa ia ficar feia e, apesar de poder ver a briga chegando, eu não tinha como impedi-la.

A feiura chegou uma semana depois.

34 "So here we are at the last broadcast..."*

— The Doves", "The Last Broadcast"

VOU DIZER AGORA que metade da briga entre Victoria e eu foi minha culpa. Eu estava calamitosamente subdescafeinada (e aí supercafeinada demais, como vão ver), irritada pela quantidade de dever de casa que tinha e exausta depois de ter ficado acordada a noite toda trocando mensagens de texto com James e também por ter a Bendomolena dormindo em cima da minha cabeça. Eu estava irracional e de mau humor e simplesmente *blá*.

Tendo dito isso, a Victoria totalmente começou.

Foi no dia em que o vídeo de "Audrey, espere!" estava prestes a estrear e Victoria ia lá para casa comigo para assistir.

— Nem quero ver — eu disse a ela enquanto andávamos até meu carro no estacionamento depois das aulas.

— Ah, que se dane — ela desdenhou. — Você vai acabar vendo. É melhor ver comigo.

---

* Então aqui estamos na última transmissão...

— Já vazou online — contei a ela. — Não pode vê-lo lá?

— Não, porque o meu monitor é uma droga e a sua família tem TV de alta definição.

— Para ver melhor meu ex-namorado traidor.

— Está falando como uma velha amargurada.

Mordi minha língua naquele ponto. Estava cansada de ouvir como eu estava sendo pouco razoável, principalmente de alguém que ainda podia ir aonde bem quisesse com o *seu* namorado.

— O James vai vir mais tarde para estudar — falei para ela.

— Estudar. Há. É assim que vocês chamam agora?

— É, porque realmente vamos *estudar*. Eu estou dando aula particular de Inglês para ele e ele está me dando aulas de Geometria — liguei o carro com mais potência do que o necessário. — É praticamente a única coisa que temos permissão para fazermos juntos.

— Bem, você sabe — Victoria falou de sua forma muito-inocente-mas-nem-tanto —, a *Vogue Teen* queria fazer uma sessão de fotos com você e o James em um encontro, mas você recusou.

O ruído branco na minha cabeça ficou um pouco mais alto.

— Esse não é exatamente o tipo de encontro que eu quero com ele. Você está deixando de fora todo o lance da privacidade.

Ela descartou a ideia com um *pft*.

— A privacidade é superestimada.

Olhei pela janela e vi três garotas olhando para mim de um carro a duas vagas de distância.

— É fácil falar isso — eu disse para Victoria — quando você ainda tem uma vida privada.

Na minha casa, abri uma Coca Diet enquanto a Victoria pulava para pegar o controle remoto.

— Quer alguma coisa? — perguntei à ela.

— Não! — ela gritou de volta. — Ande logo, vai começar! Você está gravando isso?

Peguei outra Coca Diet, sentindo que ia precisar de mais energia antes que essa tarde acabasse, e caí no sofá com o que eu esperava ser a quantidade certa de indiferença.

Porque, por mais que eu não fosse admitir isso para Victoria, eu meio que queria ver o vídeo. Por mais zangada que estivesse com Evan, por mais irritada que estivesse com todos os Do-Gooders só por existirem, eu os *conhecia*. Sabia o quanto tinham trabalhado duro. Havia assistido a ensaios, montagens de equipamentos, shows horríveis que uma vez deixaram Evan com os olhos cheios de lágrimas de frustração. Eu os havia visto fazer uploads de músicas na página da banda no MySpace (que ninguém nunca adicionava), os vi endereçar, selar e enviar esmeradamente CDs para cada representante de gravadora na América do Norte. Não que o sucesso não fosse merecido, mas Evan não tinha que usar nosso rompimento para consegui-lo.

Do modo provocador típico da MTV, o vídeo estreou quase no final da hora.

— Ah, qual *éééééé*! — Victoria gritou em um determinado momento enquanto começava mais um bloco de comerciais. — Bebês estão nascendo! Eu estou ficando mais velha! Passem a porcaria do negócio logo!

Dei um golinho na segunda Coca Diet. A cafeína estava começando a bater com sua sensação familiar de energia e eu podia sentir todas as minhas terminações nervosas dançando pelos cantos. Talvez duas Cocas Diet em menos de uma hora tivesse sido uma má ideia.

— Sabe — falei para ela — talvez o vídeo seja tão ruim que nunca mais passe de novo e os Do-Gooders vão cair na obscuridade.

Ela me deu um olhar por cima do ombro.

— Se não me falha a memória, você também achou que ninguém nunca mais ia ouvir A Música.

Pensei em arremessar minha Coca Diet na cabeça dela, mas não queria desperdiçá-la. Eu provavelmente ia precisar daquela cafeína quando o vídeo chegasse ao final.

Quando ele finalmente começou, Victoria estava igual a um cachorrinho nervoso, retorcendo-se por todos os lugares e me deixando irritada.

— Lá vem ele! — ela disse, dando um tapa no meu joelho.

— Ai.

— Não está animada?

— Ai. Extasiada.

O VJ apresentou o vídeo enquanto dúzias de garotas gritavam ao fundo, e aí ele começou. A cena abria no que parecia ser o reflexo do quarto do Evan, com uma garota subindo as escadas em sua direção. Era Caitlin McGregor, a garota que estava naquele filme no verão passado e aí foi presa por causa de maconha e mandada para a reabilitação. Ela tinha cabelos compridos e louros e uma bolsa preta que parecia igualzinha à *minha* bolsa preta passada pelo ombro.

E estava usando braçadeiras.

— Está de sacanagem comigo — falei. Victoria havia parado de pular e estava tentando entender por que eu estava com aquela cara de assassina.

— *Você disse o que quis e agora eu também vou dizer! Eu tive você e você me fez morreeeeeeeerrrrr!*

A cena cortava para Evan e a banda tocando em um jardim onde eles pareciam bem estilosos. A câmera deu um zoom no Evan, seu rosto todo contorcido em agonia fingida enquanto ele cantava-gritava a letra.

— *Dissemos que amávamos e não era verdade! Eu toquei o seu cabelo e vi a vontade! Você crucificou o meu coração, ficou com todos os pedaços e os esmagou com a mããããoooooo!*

E aí voltava para Caitlin, entrando no quarto do Evan enquanto ele estava sentado à sua mesa. Eu conhecia essa cena. Sabia exatamente o que ia acontecer, e sabia disso porque já a tinha vivido.

Não só Evan havia feito uma música sobre o nosso término, como também fizera um vídeo sobre ele.

— Isso! É! O! Nosso! Término! — gritei para Victoria. — Olhe para isso! Isso é exatamente o que aconteceu! E a porra da Caitlin McGregor está fazendo o meu papel!

— Qual é o problema com a Caitlin?

— Ela foi para a reabilitação!

— As pessoas são humanas, Audrey.

— Ela foi *três vezes*! É isso que as pessoas pensam de mim?

Fiquei olhando para Victoria, depois de volta para a TV. Caitlin e Evan estavam tendo essa conversa falsamente dramática, na qual Evan ficava fazendo olhar de cachorrinho.

— Este é o vídeo mais idiota do mundo — anunciei.

— O ângulo é meio legal — ela falou enquanto a câmera seguia atrás da cabeça da "Audrey" e na direção do Evan. Ele parecia doce e amoroso, o óbvio Bom Namorado para a minha sósia (palavra de pré-vestibular) Má Namorada.

— Olhe só para isso! — engasguei, apontando para a TV. — Olhe! Foi exatamente assim que aconteceu!

— Caitlin nem se parece com você, Aud. Relaxe.

— Ela está usando braçadeiras! Isso é calúnia! Ou... alguma coisa igualmente ruim e ilegal!

Victoria olhou para o vídeo; nele, a garota estava sentada na cama do Evan, parecendo indiferente e entediada, como se terminasse com ele todos os dias.

— Ei, espere um minuto! — falei para Victoria. — Eu não tinha essa cara de nojenta!

— Você não tem essa camisa? — ela retrucou.

Apertei os olhos na direção da TV. A "Audrey" estava usando uma camiseta branca que tinha a costura nos ombros presa por alfinetes de segurança.

— Essa é a camiseta que eu estava usando quando terminei com ele — engasguei. — Ah, meu Deus! É exatamente a mesma camiseta! Eu mesma fiz essa camiseta! Está falando *sério*, Evan? Você nem conseguia se lembrar do nosso aniversário de namoro, mas se lembrou da camiseta que usei quando terminamos?

— É uma camiseta memorável — Victoria observou.

Assistimos ao vídeo num silêncio abismado. Bem, eu fiquei calada com o choque. A Victoria estava ocupada demais percebendo ângulos de câmera ou sei lá o que chamava a sua atenção enquanto eu era difamada na frente de uma audiência nacional.

De novo.

O vídeo começou a parte final conforme a "Audrey" descia as escadas enquanto Evan ficava no vão da porta, dublando a letra e se esforçando ao máximo para parecer ferido. E quando a falsa Audrey saiu pela porta da frente, havia um garoto ruivo esperando por ela em um carro parado no meio-fio. Ele olhou conspiratoriamente para Audrey a beijou e os dois saíram a toda.

Eu literalmente não respirei durante 30 segundos, de tão puta que estava.

Quando o vídeo acabou, fiquei andando de um lado para outro na sala, pronta para jogar o controle remoto pela janela.

— Eles estão em turnê neste momento? — guinchei para Victoria. — Porque, se estiverem, vou voar para qualquer pesadelo de cidade cilada-para-turista em que ele esteja e vou enfiar a porrada nele. E não só no Evan. No babaca do diretor também. E na MTV.

Victoria sentou-se no sofá e ficou olhando enquanto eu voava pelo aposento dando um ataque.

— Aud...

— Sabe de uma coisa! Cansei! Já chega! Meu pai tem um advogado e eu vou processar o Evan! Vou processar a gravadora, vou processar a banda, vou processar até aquele empresário maconheiro deles!

— Não acha que está exagerando?

— Você está brincando? — berrei. — Estou pronta para atacar! Não é exagero até alguém perder um olho! — A cafeína certamente estava fazendo efeito.

— Aud, sério, você precisa se acalmar.

— Muito bem, em primeiro lugar — eu disse a ela —, dizer a alguém para se acalmar é absolutamente a pior maneira de fazer com que se acalme. E em segundo, você está de sacanagem? Me *acalmar*?! Depois de passar pelo inferno dos últimos três meses? Me acalmar depois de ser perseguida por fotógrafos? Me acalmar depois que meu novo namorado vir esse vídeo? Que ótima ideia. Me acalmar. Por que eu não tiro uma soneca? Isso vai resolver tudo. Ou, melhor ainda, sabe de uma coisa? Foda-se, eu vou para a Disneylândia.

Os olhos da Victoria estavam começando a soltar faíscas. Eles faziam isso com frequência, mas raramente para mim.

— Quando você vai perceber que não é mais uma garota comum? — ela falou. — A ficha vai cair logo ou vai continuar com a cabeça enfiada na areia?

Fiquei pasma. Quer dizer, a Victoria podia fazer e dizer coisas surpreendentes, mas essa ganhou de todas.

— Eu *sou* uma garota comum! — comecei a gritar de volta, mas ela me cortou apontando para a TV, onde minha sósia estava ocupada arrancando o coração do Evan.

— Não, não é! — Victoria berrou de volta. Estávamos a centímetros de distância agora e, apesar de eu ser mais alta do que ela, parecia que ela era maior. — Olhe para isso! — ela gritou. — Olhe para você! Isso não é comum, isso não é normal! Jesus, Audrey, você é sensacional! Metade do mundo ocidental a ama! E você está estragando tudo!

— Desculpe! — gritei de volta. Do outro lado da sala, Bendomolena estava escondida embaixo de uma poltrona. Eu podia ver sua cauda inchando, como sempre fazia quando ela ficava com medo. — De que lado você está, por falar nisso?! Do meu ou do deles?

— Do que você está falando?

— Você sabe do que estou falando! "Audrey, ligue para a RPM Discos para a gente poder ir fazer compras! Audrey, faça um reality show para eu poder ganhar um monte de coisas grátis! Ei, Audrey, quer ir ao camarim? Você só precisa dizer a eles quem você é!" Você só fala nisso; é só no que parece se interessar!

— Você está irritada porque eu gosto de me divertir?! — ela berrou de volta. Victoria não é de berrar, mas quando resolve gritar, ela pode fazer os céus tremerem. — Estou tentando ajudá-la a passar por isso, porque eu sou uma puta boa amiga, mas não! Você só quer ficar emburrada em casa e sentir pena de si mesma!

— Então o que foi aquele carro idiota? — gritei. — Como aquilo estava *me* ajudando, exatamente? É como se você fosse minha amiga só por causa das coisas de graça!

Ah, meu Deus, se a Victoria pudesse, acho que teria furado a parede da nossa sala com um soco.

— Eles mandaram aquele carro porque quiseram — ela se enfureceu. — Jesus, Audrey, quando você se esqueceu de como se divertir? Há seis meses, estaria totalmente amarradona nisso! Estaríamos indo a show todas as noites! Me processe então porque não estou sentada em um buraco escuro, emburrada porque minha vida é uma porcaria porque eu sou famosa! Só porque você não está se divertindo, Audrey, não significa que o resto de nós não possa!

— Toda vez que vou lá para fora, alguém tira uma foto! Eles se escondem nos arbustos! Na semana passada, tive que ir comprar hidratante e esta semana eu leio sobre o assunto em três revistas diferentes!

— Quem é que liga?

— *Eu* ligo, Victoria! Ou será que isso não importa mais? A minha opinião nem conta?

— Ah, não, com certeza conta. Na verdade, é só isso que conta!

— Que porra isso quer dizer?

— Novidade, Aud! Você só fala de você ultimamente e, mesmo assim, só faz reclamar! Você é uma porra de uma reclamona!

— Não sou reclamona, eu só...

Victoria estava pegando a bolsa e enfiando nos pés as sapatilhas de balé listradas de vermelho e rosa pelas quais eu havia lhe emprestado dez dólares há dois anos.

— Você é uma porra de uma ingrata — ela xingou enquanto se calçava. — Juro por Deus, jogam oportunidades para você só por ter terminado com o seu namorado e só o que você faz é reclamar e chorar e ficar se arrastando. Bem, me desculpe por tentar me assegurar de que o mundo saiba como a minha melhor amiga é maravilhosa! Me desculpe por querer que as pessoas a conheçam para que não falem mais merda a seu respeito! Talvez o que todo mundo está dizendo na escola seja verdade! Talvez você realmente só esteja ficando metida!

— Eles não estão dizendo isso — falei. Tinha lágrimas nos olhos que borravam tanto minha visão que parecia haver duas Victorias furiosas na minha frente.

— Estão sim — ela mandou de volta. — Mas sabe o que eu acho engraçado para caralho? Você está se transformando no cara com quem você terminou! É tudo sobre você, o tempo todo, e você nem liga para mais nada.

Senti como se ela tivesse me esbofeteado. Ninguém nunca havia me esbofeteado antes, mas não podia doer tanto quanto o que ela acabara de dizer.

— Você não fala com ninguém! — Victoria continuou enquanto pendurava a bolsa no ombro. — Nunca me pergunta como eu estou ou como Jonah está! Sempre que estamos juntas, você não quer fazer nada! Só fica com o James e provavelmente também passa a maior parte do tempo que está com ele reclamando!

— Sai! — pedi. — Vá para casa! Ligue para Jonah para vir pegá-la!

— Eu vou andando — ela cuspiu. Seus olhos estavam brilhantes e úmidos também. — E eu gostei muito daquele vídeo!

Passei como um furacão e abri a porta da frente com um tranco, me recusando a olhar para ela enquanto ela saía.

Assim que ela saiu, fechei a porta com uma batida e subi a escada a passos largos para o meu quarto, onde bati a porta duas vezes seguidas só porque me fazia sentir bem. Aí fui para meu computador, pronta para compilar o CD mais raivoso que já havia feito na vida, algo com muitos gritos e fúria. Mas nesse exato momento o telefone sem fio tocou e eu o agarrei e atendi sem nem olhar o identificador de chamadas. Era Victoria, eu sabia. Ela e eu nunca havíamos brigado assim antes e de jeito nenhum isso podia durar mais do que cinco minutos. Ela pediria desculpas e aí faríamos todo aquele negócio feminino de chorar e nos abraçarmos e ficaria tudo bem.

Tinha que ficar bem.

— Victoria? — atendi. Minha voz tremia tanto quanto as minhas mãos.

— Hum, Audrey?

Franzi a testa. Então não era a Victoria.

— Sim?

— Aud, sou eu.

Levei três segundos para identificar a voz, mas quando consegui foi como se eu nunca tivesse parado de ouvi-la.

— Ah — falei — Evan. Oi.

35

*"I'm sorry won't cut it for the rest of your life..."**

— Valencia, "Away We Go"

EU HAVIA FANTASIADO durante meses sobre o que diria a Evan se algum dia tivéssemos a chance de conversar novamente. Havia planejado a frase perfeita, as palavras perfeitas, a voz meio irritada, meio entediada perfeita com a qual dizer aquela frase.

Então é claro que ele finalmente liga e o que acontece?

Eu espirro.

Alto.

— Saúde — ele disse.

— Obrigada — respondi. — Então, que *porra* você estava pensando?

— Está bem — ele suspirou. — Olhe, não estou ligando para brigar com você, Aud, está bem?

— Tudo bem, a gente não precisa brigar. Nós *nunca* brigamos, caso você tenha esquecido. Só quero que você responda a essa pergunta. O que você estava pensando?

---

* Sinto muito, não vai colar para o resto da sua vida...

— Eu estava zangado, está bem? Estava zangado com você naquela noite. Não achei que tudo isso fosse acontecer por causa daquela única música!

— Por acaso sabe o que aconteceu comigo? — perguntei. — Tem ideia do que tem acontecido?

— Hum, as pessoas me contam coisas. Sei lá, estávamos em turnê pelo Japão e...

— Bem, eu estou em turnê no inferno! Tenho que passar o dia inteiro na secretaria da escola porque senão gente demais me pede um autógrafo. A Bendomolena está um caco porque corais natalinos demais, também conhecidos como fãs disfarçados, tocaram a campainha durante o Natal. Acho que uma em cada três pessoas na internet me chamou de piranha ou invadiu meu telefone...

— É, tentei lhe mandar um e-mail, mas ele voltou...

— Tenho um monte de paparazzi em cima de mim toda vez que boto o pé na rua! E aquele *vídeo*! Acabei de vê-lo! Victoria e eu tivemos uma briga séria por causa daquele vídeo idiota...

— Você e Victoria brigaram?

Fui temporariamente desviada do assunto.

— É — admiti.

— Uau. Vocês duas nunca brigam.

— É, bem, as coisas estão diferentes agora — fiquei mexendo nas pontas duplas do meu cabelo. — Ela quer que eu dê umas entrevistas e eu não quero — suspirei profundamente e deixei meu cabelo cair de novo. — Deus, Evan, por que você fez isso?

— Aud, sinto muito, está bem? Eu sinto, sinto muito. Não sabia que as coisas iam ficar tão loucas. Mas a minha vida também está uma loucura, sabe? Não vou para casa desde setembro.

— Mentiroso. Você acabou de tocar no show de Natal.

— Não, quero dizer tipo casa *casa*. Eu vi a minha mãe por uns 10 minutos naquela noite.

— Ah, por favor. Como Justin disse para a Britney, chore um rio por mim.

— Aud? Acha realmente que você é a única que teve a vida virada de cabeça para baixo?

Bem. Esse comentário me fez calar a boca por um minuto, tempo suficiente para o Evan continuar falando.

— Quer dizer, tem sido sensacional tudo o que aconteceu e estou grato e tal, mas às vezes... Eu só estou cansado. Não é a mesma coisa. É diferente.

— Diferente tipo como? — Por mais que eu tentasse, não podia deixar de sentir um tiquinho de solidariedade, nem que fosse só porque ele parecia tão cansado.

— Não sei. Só... diferente.

Deus do Céu. Frases como essa eram a Razão Número Vinte e Quatro para termos terminado, para começo de conversa.

— Boa perspectiva, Evan. Está tudo claro agora.

Ele riu, aquela risadinha esquisita dele.

— Sinto falta de você falar as coisas na lata para mim, sabia?

— Também sinto falta de falar as coisas na lata para você.

— É — ele suspirou. Aí houve uma pausa antes dele perguntar. — Está mesmo namorando aquele cara do Scooper Dooper? Ou isso é só um boato?

— Ah, está falando do cara que humilhou completamente no seu vídeo? Aquele cara? O James?

— É, o James. Está mesmo namorando ele? Porque eu vi uma foto na People no voo de volta de Osaka e...

— *Todo mundo* viu aquela foto. E sim. Estamos namorando.

— Você o ama?

— Evan — falei cuidadosamente — com todo o respeito, isso não é da sua conta.

— Certo. Está bem. Me desculpe — a voz dele estava pesada e fiquei imaginando o quanto devia me sentir mal por ele.

Houve um silêncio entre nós por um minuto e eu esfreguei a minha testa, subitamente exausta. Ainda nem eram 16h30.

— Deus, Ev — suspirei. — Faz quase oito meses. Faz mais de quatro desde que a música saiu. Por que está ligando *agora*? O que você quer?

— Quero que você venha para Nova York.

Não sei que resposta eu estava esperando, mas com certeza não era essa.

— Como disse?

— Quero que você venha para Nova York. Vamos tocar ao vivo na MTV e eu quero que você esteja lá.

— Nem vem. De jeito nenhum. Você está louc...

— É na frente de uma plateia, 200 pessoas no estúdio, entrevistas ao vivo, três músicas tocadas pela banda — ele estava lendo as informações em um pedaço de papel, eu sabia. — Querem entrevistá-la também.

— Não.

— Eles pagam a passagem, Audrey. Carro, seguranças, se você precisar. Mas querem muito, muito que você venha.

— Por quê? — eu estava mais do que cética.

— Bem, quer dizer... se fizermos as pazes em frente às câmeras, vai dar uma audiência enorme. Foi basicamente o que eles disseram.

— Quem são "eles"? Os Executivos Malvados da MTV?

— Não, é... bem, todo mundo. E eu também. Eu gostaria que você estivesse lá.

— Pela audiência?

— Não! Não, só... seria legal ver um rosto conhecido, sabe?

Eu sabia. Lembrei-me de não querer que a Victoria saísse do banheiro no dia depois do meu primeiro encontro com o James, só querendo ver algo que fosse confortável. Só de pensar em Victoria senti um nó na minha garganta e tive que engolir em seco.

— Aud?

— Estou aqui.

— E então...? O que você acha?

— Eu não sei.

Puta merda. Era isso mesmo que eu tinha acabado de dizer? O que eu estava pensando? Havia passado meses tentando evitas as câmeras e agora não tinha certeza se queria encará-las por vontade própria?

Mas era TV ao vivo. Na TV ao vivo não podiam me citar errado. Podia falar por mim mesma sem ter um repórter distorcendo as minhas palavras, ou pior, inventando completamente as palavras. Pela primeira vez, as pessoas poderiam ver quem eu realmente era, que eu não era uma namorada horrível ou uma piranha traidora ou o que quer que eles estivessem me chamando.

Pela primeira vez desde que eu ouvira "Audrey, espere!" parecia haver um fiapo de esperança.

— Aud? — ele disse novamente. — Você está aí?

— Não, eu estou só... Estou pensando, Evan. Eu tenho que pensar, está bem? — Mas minha mente tinha passado do ponto de pensar e estava completamente acelerada.

— Quando eles querem fazer isso?

— Vai acontecer este sábado.

— *Este* sábado?

— É. E sua mãe e seu pai têm que vir com você, já que você ainda não tem 18 anos.

— Posso ligar para você amanhã?

— É, acho que sim — eu podia ouvir alguém falando no fundo e então Evan cobriu o fone com a mão e disse algo tipo "Ela disse que vai ligar amanhã". Aí ele voltou — É, pode ser amanhã.

— Quem era?

— Hum, a Susan? Ela é nossa assessora de imprensa da gravadora.

— É a mesma assessora de imprensa que me arrumou aquela entrevista na *L.A. Weekly*? Se eu for para lá, quero conhecê-la antes.

— Hum, claro, tudo bem. Aud?

— Sim?

— Eu... eu sinto a sua falta. Não tipo, você sabe, não como se eu quisesse voltar a namorar de novo, porque sei que você está com James e tudo mais, mas... Só sinto saudades de todos nós, loucos, andando juntos.

Descansei a cabeça contra a beirada fria da minha mesa e lutei para não chorar. Entre isso e Victoria, eu realmente não estava pronta para ser nostálgica.

— Eu também sinto a sua falta — sussurrei. — Sinto ter te magoado. Não sinto por termos terminado, mas sinto ter te magoado.

— Eu também sinto muito. Sei que fiz um monte de merda.

Enxuguei rapidamente uma lágrima e ri um pouco.

— Você percebe que essa foi a conversa mais profunda que já tivemos?

— É, eu sei, não é? — Evan riu também. — Irônico.

— Irônico demais — enxuguei os olhos uma última vez. — Está bem, tenho que ir. Eu ligo para você amanhã, mas qual é o número?

— Este aqui. Anote só para o caso de ter aparecido algo estranho no seu telefone — ele leu os dígitos e eu os anotei em um bloco da Hello Kitty. — Espero realmente que você venha, Aud — ele falou. — Estou amarradão para vê-la novamente.

— É — eu falei, visivelmente com menos entusiasmo. — Amarradona. Eu também.

36

*"Perhaps, at last, the song you sing will have meaning..."**

— Guided by Voices, "Fair Touching"

EU NÃO SABIA O QUE FAZER. Simplesmente não sabia o que fazer. E pior, também não tinha ninguém com quem conversar a respeito. Eu e Victoria ainda não havíamos nos falado e eu estava em parte com medo demais, em parte irada demais para telefonar e contar pra ela. Foi o maior tempo que ficamos sem nos falar desde que ela tinha tido laringite na sétima série.

Eu havia conversado pelo Messenger com o James naquela noite, mas não lhe contei sobre a minha briga com a Victoria nem sobre a proposta do Evan. Ele estava irado demais a respeito do vídeo.

BoysDontCry: o pior
BoysDontCry: vídeo
BoysDontCry: do mundo

* Talvez, finalmente, a música que você canta tenha significado...

JustaGirl: eu sei
JustaGirl: me desculpe
BoysDontCry: Pierce gravou
BoysDontCry: eu quero matá-lo
JustaGirl: Evan ou Pierce?
BoysDontCry: os dois
BoysDontCry: como vc está?
JustaGirl: :/
BoysDontCry: eu não, eu estou >:(
JustaGirl: tenho q ir. jantar.
JustaGirl: falo com vc depois? <333

Mas a verdade era que eu não estava com fome e não havia sido convocada para comer lá embaixo. Eu só precisava de mais tempo para organizar as coisas na minha cabeça antes de conversar com o James a respeito, principalmente agora que seu rosto ia estar direto em todos os canais de música, sem falar em cada um dos blogs e de sites de fãs.

Tentei ir para a cama cedo naquela noite, pensando que uma boa noite de sono limparia a minha cabeça e resolveria o problema e, quando eu acordasse, saberia magicamente o que fazer.

Então, quando o relógio deu meia-noite e eu havia me revirado pela milionésima vez e todos os lençóis haviam se soltado, joguei esse plano pela janela.

Mas, mesmo sem todo o rebuliço, eu não teria sido capaz de dormir, graças aos roncos da Bendomolena. Ela pode roncar bastante alto se adormecer deitada de costas, e Victoria e eu uma vez passamos o sábado inteiro tentando gravá-la para eu poder botar seu ronco como meu ringtone. Não deu certo, mas teria sido divertido.

Foda-se, pensei. *Vou me levantar.*

Acabou que eu não era a única que não conseguia dormir. Meu pai estava lá embaixo assistindo ao History Channel (ou, como ele gosta de chamá-lo, o Canal da Guerra) e comendo alguma espécie de biscoito.

— A mamãe vai matá-lo se o vir — falei quando o vi.

Ele não pareceu ameaçado.

— Achei que tinha ido dormir cedo.

Encolhi os ombros.

— Bendomolena está roncando.

— Bem, pegue um suborno para não contar para sua mãe — ele disse, me passando a caixa de biscoitos.

— Onde você anda guardando isso? — falei. — Eu não os tinha visto.

Ele subiu e desceu as sobrancelhas e chegou para o lado no sofá.

— Nunca vou contar. Venha, sente-se.

Eu me sentei.

Depois de uns dez minutos assistindo a um cerco atrás do outro, eu lambi o resto do chocolate dos meus dedos.

— Evan me ligou hoje — falei casualmente, tentando avaliar a situação. Meu pai é bem legal, eu admito, e nós conversamos, mas nós não... *conversamos* realmente.

— Ah, é? — Seus olhos não saíram da tela, mas ele abaixou um pouco o volume. — O que ele queria?

— Hum, só para dizer oi. E que ele quer que eu vá à Nova York para aparecer ao vivo na TV com ele e o resto da banda no próximo sábado.

Aparentemente, essa frase superava a Batalha de Sei Lá o Quê, porque meu pai abaixou um pouco mais o som.

— Ah, é? — ele disse novamente.

— É. E teve esse vídeo hoje também, da música, que foi lançado... — e, quando eu vi, estava contando ao meu pai sobre o vídeo e também sobre a briga com Victoria e como eu não havia contado para o James sobre o Evan ter ligado ou sobre sua oferta e meu pai estava ouvindo e assentindo enquanto canhões continuavam explodindo na tela à nossa frente. (Não era um cenário inadequado para a conversa, tenho que admitir.)

— Então, não sei o que fazer — finalizei, erguendo e largando as mãos no colo. — Eu quero contar ao James mas não quero e quero ir para Nova York mas não quero.

— Uau — meu pai falou. Eu estava realmente grata por ele estar tendo uma reação tão tranquila a respeito disso. Se fosse a minha mãe, ela teria ficado toda mamãe e solidária, o que provavelmente teria me feito chorar. Com meu pai, no entanto, eram só negócios.

— Parece que você precisa tomar algumas decisões — ele continuou.

— É, não brinca.

— Então, tome-as — ele comeu outro biscoito e olhou para mim. — Qual é, Aud, desde quando você é uma espectadora?

— Desde que bati a cabeça e fiquei inconsciente na barra de ginástica quando tinha 6 anos.

— Sabe o que quero dizer.

Eu sabia. Eu estivera me escondendo e ficando calada enquanto todo mundo falava sobre mim.

— Então você acha que eu devo ir para Nova York?

— Eu não disse isso.

— Acha que eu devo ficar aqui?

— Também não disse isso.

Suspirei.

— Por que é que quando você quer que os seus pais lhe digam o que fazer, eles não dizem, e quando você *não* quer que eles lhe digam o que fazer, eles dizem?

— Aulas secretas de paternidade — ele falou, e aí me passou o pacote. — Eles nos ensinam todo tipo de coisa, incluindo onde esconder os biscoitos para que a sua filha não consiga encontrá-los.

Três biscoitos e um abraço depois, voltei para o andar de cima. Bendy ainda estava serrando troncos e joguei um travesseiro em cima da minha cabeça enquanto me enroscava de novo no edredom.

Eu tinha que decidir.

Então eu decidi.

Na manhã seguinte, encontrei meu pai e minha mãe na cozinha, parecendo estranhamente esperançosos. Meu pai devia ter contado à minha mãe sobre os últimos acontecimentos.

— Então — falei. — Quem está a fim de viajar para Nova York?

37

*"This is the long way down, and our lives look smaller now..."**

— AFI, "Summer Shudder"

EU NUNCA FUI A NOVA YORK. Sempre quis ir e imaginei como seria: comprar vestidinhos na Marc Jacobs, entrar e sair correndo de táxis amarelos e dançar em boates tão underground que nem têm nomes. Esqueça os pontos turísticos. Nós nos vemos da próxima vez, Estátua da Liberdade.

Não foi bem assim que aconteceu.

A MTV e a gravadora do Evan e meus pais discutiram os detalhes da minha aparição como se estivessem na Suprema Corte. No começo, meus pais não queriam que eu faltasse às aulas na sexta-feira para viajar, mas depois condescenderam, e aí minha mãe se recusou a deixar que o pessoal do figurino da MTV cuidasse de mim, porque, como ela colocou, "Eu já vi o que vocês fazem com essas meninas". Se minha mãe conseguisse o que queria, eu usaria uma gola rulê, uma parka, um gorro de neve, jeans e botas em cadeia nacional.

---

* Esta é a longa descida e as nossas vidas parecem menores agora...

Hum, não.

E então tive que contar para o James sobre a minha decisão.

Um dia depois do vídeo ter sido exibido pela primeira vez, estávamos no carro depois da aula, sentados no estacionamento e esperando o trânsito desafogar.

— Deus, não faça isso — ele disse, puxando a minha mão da boca enquanto eu mastigava uma cutícula. — Você me deixa maluco quando faz isso.

Arranquei minha mão da dele, mas não voltei a roer a unha.

— Você podia só dizer "Audrey, por favor não faça isso", sabe. Não precisa me passar um sermão a respeito.

É, nós não estávamos no melhor dos humores. O vídeo ainda estava em primeiríssimo lugar na mente de James, enquanto Nova York estava na minha.

— Todas essas garotas não paravam de vir falar comigo na aula de História — ele disse, sacudindo a cabeça com a lembrança — e falavam, tipo, "Era mesmo você no vídeo?" Quer dizer, garotas nunca falaram comigo na minha vida, e agora isso.

Encolhi os ombros.

— Bem-vindo ao meu mundo.

— Uma delas até tentou se sentar no meu colo!

— Olhe, eu tenho que lhe contar uma coisa.

— E todas as amiguinhas delas estavam dando aquela risadinha idiota de menina, também.

— Evan me ligou ontem à noite.

James olhou para mim como se eu tivesse lhe dado um tiro.

— *Evan*? Evan, o ex-namorado? — Acho que ele estava se sentindo do mesmo jeito que eu havia me sentido depois que vi Sharon Eggleston pra cima dele toda cheia de amor pra dar.

— É. Ele — respirei fundo. — A MTV está fazendo esse lance grande em Nova York este fim de semana e querem que vá até lá para fazê-lo. Dar uma entrevista ao vivo com ele na TV.

James fungou e olhou para fora da janela.

— E você disse a ele pra cair fora, eu espero.

Quando eu não disse nada, James olhou para mim. Era como ouvir uma onda prestes a quebrar no mar, o tipo de silêncio que indica que o mundo vai virar de cabeça para baixo.

— Falei pra ele que iria e daria a entrevista — falei finalmente.

Eu tinha pensado que James ia ficar todo vermelho e nervoso, mas foi exatamente o contrário que aconteceu: todo o sangue sumiu do seu rosto.

— Você *vai*?

— Vou. Minha mãe e eu vamos viajar sexta-feira de manhã.

— Vai ver o mesmo cara que fez um vídeo que basicamente esculachou nós dois?

— Não vou vê-lo, eu vou para que tudo isso simplesmente seja esquecido! E, além do mais, o vídeo provavelmente foi ideia do diretor, não do Evan.

— Não o defenda — James mandou de volta. — E você acha que, aparecendo na MTV, isso tudo vai ser esquecido? — ele deu uma risada curta, amarga. — Excelente plano.

— É, na verdade, é mesmo! — falei. — Se as pessoas virem Evan e eu conversando sem tentar matar um ao outro, talvez elas esqueçam essa história! Talvez não pensem que eu sou essa garota horrível e cruel que traiu o namorado com *você*!

— Você perdeu a cabeça — James resmungou. — Isso vai lançá-la para fora da estratosfera. Nada vai ser esquecido. Pare de mentir para si mesma!

— Olhe, estou fazendo isso por *nós*, está bem?

James se virou para olhar para mim.

— Não, está fazendo isso por *você*. Mas se isso a ajuda a dormir de noite, tudo bem. Que se foda.

— E se eu fizer isso por mim? — mandei de volta. — Isso é ruim? É tão ruim assim que eu seja a pessoa que finalmente toma uma decisão sobre o que está acontecendo na minha vida?

Mas James não ia aceitar isso.

— Sabe quanto tempo eu esperei para sair com você ou mesmo só para falar com você? Meses, Aud, está bem? *Meses*. E agora esse babaca volta para a sua vida e você está correndo de volta para ele, como se ele nunca tivesse feito nada a você! E aqui estou eu, parado feito uma porra de um idiota no Scooper Dooper, como antes, só que agora todo mundo me conhece e sabe meu nome e quem eu sou. O otário que foi dispensado por você.

Eu estava lívida.

— Hum, com licença? Eu disse que ia dispensá-lo? É só uma entrevista, não uma grande decisão que vai mudar a minha vida!

— É uma entrevista com seu ex-namorado!

— Ei, vou lhe contar uma novidade, chefe. Você não pode me dizer o que fazer!

— É, não diga!

Foi terrível. Foi cem vezes pior do que a nossa briga por causa da Sharon Eggleston. A essa altura, nós dois estávamos gritando e as pessoas estavam passando pelo carro a pé, tentando ver o que estava causando aquela comoção.

— Está bem! — finalmente berrei e tentei recuperar o fôlego. — As pessoas estão olhando para nós.

— As pessoas *sempre* estão olhando para nós — ele rosnou.

Suspirei.

— Se isso sair nos tabloides, eu vou morrer.

James começou a recolher sua bolsa no banco de trás.

— A porra dos tabloides. Estamos discutindo sobre o seu ex-namorado e você só consegue pensar no que os outros vão pensar.

— Aonde você vai? — falei enquanto ele jogava seu livro de História dentro da bolsa.

— Para casa. Eu pego uma carona com o Pierce. Ou com Jonah. Tanto faz. Só quero sair daqui.

Fiquei olhando enquanto ele saía e batia a porta e então passava pelos eucaliptos em direção à rua. As pessoas ainda estavam olhando para meu carro e eu o liguei e me mandei para casa antes que alguém começasse a tirar fotos.

Eu também não ia pedir desculpas de jeito nenhum. O negócio da Sharon Eggleston tinha sido minha culpa e eu admiti, e me esforcei bastante para consertar. Mas isso era culpa do James. Ele podia me ligar.

Mas o telefone não estava tocando.

Durante os dois dias seguintes, a escola foi o lugar mais amedrontador em que eu já havia estado (a não ser por aquela vez há dois verões quando eu acidentalmente fiquei presa no fosso do palco na Warped). Victoria e eu ainda não estávamos nos falando, James estava me ignorando, e passar pela porta do colégio sem saber com quem eu ia falar naquele dia era aterrorizante.

Eu ainda via James e Victoria na escola, mas só tinha vislumbres rápidos. Jonah estava o tempo todo ao lado da Victoria enquanto ela cuidadosamente me ignorava nos corredores, mas uma vez, quando ela estava tirando alguma coisa do seu armário, ele deu um acenozinho escondido para mim e uma daquelas balançadas de cabeça tipo "E aê?". Mas, em vez de me fazer sentir melhor, isso me deu vontade de chorar. Mas eu nem podia fazer isso, porque se qualquer um visse ou ficasse sabendo, estaria online em uma questão de horas.

Quinta-feira, no dia antes de ir para Nova York, eu estava fazendo de novo e de novo o mesmo problema de matemática no meu livro do vestibular, furiosa por não conseguir chegar à resposta certa, quando senti alguém me observando. Me virei e vi Tizzy de pé com um presente na mão, olhando para mim com os olhos brilhantes.

— Oi — ela disse num sussurro alto. — Você pode falar?

Fiz um gesto amplo com a mão.

— Não tem ninguém aqui. Não precisa cochichar.

— Ah, certo. Certo — ela acrescentou numa voz normal. — Acabei de ver o James andando pelo corredor. Ele é tãão gatinho, Aud! Você tem tanta sorte!

Aparentemente, ela não tinha ficado sabendo. Não que fosse estranho ver eu e James separados na escola, já que eu já estava separada de todo mundo, não só do meu namorado.

— Essa sou eu — falei com uma animação forçada. — Sortuda. Simplesmente sortuda demais.

— Eu sei — ela sorriu mais largo e passou o presente para mim. — Hum, tome. Isso é para você.

— Para mim? — repeti. A caixa estava lindamente embrulhada, quase como se alguém a tivesse embrulhado profissionalmente. — Tizzy, você não tinha que comprar... Isso é papel de Natal?

— É. Eu fiquei tentando lhe entregar antes do Natal, mas não conseguia encontrá-la e aí eu peguei uma gripe e... bem, eu soube que você vai para Nova York e pensei, Deus, é melhor eu dar logo no caso de você amar a cidade e resolver ficar por lá! — ela abriu mais o sorriso. — Então, feliz Natal um mês atrasado!

Eu podia sentir lágrimas apontando nos cantos dos olhos. Eu era oficialmente a pior pessoa no mundo. Tentei não pensar em todas as vezes em que eu rira da Tizzy ou ignorei ostensivamente seu entusiasmo desajeitado.

— Hum, Tizz, eu sinto muito, mas não tenho um presente para você.

— Ah, tudo bem! Sério! Não tem a menor importância!

Mas de repente parecia ter muita importância.

— Posso abrir o presente agora? — perguntei a ela. Eu não ligava se havia uma cabeça apodrecida dentro da caixa, eu ia fazer a maior cena com o presente dela.

— Não! — ela falou. — Não abra agora! Eu vou ficar sem graça e suada e esquisita! É só que, você sabe, achei que você podia gostar! Pode usar na MTV ou quando estiver zangada com o Evan. Ou sei lá quando.

— Bem, posso ligar para você depois que abrir? — Puxei meu telefone e comecei a fazer um novo contato para ela e ela falou ansiosamente os números enquanto eu os programava no telefone.

— Só não ligue depois das 21 horas — ela advertiu — porque, você sabe, minha mãe vai para a cama *hipercedo* — ela balançou a cabeça e revirou os olhos. — Tipo, totalmente nada a ver.

Sorri.

— Antes das 21 horas. Entendi. — Aí eu me levantei e a abracei. — Obrigada de novo, Tizzy — eu disse a ela. — Sério. Isso é tão gentil da sua parte.

— Ah, de nadaaaa! Quer dizer, tudo bem! Divirta-se em Nova York! Eu vou assistir, não se preocupe!

— Vou me divertir — falei, então limpei a garganta antes que a minha voz falhasse.

— Está bem, então, hum, a gente se vê depois!

Ela puxou a mochila mais para o alto nos ombros e acenou adeus como se estivesse sinalizando a aterrissagem de um avião. Acenou até virar o corredor e eu caí na cadeira com um suspiro profundo e peguei o presente.

Estava tão bem embrulhado que partiu meu coração.

Abri o embrulho cuidadosamente, como minha mãe sempre faz quando temos parentes em casa para abrir presentes. Havia uma camiseta azul-clara dentro e, quando eu a abri e segurei no alto, vi as letras na frente: EU GOSTAVA MAIS DE VOCÊ ANTES DE VOCÊ SE VENDER.

Passei o resto da tarde tentando evitar que as lágrimas pingassem por todo o meu livro idiota do vestibular.

Quando eu e minha mãe finalmente embarcamos no avião para Nova York, eu estava pronta para decolar. Havia levado horas para fazer a mala na noite anterior, já que não sabia o que queria vestir, e eu os vi arremessarem a minha mala para dentro do avião da janela do meu assento na primeira classe. Digam o que quiserem da MTV, e eu certamente digo, mas eles sabem como transportar uma garota e sua mãe com estilo.

— Deviam *mesmo* mandá-la de primeira classe — meu pai resmungara quando descobrimos. — Vão ganhar milhões em propaganda com isso.

Ao meu lado, minha mãe verificava o cinto de segurança pela trilionésima vez. Eu havia me esquecido que ela fica nervosa quando voa e me preparei mentalmente para todos os agarrões apertados no meu braço que ela ia me dar pelas próximas seis horas.

— Então — ela disse com falso entusiasmo. — Está animada? Pronta para decolar?

Olhei pela janela novamente e pensei em todas as outras pessoas da minha idade que estavam se levantando, indo para a escola de carro com sua melhor amiga, dando uns amassos com seu namorado ou namorada antes do sinal tocar. Pensei no quanto eu queria ser como eles novamente.

E pensei nas palavras do James para mim.

— Eu só quero cair fora — falei para minha mãe. — Então vamos nessa.

38

*"Live through this and you won't look back..."**

— Stars, "Your Ex-Lover Is Dead"

— **O QUE EU NÃO ENTENDO** — minha mãe ficava repetindo no sábado de manhã no nosso hotel — é como você conseguiu enfiar todo o seu armário nessa mala.

— Muita espremeção — repliquei enquanto jogava mais três blusas e um par de jeans no chão. O quarto era grande, mas pequeno demais para dividir com a minha mãe, que gostava de arrumação, ordem e coisas em pares.

Vamos colocar dessa maneira: ela não curte acessórios.

— Use aquele lindo suéter rosa que a vovó lhe mandou de Natal — ela sugeriu.

— Não trouxe — falei, vasculhando no meio das coisas para encontrar minhas meias-calças.

— A única coisa que você não trouxe — ela suspirou. — E fica tão bonito em você. Ei, se puder, devia dizer oi para a vovó diante das câmeras hoje. Sei que ela vai estar assistindo, ela ia adorar.

* Sobreviva a isso e não vai olhar para trás...

— Mãe — eu finalmente implorei. — Por favor! Estou prestes a aparecer em rede nacional! É como se toda a minha vida tivesse sido um ensaio geral até agora. Não vou parecer que caí dentro de uma Gap, está bem?

Ela só olhou para mim.

— Está nervosa porque vai ver Evan, não está?

Como é que ela *faz* isso? Porque, até ela falar, eu nem sabia que estava nervosa por que ia ver o Evan, mas minha mãe estava certa.

— Acho que sim — suspirei. — Talvez. Eu não sei.

— Aconteceu alguma coisa com o James? — ela perguntou. — Logo antes de partirmos? — ela já sabia da minha briga com a Victoria, mas deve ter sido considerado um Assunto Delicado pelos meus pais, porque nenhum dos dois falou nisso.

— Tivemos uma briga — admiti. — Sobre eu vir para cá.

— O que ele disse?

Contei uma versão resumida e censurada.

— Então não sei se terminamos ou o quê — falei enquanto me jogava na cama. — Não estamos nos falando, o que eu acho que é o mesmo que terminar. Sei lá. Está tudo estranho.

Minha mãe sentou-se ao meu lado.

— Aud — ela disse. — Às vezes você vai ter que tomar decisões das quais nem todo mundo vai gostar. Mas se acha que é a coisa certa a fazer, você tem que fazer. Mesmo que seu namorado não goste. Mesmo que Victoria não goste. Diabos, mesmo que papai e eu não gostemos. Tem que começar a confiar em si mesma.

Pensei em como havia me afastado do Evan enquanto ele gritava "Audrey, espere!" apesar de saber que devia ter voltado e conversado mais com ele. Pensei em quão apreensiva eu tinha ficado com aquela repórter do *L.A. Weekly* e como não havia querido falar com ela. E aí pensei no meu gatinho ruivo e provavelmente ex-namorado, que eu pensava ser um nerd só porque todas as outras pessoas achavam que ele era um nerd.

— Sinto como se eu sempre estragasse tudo — falei para ela. — Toda vez que tomo uma decisão importante, parece que escolho a coisa errada e as coisas só pioram. E agora eu não tenho mais uma melhor amiga ou um namorado.

— Está brincando? — minha mãe engasgou. — Eu tenho tanto orgulho de você! Você passou tão bem por isso tudo! Poucos adultos conseguiriam lidar com esse tipo de pressão e aqui está você, voando para Nova York de cabeça erguida.

— Ah, meu Deus, mãe, isso é tão brega. Você tem assistido a demais comédias na televisão.

Minha mãe só sorriu.

— Vou deixar essa passar — falou, e puxou meu cabelo por cima do ombro e desmanchou os emaranhados. — Olhe, se não quiser dar essa entrevista, só me diga e pegaremos o próximo avião de volta para a Califórnia, está bem? Mas, se realmente quiser fazer isso, eu a apoio cento e dez por cento. Só se assegure de que está tomando decisões por você, não por causa do que qualquer outra pessoa pense.

— Ainda vai me apoiar se eu usar aquelas botas azul-turquesa que peguei no troca-troca? — Eu sabia que ela odiava aqueles sapatos.

— É claro — ela beijou o topo da minha cabeça e ficou de pé. — Bem, *bem* de longe.

39 *"MTV, what have you done to me?"**

— Arcade Fire, "Windowsill"

NO MINUTO em que nosso carro chegou aos estúdios da MTV, uma assistente de produção chamada Amy foi encarregada de bancar a minha babá. Provavelmente era só alguns anos mais velha do que eu e tinha dois celulares, uma prancheta que parecia não ter muita função, um walkie-talkie e um fone de ouvido. Ela e dois seguranças levaram minha mãe e eu do carro para um camarim no andar de cima, longe de tudo e de todos.

E havia muitos, muitos tudo e todos. As ruas do lado de fora tinham filas de fãs, alguns dos quais tinham cartazes feitos em casa e outros que tinham cartazes que a MTV obviamente os havia instruído a segurar. Os gritos não eram iguais a nada que eu tivesse escutado antes e parecia que haviam chamado o Departamento de Polícia de Nova York para controlar a multidão.

---

* MTV, o que você fez comigo?

— Então, é aqui que vocês vão ficar até estarmos prontos para você lá em cima — Amy tagarelou enquanto depositava minha mãe e eu em um camarim do tamanho de um armário. Ela falava super rápido e eu a reconheci como uma companheira do vício em cafeína. Também não me parecia muito nova-iorquina, o que eu confirmei depois quando descobri que ela era do Kansas e estava no segundo ano na NYU.

— Bonitos sapatos — falou quando viu minhas botas turquesas, e eu tinha que admitir, estava tendo um dia magnífico de moda. Havia combinado as botas com um vestido preto sensacional que parecia ter sido desenhado por Edward Gorey e, apesar de estar morrendo de frio, valeu a pena. Além disso, pude usar uma japona superdescolada que nunca posso usar na Califórnia, então, apesar de todo o drama, eu estava realmente amando minha roupa. Apesar da minha mãe ficar toda "Você tem certeza sobre essas botas?" mais ou menos um milhão de vezes.

Tentei relaxar no feio sofá marrom e não pensar em como estava prestes a aparecer em rede nacional, mas era difícil. Em grande parte porque os Do-Gooders haviam chegado e o walkie-talkie da Amy ficava berrando com informações tipo "Os artistas estão a cinco minutos!", "Os artistas chegaram!", "A água para os artistas não está no camarim. Eu repito, a água para os artistas não está no camarim!".

— Os artistas querem seus M&M's classificados por ordem alfabética — falei a certa altura, revirando os olhos. — Os ar-par-ti-pis-tas-pas querem que todo mundo fale a língua do pê pelos próximos no-po-ven-pen-ta-pa mi-pi-nu-pu-tos-pos — ainda me espantava que Evan e o resto da banda fossem considerados "artistas", muito menos que as pessoas tropeçassem umas em cima das outras para lhes trazer água. (Tenham em mente que esses eram os mesmos caras que uma vez fizeram um concurso para ver quanta mortadela os quatro conseguiam comer. E, deixem-me dizer, em um concurso de comer mortadela, *ninguém* ganha.)

— Sshh! — minha mãe cutucou meu cotovelo e se moveu na direção de Amy, que aparentemente estava envolvida no fiasco da água dos artistas e estava tagarelando em um de seus fones. — Você vai fazer essa pobre garota ter um ataque bem aqui no camarim.

— Não, "os artistas" vão — falei, mas quando tentei sair para o corredor para achar um banheiro, Amy se jogou na minha frente e fez um gesto na direção de uma porta no camarim. Foi quando descobri que essa menina estava aqui somente para impedir que eu visse Evan. Eu não podia deixar de pensar que, se Victoria estivesse aqui comigo, não só ela teria passado por Amy, mas estaria dizendo aos "artistas" exatamente onde podiam pegar sua maldita água.

E aí começou a contagem regressiva: "Sessenta minutos para entrar no ar!" "Quarenta minutos para entrar no ar!" Deve ser por isso que os astros de rock são tão mal-humorados, percebi. Têm que chegar em todos os lugares no meio da madrugada e aí baixarem a bola durante horas. Pudera tantos camarins tenham sido destruídos.

Quando falaram "Dez minutos para entrar no ar!", a Amy me pegou e me levou pelo corredor para uma antessala que estava muito fria e silenciosa.

— Tchau — minha mãe disse quando eu saí. — Lembre-se, mande um oi para a vovó! — ela tinha ficado me lembrando disso de cinco em cinco minutos, mas, tendo em vista como as minhas mãos haviam subitamente ficado dormentes de terror, a vovó era a última coisa na minha mente.

Olhei para Amy enquanto estávamos de pé na antessala, cercadas por vários outros assistentes de produção e suas pranchetas inúteis. Todo mundo estava olhando para os monitores pendurados no teto, e eu podia ver os Do-Gooders sendo entrevistados e a plateia no estúdio rindo em todos os momentos certos. Reconheci o entrevistador Dave, o cara que sempre fazia as perguntas mais idiotas toda vez que entrevistava uma banda.

— Lembre-se, seja natural, igual à vida real — Amy não parava de falar.

— Esta é a minha vida real — resmunguei.

Ela não me ouviu.

— Nada de chiclete e, mais importante, nada de palavrões — ela continuou, mas eu a havia desligado e me concentrado de novo na banda. As únicas imagens que eu havia visto do Evan desde que havíamos terminado haviam sido transformadas em vídeo e retocadas, fazendo a banda inteira parecer o mais pin-up possível. Sem efeitos especiais para mudá-los, porém, eles só pareciam cansados. Evan, especialmente, parecia tão mais velho do que há um ano e eu inconscientemente estiquei a mão e toquei a tela enquanto a minha raiva em relação a ele lentamente diminuía.

— Oi, Ev — sussurrei, mas a Amy não me ouviu dizer isso, porque alguém estava entregando minhas dálias* para ela.

É, isso mesmo.

Dálias.

Amy me explicou resumidamente.

---

* Texto que se esconde no cenário, em objetos de cena, no chão ou ao lado da câmera, para ajudar o intérprete. (N. da T.)

— A câmera com a luz vermelha acesa é a que está filmando — ela disse, o que eu já sabia. — E isso — ela levantou os cartazes — é o que você vai dizer.

— O que eu vou o quê?

— Não se preocupe, são só algumas guias para fazer a entrevista correr tranquilamente — ela falou, seus dentes do Kansas praticamente me cegando com a falta de sinceridade. — Você sabe, só quais respostas deve dar.

— Mas achei que eu podia dizer o que quisesse — disse a ela, enquanto a dormência viajava das minhas mãos para meus braços. Fiquei imaginando se estava tendo um ataque cardíaco. *Isso não era um sinal de ataque cardíaco? Braços dormentes?* Quando não fui derrubada por dores inacreditáveis no peito, mudei meu foco de volta ao que Amy estava falando.

— ...gostaríamos que tudo corresse o mais tranquilamente possível — ela cantarolou de novo. — Não se preocupe, essas são só respostas padrão — mas conforme ela passou os cartazes para me mostrar, percebi que eram todas coisas que eu dissera na entrevista da *L.A. Weekly*, como eu amava A Música, amava ser famosa, *amava amava amava* tudo a respeito da minha vida! Fiquei surpresa por ninguém ter desenhado arco-íris e ursinhos de pelúcia nos cartazes.

— Hum, posso ir ao banheiro? — perguntei a ela. — Eu realmente tenho que fazer xixi.

Amy olhou para o relógio preso ao monitor.

— Seis minutos — falou.

— Tenho muito, muito que fazer xixi — eu disse, parecendo que estava no pré-primário. — Vai ser rápido.

— Está bem — ela falou e, como Evan estava sob as câmeras, eu acho, tive permissão para correr pelo corredor para dentro de um banheiro. Depois que chequei para ter certeza de que não havia mais ninguém lá dentro, me tranquei num reservado e comecei a pensar rápido. O que eu podia fazer? Podia me recusar a ser entrevistada. Podia concordar com o negócio das dálias e fazer todo mundo feliz. Podia dizer "foda" em cadeia nacional e acabar com o negócio todo em três segundos redondos.

— ...tão feliz quando isso acabar! — a voz de uma mulher disse subitamente enquanto dois pares de saltos altos entravam batendo no chão do banheiro.

— Nem me fale — outra mulher falou. — Acredite, nós *não* estávamos preparadas para isso. Não tenho um fim de semana livre há seis meses.

Elas soavam oficiais e profissionais e tive a sensação de que não sabiam que eu estava lá. Tive a sensação de que eu não devia ouvir essa conversa.

Então é claro que fiquei em cima da privada escutando.

— Bem, você sabe que nós os contratamos só porque o tio ou o primo ou sei lá o quê de alguém conhecia o empresariozinho deles e foi tudo um negócio de favor em família — a primeira mulher suspirou. — E aí a música foi lançada e foi tipo "Uh-oh, adeus tempo livre".

— Sabe quanto tempo eu levei para treiná-los para a mídia? — a segunda mulher disse. Do jeito que ela falou eu podia ver que estava passando batom. — Quase tivemos que tirar o sotaque do sul da Califórnia deles a tapa. Era tudo "cara", "mané" ou "nervoso". Era horrível.

E agora eles estão, tipo, "Quando vamos gravar o nosso disco? Queremos fazer um disco!" e eu só falo, tipo "Meninos, vocês têm sorte de haver uma porra de música! Peguem o seu dinheiro e saiam correndo!"

— Como era o contrato que eles assinaram?

— Como você *acha* que era?

Aí as duas riram.

Aimeudeus. Aimeudeus. Aimeudeus.

— Mas, sabe — a primeira retrucou — é uma boa música. Eles vão ter o seu momento, vão ser um fenômeno de um sucesso só da VH1 ou o que quer que seja. Vão ter uma história para contar para seus netos.

Eu não podia acreditar que isso estava acontecendo. Sempre vira os filmes onde o herói se esconde no reservado do banheiro enquanto coisas ruins estão sendo ditas e sempre ficava, tipo, "Pule para fora! Confronte-os! Faça *alguma coisa*!" Mas agora eu sabia totalmente por que não faziam isso: eles estavam em choque. Exatamente como eu estava. Eu não podia fazer coisas como sair como um furacão do reservado e dizer "Ahá!" porque estava tão surpresa que mal conseguia manter o equilíbrio. Esqueçam um confronto. Eu só não queria cair dentro de uma privada pública.

Mas depois que elas saíram, tudo se encaixou no lugar. Era como se alguém tivesse esticado o meu cérebro e sacudido a poeira. Meus braços perderam a dormência, minha visão estava aguçada e, quando saí do reservado e fui me olhar no espelho, me senti corajosa e consciente e sem um pingo de medo.

Desde quando você é uma espectadora?, meu pai me havia perguntado.

— Não mais, papaizinho — eu disse para o espelho.

Estava na hora de virar esse jogo.

40

*"Something glorious is about to happen!"**

— Bloc Party, "Positive Tension"

HÁ ALGUNS MOMENTOS na minha vida dos quais nunca vou me esquecer: conhecer a Victoria, beijar James pela primeira vez no freezer e entrar no palco da MTV debaixo de luzes brilhantes e aplausos aos berros de 200 pessoas que eu jamais encontrara na vida, mas que me conheciam, todas elas. Era quase avassalador. Minha respiração fez aquela coisa esquisita de se embolar no meu peito, quando ela parava e começava e parava de novo e faíscas de adrenalina congestionavam o meu coração e a minha pele até eu sentir como se estivesse brilhando.

Tive que atravessar o palco a pé, o que consegui fazer sem escorregar e me matar e o entrevistador estava lá de pé com seu microfone, apesar de já terem me dado um na coxia. Ao lado dele estava a banda e, quando vi Evan, ele me deu um sorriso que significava coisas demais.

---

* Algo glorioso está prestes a acontecer!

Oi.

Estou com saudades.

Sinto muito por tudo isso.

O resto da banda também estava sorrindo para mim e, quando cheguei perto o suficiente, dei um abraço em Evan e a plateia enlouqueceu.

— Vocês viram aqui, pessoal! — o entrevistador, Dave, gritou no microfone. — Não são mais inimigos! — como se ele fosse o responsável por nós nos reunirmos no palco. Que idiota.

Depois que as garotas do "Uhuuu!" finalmente se acalmaram, Dave se virou para mim.

— Então, Audrey — ele disse — obrigado por vir aqui hoje.

Isso era uma pergunta? Era para eu responder? A minha resposta já estava escrita naqueles cartazes idiotas? Em dez segundos eu já podia ver que Dave ia ser um entrevistador de merda.

— Fico feliz por poder estar aqui — falei e, a quatro mil quilômetros de distância, eu podia ouvir Victoria engasgando com o modo como eu soava falsa. A julgar pela cara de Evan, ele também sabia que eu estava fingindo meu entusiasmo.

— Então, vamos direto ao assunto — Dave continuou. — A música "Audrey, espere!" definitivamente mudou sua vida. Como você se sente em relação a isso? O que acha da música?

Havia um bando de gente de pé atrás das câmeras, parecendo tão ansiosos quanto entediados. Uma mulher estava segurando um cronômetro e usando um fone de ouvido e ao seu lado estava a minha mãe. Ao lado da câmera que estava com a luz vermelha acesa, eu podia ver os cartazes que me instigavam a responder a pergunta de Dave. ÓTIMO!, diziam. EU ADORO! ETC. ETC.! SORRIA! ENTUSIASMO!

Era agora ou nunca.

— Eu quis estrangular Evan quando a ouvi — falei para Dave —, mas ele estava no palco e havia testemunhas demais.

O olhar no rosto de Dave foi impagável. Se vocês viram o vídeo, sabem do que eu estou falando, aquele tipo de sorriso congelado que dizia que eu era a próxima da fila a ser estrangulada. Eu só sorri de volta enquanto Amy apontava freneticamente para os cartazes ao lado da câmera.

— Estrangular, hahaha! — Dave riu, mas seus olhos estavam lançando raios da morte na minha testa. — Tem sido uma viagem e tanto para você, não é? Você namorou o Simon Lolita...

— Ah, Simon Lolita é um mentiroso — falei, me assegurando de que o microfone estivesse bem diante da minha boca. Houve uma agitação na plateia que eu não conseguia compreender direito e Amy estava sacudindo os cartazes com texto como se o mundo fosse acabar. — Nós nunca namoramos. Demos uns beijos no camarim em um show enquanto seu empresário se escondia nos arbustos e fazia aquele vídeo de nós dois. E, sabe, Dave, se pensar bem, isso é uma coisa feia de se fazer. Você não concorda?

Evan estava fazendo a maior força para não rir, eu podia ver.

— Quer dizer, se esconder nos arbustos para tirar fotos de uma garota é bastante desesperado — eu disse. — E normalmente significa que você não a está namorando. Mas você sabe, tudo bem. Acho que o disco não está vendendo bem e eles têm que fazer dinheiro com *alguma coisa* para pagar toda aquela cocaína. — Encolhi os ombros e fiz minha imitação perfeita de um sorriso feliz.

Só que percebi que não era uma imitação. Eu *estava* feliz! Na verdade, eu me sentia fantástica! A adrenalina era a minha mais nova melhor amiga!

— Vamos, Dave, mande mais perguntas! — pedi a ele. — Estou me divertindo!

Sem nenhum estímulo, a plateia começou a aplaudir.

Fora das câmeras, minha mãe colocou a mão em cima da boca.

Eu estava torcendo para que aqueles cartazes fossem recicláveis.

— Bem, ah, tudo bem! — Dave disse e eu ri na direção da câmera. Vi a fita e posso lhes dizer que por mais que ele parecesse em pânico na filmagem, aquilo nem começava a mostrar o quanto ele estava nervoso no palco. Na verdade, com o tumulto na coxia, a cara de não-sei-o-que-fazer dos Do-Gooders e os fãs corados e hiperventilando, eu parecia ser a pessoa mais tranquila do local.

— Então, vocês conversaram alguma vez desde que a música foi lançada? — Dave disse e eu podia ver um ligeiro círculo de suor se espalhando debaixo de sua camisa térmica preta. — Evan? E você?

— Bem, estávamos em turnê e tal — Evan falou antes que eu pudesse abrir a boca. — E não fomos nenhuma vez para casa e...

— E você também mudou o número do celular — interrompi. — Ficou meio difícil botar o papo em dia.

— Bem, é, tem isso — ele admitiu com um sorriso encabulado.

— Então você tentou ligar para Evan? — Dave falou, pulando em cima dessa nova fofoca como um rato em cima do queijo. — Isso foi recentemente ou...?

— Ah, isso foi há meses — eu disse, fazendo um gesto com a mão.

— Então — Dave continuou como se eu não tivesse dito nada —, você estava com inveja do sucesso dele?

Minha Nossa. Esse cara estava desesperado por um furo ou o quê?

(Agora, deve ser observado aqui que, devido à adrenalina, ao jet lag e ao medo retardado de palco, eu esqueci a maior parte do que falei diante das câmeras. Por sorte, uma fã com o nome de usuário KaryComUmÍpsilon, do fórum "NósAmamosAudrey" transcreveu o negócio inteiro para um bando de fãs de Connecticut, que haviam perdido a conexão da TV a cabo devido a uma nevasca repentina e perdido a transmissão ao vivo. Então obrigada, KaryComUmÍpsilon, por me ajudar a preencher as lacunas).

— Olhe — eu disse a Dave. — A história é a seguinte. Eu e Evan, nós namoramos, nós terminamos e ele escreveu uma música sobre isso que fez muito sucesso. Essa é a história. É só isso. Se tenho fãs — e aqui eu fiz um gesto na direção de três garotas na fila da frente que estavam usando camisetas feitas em casa onde se lia AUDREY, ESPERE! POR NÓS! — espero que seja porque eles gostam de mim como sou. Ou porque eles me veem como alguém que só está tentando sobreviver ao ensino médio como todo mundo, e não porque sou um tipo louco de herói nem nada.

— Agora, pode *realmente* dizer que é igual a todo mundo? — Dave falou, uma sobrancelha erguida. — Porque isso deve ter mudado bastante a sua vida.

— Ah, acredite, eu mudei — falei para ele. — Mas teria mudado mesmo que nada disso tivesse acontecido. Certo? Quer dizer, tenho *16 anos*. Faço coisas idiotas, mas qual é, todo mundo faz coisas idiotas. Espera-se que eu mude e cometa erros e beije o cara errado e o cara certo e brigue com os meus amigos. Sou uma garota que terminou com o namorado. Mas ainda tenho amigos e pais e uma gata muito gorda...

— A gata dela é *enorme* — Evan interrompeu.

— É um lance glandular — expliquei. — Mas não fiz nada especial ou interessante. Eu só terminei com o meu ex-namorado. *Só* isso. Foi só o que aconteceu.

— Bem, por falar em terminar, isso foi relatado esta semana — Dave estava passando os cartões de anotações freneticamente e puxou o certo para fora. — Algumas agências de notícia estão dizendo que você terminou com seu último namorado, um cara chamado James. Quer esclarecer isso? Este seria o terceiro namorado em seis meses, certo? — *Se vira!* Eu podia ver que ele queria gritar isso para mim. *Tome* isso *por estragar a minha entrevista!*

Evan e o resto da banda viraram a cabeça num estalo para olhar para mim.

— Vocês terminaram? — Evan falou, sem nem falar ao microfone desta vez.

Respirei fundo, insegura pela primeira vez desde que havia entrado no palco.

— Eu... eu não sei — falei hesitante. — Não sei o que nós somos neste momento. — Só de pensar no James a cinco mil quilômetros de distância estava me fazendo sentir meio desequilibrada e aí pensei em Victoria. Será que eles estavam assistindo?

Resolvi que estavam.

— Está vendo, é por isso que não sou perfeita — falei, localizando a câmera com a luz vermelha. — Arrumei briga esta semana com duas pessoas que eu amo muito e foi tudo minha culpa. O maior erro que cometi nessa história toda foi tentar ser a mesma pessoa que eu era antes de A Música ser lançada. Dá medo, sabe? De repente, todo mundo sabia quem eu era e sabiam onde eu morava, então eu estava tentando permanecer a mesma. Mas isso só me fez mudar mais, e aí eu fiquei com mais medo ainda e ferrei tudo. Minha melhor amiga e o meu namorado são pessoas sensacionais, maravilhosas, e eu os magoei. Muito. — Então, Victoria, se estiver assistindo, eu sinto muito. Estava com medo e estressada, e estou dizendo em rede nacional que você estava certa e eu estava errada e... é, eu fiz merda. E James...

Minha voz ficou presa na garganta enquanto eu pensava no cheiro do cabelo do James, como ele sorrira para mim uma tarde enquanto emergia do banco de trás do carro do Pierce, como ele uma vez havia sussurrado "Eu te amo" quando achou que eu estava dormindo, mas eu não estava realmente.

— James... — falei de novo, e o estúdio inteiro ficou completamente em silêncio. — Eu sinto muito. Sinto mesmo. Você estava certo, eu estava fazendo o jogo deles e agora chega. Eu vou para casa e vou consertar tudo.

— Quinze segundos para o comercial! — alguém estava dizendo fora das câmeras e outra pessoa murmurou "Graças a Deus". Minha mãe ainda estava com a mão em cima da boca e lágrimas escorriam pelo seu rosto.

Puta *merda*. Eu fiz a minha mãe *chorar*. Primeiro, achei que ela estava zangada, sei lá, mas aí ela tirou a mão e fez com a boca "Estou tão orgulhosa de você!" e eu soube que finalmente tinha tomado a decisão certa.

E o tempo estava passando.

— Os Do-Gooders são uma ótima banda — falei rapidamente — e pelo que eu ouvi na coxia, a gravadora vai sacaneá-los e não vão deixar que eles lancem um disco inteiro, então, se gostam da banda, escrevam ou façam o que puderem para consertar isso. E, no caso de alguém na MTV querer saber, a Amy é ótima assistente de produção e não fazia ideia de que eu ia fazer isso, então, por favor, não a demitam. Ah, e acho que a minha avó está assistindo, então oi, vovó! Eu te amo! Estou com saudades!

Aí olhei para Dave e para os Do-Gooders, que agora estavam de boca aberta. Especialmente os Do-Gooders, que estavam tentando entender que seu longamente planejado disco corria o risco de não acontecer. Andei até Evan e o beijei na bochecha.

— É uma música muito boa, Ev — eu disse a ele. — E estou muito orgulhosa de você.

E aí entreguei meu microfone para Dave, acenei para os meus fãs e saí dos holofotes para sempre.

41

*"As streetlights sing on Audrey's song..."**

— Anberlin, "Audrey, Start the Revolution!"

NO ENTANTO, É CLARO que os holofotes me seguiram por algum tempo depois disso. Quer dizer, alô? Vocês viram a cena no aeroporto quando minha mãe e eu aterrissamos naquela noite. Foi uma verdadeira loucura, especialmente porque um dos fotógrafos acabou insultando outro fotógrafo e aí os dois ficaram todos machos e a polícia foi chamada. Pelo menos, foi o que me disseram que aconteceu. Eu não dava a menor bola para nada disso — só queria ver Victoria, James e meu pai. (E Bendomolena também, porque tinha sentido saudades dela.)

Para ir do portão para a área das esteiras de bagagem foram necessários seguranças, porque todo mundo no aeroporto estava apontando e sussurrando, "É ela, é ela!". Eu podia ver que minha mãe queria jogar o casaco em cima da minha cabeça novamente, como havia feito na RPM Discos,

* Como as luzes da rua cantam a canção da Audrey...

mas conseguiu se conter. Acho que, se ela não estivesse comigo, eu teria sido trancada em uma salinha escura na MTV pelos produtores, mas depois que saí do palco, ela me agarrou e praticamente me enfiou dentro de um elevador e então em um táxi do lado de fora.

— E as nossas malas? — perguntei a ela. Meu medo latente de palco havia batido e eu achei que ia passar mal. Naquele momento, minhas mãos não conseguiam parar de tremer.

— Mandaremos entregar pelo correio — ela falou.

No aeroporto, minha mãe foi ao balcão para trocar nossas passagens pelo primeiro voo de volta para a Califórnia. Primeiro, eles se recusaram, mas quando viram quem eu era, não só conseguimos nossas passagens, mas também fomos escoltadas até o portão de embarque. E, quando nos ofereceram bebidas no avião, minha mãe pediu vinho tinto, apesar de não beber com frequência. Ela já estava meio altinha e ficava olhando para mim e dizendo "Minha filha, minha filha".

Na esteira de bagagens em Los Angeles, foi isso o que eu vi: meu pai, conversando com outra equipe de segurança do aeroporto; fotógrafos segurando as câmeras no meio do caminho, esperando a primeira foto; uma criatura pequena de pé ao lado do meu pai, braços cruzados, batendo impacientemente o pé enquanto seu moicano falso e semicrescido balançava para cima e para baixo.

E a parte de trás da cabeça do James.

Seu cabelo vermelho estava saindo de debaixo do capuz, e a princípio eu pensei que não era ele. Mas aí minha mãe falou "Aquele é o James?" e eu saí do meio da multidão, desci correndo as escadas rolantes, passei pela segurança, passei pelas câmeras e não parei até meus braços estarem em volta de seu pescoço. Como vocês viram, ele é tão alto que eu fiquei pendurada nele como um bebê-macaco, o que deu umas fotos muito fofas.

E aí eu estava chorando sem parar.

— Me desculpe! — eu ficava repetindo. — Sinto tanto. Eu sinto tanto. Eu te amo. Eu sinto tanto.

James estava me abraçando e, apesar dele jurar até hoje que não, eu sei que ele também estava chorando. Nas fotos, seus olhos estão todos vermelhos e inchados.

— Cale a boca! — ele finalmente disse enquanto nos separávamos. — Não posso beijá-la quando está pedindo desculpas!

Então, é claro, eu calei a boca para ele poder me beijar.

Então, Victoria e eu começamos a chorar uma em cima da outra, e aí estávamos fazendo aquele negócio esquisito onde ríamos e chorávamos e falávamos ao mesmo tempo, as duas dizendo como éramos amigas de merda.

— É um vídeo horrível! — Victoria ficava repetindo. — Eu só falei aquilo para fazer você se sentir mal!

— Eu sei! — falei enquanto a abraçava de novo. — Podemos não brigar de novo? É solitário sem você!

— Odeio brigar com você! Nunca mais vamos brigar!

— Nunca!

— Você foi demais!

— Victoria — eu disse, quase sem ar com tudo o que tinha que contar para ela sobre a minha experiência nos bastidores — espere até ouvir o que aconteceu comigo.

Então meio que é isso. Victoria e eu fizemos as pazes. (Como se não fôssemos fazer? Por favor. Ela é como se fosse minha irmã. Eu não poderia me livrar dela nem que tentasse.) Ela também devolveu a BMW, mas não antes de levarmos Jonah e James para um passeio que acabou com viagens à meia-noite para os drive-thru tanto do In-N-Out quanto do Del Taco. Foi o máximo.

James e eu também fizemos as pazes. E ele arrumou um novo emprego. Tivemos uma última sessão de beijos no freezer do Scooper Dooper em seu último dia de trabalho. ("Só pelos velhos tempos", eu disse a ele.) Mas ele e eu também ficamos todos sérios e maduros e chegamos a um acordo no qual íamos começar a sair em público, com fotógrafos ou não.

Na primeira vez, fomos ao cinema e eu estava totalmente nervosa, mas não corri ou os espantei nem nada e simplesmente pareceu menos emocionante. Acho que os paparazzi são iguais aos garotos: eles gostam é da caça. Os fotógrafos e a imprensa ficaram frenéticos na primeira semana depois da experiência da MTV, mas aí algum astro de cinema foi preso por pegar strippers e heroína e foi mandado para a reabilitação. Então isso me tirou das capas e me jogou direto na página três.

(Coincidentemente, o baterista dos Lolitas foi para a reabilitação um mês depois, alegando estafa mental, é claro, mas tenho certeza de que eu tê-los exposto em rede nacional não ajudou. De qualquer modo, as demos do seu segundo disco vazaram online, mas não fizeram muito a minha cabeça. Ou a de mais ninguém, por falar nisso.)

Mas o que realmente mudou tudo foi que Evan arrumou uma nova namorada, uma garota chamada Ashleigh que ele conheceu na festa de lançamento de um videogame em Los Angeles, e todas as atenções foram de mim para ela. Nunca pensei que ficaria tão feliz em ouvir que meu ex-namorado tinha uma nova namorada, mas Victoria e eu fizemos a Dancinha Feliz por tipo dez minutos quando ficamos sabendo.

— Você é notícia velha — James falou enquanto olhávamos todos os semanários na livraria, aqueles nos quais Ashleigh estava. — Você já era.

— O cabelo dela está bonito aqui — repliquei, apontando para uma das fotos.

Ah, e por falar em cabelo, Victoria está deixando o dela crescer e acho que vai botar apliques no próximo verão, o que vai ficar incrível nela. Todos os seus jeitinhos para arrumar coisas grátis fizeram com que ela se interessasse em trabalhar como relações-públicas, então agora ela está pensando em fazer algum trabalho com essa banda local, New Nostalgia, ajudando-os a conseguir um pouco de exposição na mídia e agendando shows. Posso vender merchandising para eles este verão também, o que é bom, porque preciso de dinheiro para trocar as caixas de som do meu carro.

De novo.

Evan e eu ainda nos falamos, o que não incomoda James. Ev está sempre no estúdio agora. Acho que aquela campanha que os fãs lançaram para que escrevessem cartas realmente ajudou, porque agora a banda está fazendo um disco novo e estão trabalhando com algum produtor irado em algum lugar de L.A. Estamos combinando de nos encontrarmos todos — eu, James, Victoria, Jonah, Evan e Ashleigh — e vocês sabem que Victoria e eu estamos loucas para conhecer a Ashleigh. Pelo que eu li, ela parece bem legal. Falei para Evan mandar ela me ligar quando seu celular for invadido e prometo dar conselhos sobre o que fazer.

"Audrey, espere!" não toca mais tanto no rádio, mas de vez em quando ela aparece e eu não mudo de estação. Não estava mentindo quando disse a Evan que era uma música boa. É ainda melhor agora que posso curti-la. James também gosta. Depois de nosso emocionante primeiro encontro na RPM Discos, ele arrumou um emprego lá e, no seu primeiro dia, o Sr. Óculos de Emo (cujo nome verdadeiro é Kevin) tocou A Música nos alto-falantes para recebê-lo. E às vezes quando estamos sendo idiotas e patetas, James a canta para mim com uma voz horrível, alta e trinada que parece um cruzamento de camundongo com gaivota.

É engraçado. *Ele* é engraçado. E eu o amo.

Sei que essa é tipo a história mais longa de todos os tempos, mas eu realmente só queria que vocês conhecessem o outro lado. (E, além disso, Bendomolena está no meu colo esse tempo todo e, depois que a Bendomolena decide sentar em cima de você, acomode-se, porque você não vai a lugar nenhum por algum tempo.) De qualquer modo, o James vai chegar em 15 minutos para sairmos com Victoria e Jonah para ver o New Nostalgia e eu ainda tenho que decidir o que vou vestir.

Como os Beatles disseram, "O-bla-di, o-bla-da, a vida continua".

E continua mesmo.

Manda ver.

Agradecimentos

A música que mudou minha vida não teria exisitido se não fossem meus amigos e família, que me encorajaram, leram capítulos e me pediram para voltar a beber cafeína. Sei que é apenas uma relação de nomes, mas, acreditem, essas pessoas são maravilhosas.

Mamãe & Jack Schultz, Papai, Chris Benway, Adriana Fusaro, Maret Orliss, Johanna Clark, Kathleen Acosta Ekins, Heather Smith Siemons, Dallas Middaugh, Dan Smetanka, Tina Lee, Sheri Frouzesh Bennett, Katy Phillips e Aaron Hartzler.

Um agradecimento especial a Rachel Cohn (a primeiríssima fã de Audrey), Lisa Grubka, Ben Schrank, Kristen Pettit e toda a equipe da Razorbill, que cuidaram tão bem de mim e do meu livro que fico contente cada vez que penso nisso.

Este livro foi composto na tipologia Classical Garamond BT,
em corpo 11,5/15, e impresso em papel offwhite 80g/m²,
no Sistema Cameron da Divisão Gráfica
da Distribuidora Record.